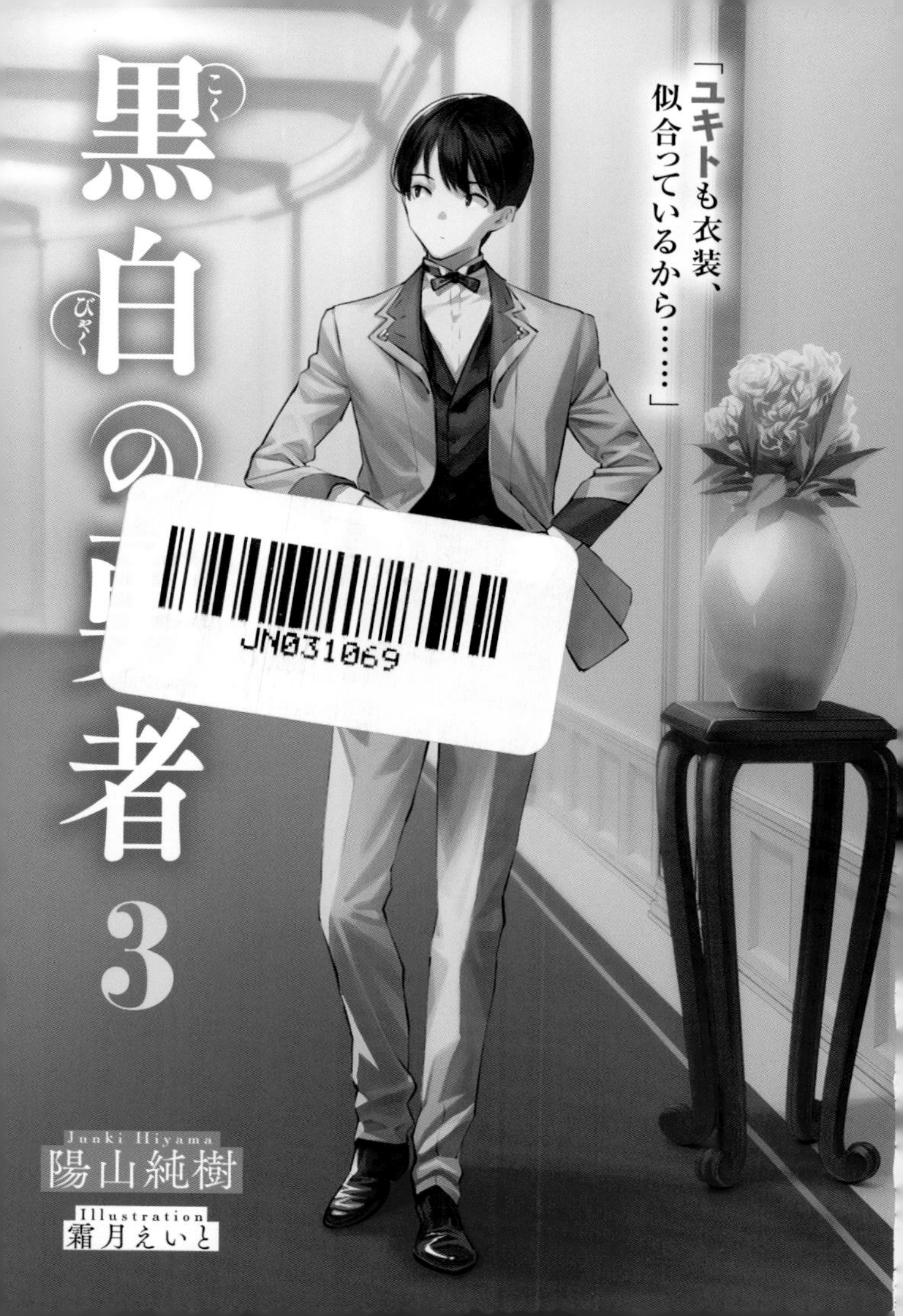
黒《こく》白《びゃく》の
者
3
「ユキトも衣装、
似合っているから……」
Junki Hiyama
陽山純樹
Illustration
霜月えいと

「初めて顔を合わせた時、
俺は言ったはずだ……」
ダインは
空を見上げる。

「ようこそ」
シェリス王女
——シェリス＝ヴォードゥ＝ベルファ
その人が、たった一人立っていた。

「ど、どうかな？」
恥ずかしげにセシルは問う。
純白のドレス姿。
髪は結い上げられ、綺麗に化粧が施され……。

「アユミは……
動きづらそうだな」
ワインレッド色のドレスで、
なんだか歩きにくそうにしている。
「お、来たねー」
声を上げたのはメイ。
ワンピース型のドレスで、
淡い青色でいくらか装飾が施されている。

「お前はここで必ず倒す！」

ザルグスに対し、
ユキトは健在であり、

「ダイン！」

「ああ！」

呼び掛けに、彼は即座に応じた。

INTRODUCTION

戦いの向こう側

ユキトはセシル達と追跡霊具を作成するため、ザインの故郷へと向かう。

その旅で信奉者の弟であるダインと交流しながら、ユキト達は霊具の作成に成功。

そして、宿敵の居場所がフィスデイル王国の西にあるベルファ王国であるのを突き止める。

ユキトと仲間達は国境を越え、ベルファ王国の都で国王と
天級霊具の使い手、シェリス王女に謁見《えっけん》する。

ベルファ王国は信奉者との決戦を控えており、ユキト達はそれに協力することに。

しかし、その戦いは思いもよらぬ展開が待ち受けていた。

一方、聖剣使いのカイはフィスデイル王国へ留《とど》まり、
自分達の情報を流す裏切り者を見つけるため、作戦を立てる。

リュシルやグレン大臣といった国の重臣と共に、彼はユキトとは違った戦いを始める。

そして信奉者ザインは邪竜からの指示で、ベルファ王国との戦いに加わる。

だがその心の内は他の信奉者とは大きく異なっていた。

力を得るために、この戦いを利用しようと密《ひそ》かに企んでいて——

黒《こく》白《びゃく》の勇者 3

黒白《こくびゃく》の勇者　3

陽山純樹

ヒーロー文庫

黒《こく》白《びゃく》の勇者

CONTENTS

Illustration
霜月えいと

3

イラスト／霜月えいと
装丁・本文デザイン／5GAS DESIGN STUDIO
校正／佐久間恵（東京出版サービスセンター）
DTP／天満咲江（主婦の友社）

この物語は、小説投稿サイト「小説家になろう」で
発表された同名作品に、書籍化にあたって
大幅に加筆修正を加えたフィクションです。
実在の人物・団体等とは関係ありません。

第十一章　信奉者の弟

因縁の相手、仲間の犠牲、そして決意――複雑な感情を抱えながら、異世界召喚された者達は戦い続ける。本当ならば立ち止まって考える時間が必要かもしれないが、戦いは待ってくれない。敵が次の手を打つ前に、自分達も動かなければならなかった。

召喚された者の一人であり、黒の勇者という異名を持つに至ったユキトは、そうした役目を率先して担うこととなった。シャディ王国での激闘を終え、フィスデイル王国に帰還したが、とある人物の先導により新たな旅に出ることになった。

それに追随するのは複数の仲間と、パートナーとして共にいるセシルと騎士達。総勢十数人という旅にしては大所帯の中、大地を踏みしめ進んでいく。その場所は、

「ずいぶんと、見晴らしが良くなったな」

呼吸を整えながら、ユキトは周囲を見回す。視線の先にあったのは、頂点が白く染まる山々。中腹に生い茂る木々は紅葉しているものや緑のものまで様々に色づいており、どこまでも雄大な自然が広がっていた。

歩いているのはどこまでも続く山道であり、からっ風が時折体に吹き付ける。気温も低

く、ユキト達が元いた世界ならばしっかりとした装備がなければ立ち入ってはならないような場所だが、現在身につけているのはいつもの装備――つまり、普段と同じ騎士服姿だ。

しかしユキトは寒くもないし、当たる風も冷たくない。これは自身が持つ霊具《れいぐ》の影響もあるが、理由の多くはこの世界独自の登山装備。といっても、魔法によって体の保護ができるアクセサリーを身につけるだけで、そこに魔力を込めて効果を発揮している。

改めて魔法のすごさを実感しつつ、ユキトは山道を見据えた。

「元の世界ではこんな所、絶対に行くことはなかっただろうな」

「だとしたら、良い経験かもね？」

ふいに横から声。そこにはシャディ王国から組んで戦っているレオナの姿。彼女の格好もまた、異世界で普段から着用している騎士服姿だ。

「ユキトって、インドア派？」

「どっちかと言われれば、そうだな。レオナは外で活動する方が似合ってそうだな」

「まあねー。霊具が斧《おの》になったのは、キャンプとかで薪割《まきわ》りなんかしてたせいかなー、とか思ってるし」

「……なかなかに衝撃的な事実なんだけど。やっぱり霊具は人生経験に由来しているケースが多いんだな」

その時、山肌に風が吹き抜けた。近くにある木々から葉擦《はず》れの音が生じ、いくつもの葉が地面へと落ちる。

ユキトはふと進行方向の左側を見た。そこは転落防止の柵などない険しい崖となっている。足下はほとんど整備などされていない山道であり、長年人が歩いたことによって、どうにか通れるようになっている。幅はそれほど広くはなく、大人が三人も並べば崖に足が掛かる程度しかない。

よってユキト達は二列で進んでいるのだが、中には景色に気をとられてしまう人間もいるようで――

「っと、おおい――!!」

ユキトの後方から声が聞こえた。見れば、一人の小柄な女性――ユキトのクラスメイトが地面に足を取られ転びそうになっていた。崖からまだ距離はあるが、それでも万が一ということもあり、隣を歩いていた仲間、長身の男性が腹部に手を回して引き戻した。

「あのなあイズミ！　さっきも言ったがもうちょっと注意してくれよ！」

「わー、ごめんごめん」

叫びながらフォローする仲間に対しイズミと呼ばれた女性は緊張感のない声で応える。

そんな彼女の様子にユキトは苦笑し、

「イズミにいたっては観光気分だな」

「おいユキト！　和んでないで何か言ってくれよ！」

まだフラフラするイズミを支えながら仲間が訴え掛ける。それにユキトは、

「あー、リュウヘイ。イズミは木々の方を歩かせて落ちないようにしてくれ」

「さっきからやっているんだよ……」

「今度は私もちゃんと見張っとくから」

と、男性――リュウヘイの後方からさらなる仲間の声。後方支援担当にして、今回の旅における副リーダーであるメイだった。旅が楽しいのか、ワイワイと話しているためか、彼女は笑みを見せながらイズミへ忠告した。

「イズミ、周りが気になるのはわかるけど、列を乱さないようにね」

「はーい」

子供みたいな返事をする彼女は――実際、周囲の騎士が苦笑するくらいにはそんな風に見えている。理由としてはその身長の低さ。

大人用ではサイズが大きく、子供の訓練生に使われる騎士服を着ているのだが――クラスの中で一番身長が低い。セミロングの黒髪に木製の杖《つえ》を握る彼女の姿は、中学生か、場合によってはそれよりも下に見えてしまうほど。なおかつ彼女の小ささが際立っている要因が一つある。

それが、隣を歩くリュウヘイの存在。彼はイズミと対極に位置するほどに身長が高い。

ユキトの記憶ではバスケ部の次期エース、なんて言われていたはずだ。

ユキトが聞き及んだ話によると、二人は幼馴染《おさななじみ》でリュウヘイがどこか抜けているイズミを助けているという間柄《あいだがら》だったらしい。この異世界に召喚されてもその関係性は一向に変わらないようで、今回の旅において特に重要な役割を持つイズミ——彼女を護衛するためにリュウヘイは帯同している。

「気苦労が絶えないわね」

と、今度は騎士からの呼び掛け。ユキトが視線を転じれば、パートナーであるセシルが近寄ってきていた。

「歩調を少し落としましょうか？」

「いや、大丈夫。仲間の問題はこっちで解決するさ……天気だっていつ変わるかわからないから、急ごう。ただセシル達は大丈夫か？」

「ええ、こういう場所に対応できる人間を揃《そろ》えたから。私だって辺境の村育ちだし、山登りはよくやっていたからね。それにほら、今回は山道を進むだけだから装備も普段に近いものだし」

「……むしろ、俺達からしたらこんな装備で大丈夫なのかって不安なんだけど。遭難したらどうするんだ？」

「魔法を使える環境であれば問題ないわよ」

事もなげに言うセシル。ユキトはそれで登山に対するイメージについても自分達の世界とは異なっているのだと認識する。

「……魔法って、すごいんだな」

呟《つぶや》きつつ、ユキトは前方に視線を移す。

「ごめん、足を止めてしまっているな。先に進もう」

「ええ」

セシルは返事をすると一番前にいる騎士へ目配せをした。それを合図に先頭が進み出し、ユキト達もそれに続き足を動かし始める。

ふいにユキトは先頭の騎士と並び歩いている人物に目を留めた。外套《がいとう》を着ており、冒険者として活動する赤髪の男性。ユキト達のように召喚された人物――来訪者でもなければ、騎士でもない彼は、

（ザインの弟……か）

邪竜《じゃりゅう》の配下、信奉者《しんぽうしゃ》として幾度となく戦った因縁の相手の、親族。彼がどういう覚悟でこの旅に加わっているのか――それを思い返しつつ、ユキトはセシルへ一言告げ、彼の近くへと歩み寄った。

「今日中にはつかないんだろ？」

問い掛けに対し彼――ダイン＝エルトマは首肯する。

「ああ。明日中にはどうにか」

「それでも予定通りだから問題ないさ……怪我《けが》とかしないよう、注意してくれ」

「わかっているさ」

ユキトは隣を歩くダインの姿を時折眺めては、彼と初めて出会った時のことを思い返し始めた――


突然城を訪れたダインに応対したのはユキトとセシル、そして聖剣使いでもある仲間のカイの三人。小さな会議室に、既に着席している彼と向かい合う形でユキト達が座る。

まず、ユキトは相手の人相を確認した。赤い髪は短く黒い瞳はややつり上がっており、真正面から見据えると強《こわ》ばった表情のせいか目つきが悪い印象を受ける。

硬い表情は、城を訪れ聖剣所持者と対面し、緊張しているからと容易に推測でき――カイはそれを解きほぐすように、ダインへ質問をした。

「ここに来たのはどういう経緯ですか？」

丁寧な言葉遣いに対しダインは「敬語はいらない」と前置きしつつ、

「所属する冒険者ギルドで邪竜に関する情報を漁《あさ》っていたら、信奉者の中にザイン……名を聞いて兄のことが思い浮かび、詳細を調べたら……というわけだ」

ダインの口はどこか重い。ユキトは無理もないと感じた。何せ親族に信奉者がいると明かしているのだ。

「――僕らは信奉者について調査している。それはザインも例外ではない」

と、カイはダインの言葉を受けて口を開く。

「彼はフィスデイル王国……迷宮にいる邪竜を外へ出すという大役を任されていた。当然、軍略を立てる必要性から、地理についても詳しいはず……つまり、この国の出身者である可能性が極めて高いと考え、国は独自に調べていたけど……」

「正体がバレなかった理由は、二つある」

ダインはそう語ると、ユキト達の顔を一瞥《いちべつ》する。

「一つは冒険者ギルドに登録していない根無し草の冒険者だったこと。もし何らかの組織に属していたら、信奉者となって人相が変化しても、人物特定は容易にできたはずだ」

「ギルドに所属していなかった……」

セシルは口元に手を当て、何事か考え込む。

「それなら調査が難航したのは理解できるけれど……完全にフリーの傭兵《ようへい》だったのかしら？　正直、たった一人で冒険者として活動するというのはかなり大変よ？　なぜ、そうまでしてフリーのまま……」

「俺も、ヤツが冒険者稼業で何をしていたか詳しくは知らない」

――彼は兄を「ヤツ」と呼んだ。それはもう彼自身が、ザインという存在を親族だと見なしていないという証左だろうとユキトは思った。

「俺がギルドに所属したのは、ヤツが家を飛び出した数年後だ。その間の経歴についても調べたが、まったくわからなかった。誰かに雇われていたとか、それとも裏の稼業でもしていたのか知らないが、とにかく素性を暴ける情報がなかった」

「確かにそれなら、手がかりは少ないわね」

セシルが納得の声を上げる。ダインは小さく頷《うなず》いた後、さらに話を進める。

「もう一つの理由だが、証拠を隠滅したからだ」

証拠――それが何であるか、ダインは少し間を置き、カイへ視線を送りながら語りだす。

「邪竜の侵攻が始まった時、俺はフィスデイル王国で迷宮攻略をするため王都にいた。だからここを守るべく戦っていたが……聖剣を扱う勇者が召喚された際、俺は一度故郷へ戻ることにした」

故郷――その場所をダインが告げると、セシルは驚いた様子を見せた。

「ずいぶん山奥ね。私達もさすがにそこまで調べては……」

「ザインという名前自体はそう珍しいものじゃない。素性を当たるには結構な人数を調べ上げる必要があったはずだ。その中でヤツはとりわけ調査の手が及ばない場所の出身……それに加え、ヤツはダメ押しをした」

「ダメ押し……？」

セシルが聞き返す。そこでユキトはダインが次に何を言うのか察した。まさか──

「ヤツは、自分の故郷を破壊した」

その言葉に、ユキト達は絶句する。

「故郷へ戻ると、村は廃墟になっていた……俺がヤツの仕業だと気付いたのは、俺の家にあった地下室を見た時だ。ヤツの持ち物全てが原型を留《とど》めず壊されていた。単なる魔物の襲撃であればこんな真似《まね》はしない。ヤツは、自分の素性を隠すため、証拠を隠滅したのだとわかった」

そこまで述べた後、ダインはユキト達へはっきりと告げる。

「俺は偶然、村の外に出ていたから生き残った……なら、やることは一つだ。故郷を焼いた以上、ヤツは敵だ。だからこそ、ヤツを討つ。もし叶《かな》うのなら、自分の手で決着をつけたい──」


彼との出会いを思い返しながら、ユキトは彼の故郷へ向け歩を進める。その目的は、ザインを捜索するための道具作成だ。

因縁の相手として幾度も戦っていたが、邪竜の力を得たザインの魔力を解析して居所を分析する、というのは無理だった。例えばシャディ王国で交戦した信奉者ゴーザについては、人間であった頃の情報が数多くあったため、追跡魔法を生み出せた。けれどザインについては不明な点が多く、そうした魔法は作れなかった。

だが、邪竜の力を得る前の情報があれば――話によると長年使ってきたものなどは、たとえ砕かれようとも使い手の魔力が入り込み残るケースがあるらしい。それは例えば食器であったり、あるいは愛用の品であったり――ユキトはそこで後方を見た。今回の旅における最重要人物、イズミを。

彼女が持つ杖《つえ》の霊具は『真魔《しんま》の杖《つえ》』と呼ばれる天級霊具であり、魔力の分析などに特化した能力を持っている。霊具の研究などにうってつけの一品であり、その汎用性《はんようせい》と希少性により天級という位置づけとなっている。

この霊具は既に一定の功績を出していた。イズミはユキトがシャディ王国へ赴《おもむ》いている間に、フィスデイル王国の騎士団のレベルアップを行い、彼らが所持する霊具に改良を重ね、大きく強化を施した。その技術はリュシルを通して他国にも伝達され、技術を応用したシャディ王国では早くも魔物討伐で成果を上げているらしい。

ただ、完全に研究や分析に特化した霊具であるため、戦闘能力は皆無で、多少強化魔法を使えるくらい。現に召喚され霊具を手にしてから今日まで、イズミは一歩たりとも外に出ていなかったことからも、その特性が窺《うかが》える――

（いや、本人の性格からして外に出るようなタイプじゃないか）

要は自分と同じタイプ——などと考えつつ、歩調が遅れている様子を見てユキトは彼女の近くへ向かう。

「大丈夫か？」

「なんとか……」

「いざとなったら俺が背負うさ」

と、隣を進むリュウヘイが告げる。身長差があるため歩幅がまったく合わないはずだが、彼はイズミのペースに合わせている。

「山道で大変そうだけど、いけるのか？」

「平気だよ。中学の時からよく背負ってたからな」

「……どういう経緯で？」

「俺はバスケ部、イズミは化学部だったんだが、なぜかこいつは夜まで部室にいて、眠ってるところを部活終わりで疲れている俺が背負って帰ることが多かったんだよ……」

「変わった関係だなあ」

「最初親御さんからイズミが帰ってこないの！　と言われて探しまくったんだよ。結果、部室で寝てるのを発見した時は本気で殺意が湧いたな」

「あははは」

無邪気に笑うイズミに、リュウヘイはこれ見よがしにため息をつく。

「ま、平気だから心配しないでくれ」

「リュウヘイがそれでいいのなら……じゃあ頼むよ」

――こうしてユキトが見て回るのには理由がある。今回の旅において来訪者達のリーダーに任命されたためだ。騎士側を統率するのはセシルで、戦闘になったら分かれて戦うことになる。これはカイの指示によるものだ。

(不安かもしれないけれど、信頼できる騎士に任せたかったからね……セシルなら任せられるし、ユキト……頼む)

そう託され、ユキトはまとめ役を引き受けた――一方でカイは、フィスデイル王国を守るのは当然だが、今回帯同していない大きな理由は裏切り者――シャディ王国における戦いで判明した内通者を捕まえるためだった。

「おーい」

先頭からダインの声がした。

「魔物がいるぞ」

その言葉に、ユキトは急ぎ先頭へ。セシルも寄ってきて話し合いを行うことに。

「今まで運良く魔物と遭遇してこなかったけど、いよいよか。邪竜に関係する魔物か？」

ユキトは視線を前方へ向ける。その先にいたのは狼《おおかみ》や鹿といった、動物を象《かたど》った漆黒の魔物。

「自然発生した魔物ではなさそうだ」

ダインはそう評した。彼は人差し指で幾度か頭を叩《たた》き、何かを思い出そうとする。

「山道で稀《まれ》に魔物は出現していた。ただそれは動物が魔力による影響を受けて魔物と化したパターン……それにあんな真っ黒じゃなかった。前方に見える個体は『魔神《まじん》の巣』によって作られたのかもしれん」

「セシル、この辺りに巣はあるのか？」

「ユキト達が行った『魔神の巣』破壊作戦により、西側は潰《つぶ》したはずよ。そこから生み出された個体が逃げ延びていたのかもしれないけれど……もう一つの可能性もあるわね」

「それは？」

「この周辺はもう、ベルファ王国の国境付近。つまり、向こう側にいる魔物が山へ足を踏み入れた」

ユキトはその言葉を受け、前方——西側を注視する。

「ベルファ王国か……そっちの情勢についてはわかるのか？」

「ユキト達がシャディ王国を救援している間に、侵攻を受けていた状況は改善したそうよ。けれどベルファ王国内にはたくさんの魔物がいる。信奉者もまだ健在だから、倒しきれていない魔物がここへ来たのかも」

「俺は騎士セシルの意見に賛同する」

と、ダインが彼女に続き口を開いた。

「実際、国境付近に魔物がたむろする光景を幾度か見たことがある」

「なら、間違いなさそうね……山道だから大人数で動けば危険ね。誰が戦う？」

「俺が」

ダインが進んで申し出た。そこでユキトは、

「俺や仲間も付き合う……レオナ！　手を貸してくれ！」

「了解！」

「セシルは騎士のとりまとめと索敵《さくてき》を。まだ周辺にいるかもしれないから」

「わかったわ」

指示を受け各々《おのおの》が動きだす。セシルと入れ違いになる形でレオナが近寄ると、

「旅が始まって初の戦闘だね。気合いを入れていこう！」

「ああ」

ユキトが返事をする間に、ダインは無言で戦闘態勢に入る。視線は目の前の魔物に注がれており、武器も握っている。

そこでユキトは彼の得物を観察する。それは元の世界で言うところの刀の形状にとても似ていた。ただ長さは長剣と比べ短い。かといって短剣ほど短くはない——長剣と短剣の中間とも言うべき長さであるため、ユキトは小太刀《こだち》をイメージした。

ユキトも剣を抜き放ち、黒衣に身を固める。同時にキィン、と頭の中でいつもの金属音が鳴り響き思考がクリアとなった。刀身から湧き上がってくる魔力が、全身を高揚させる。

「……ディル」

ユキトは言葉を口にした。それは剣に向けられたものであり、意思を持つ新たな相棒の名前だ。

『はいよー』

対する返答は、少女のような声でずいぶんと緊張感がないものだった。

「もう少し気合い入れてくれよ」

『んー、ごめんごめん。今まで寝てたから』

「寝てたって……そういえば山を登り始めてから声がしなくなったな」

『ふふふ、ディルは人に近しいから眠ることだって可能なんだよ』

なぜそれを自慢げに語るのか、とユキトは内心思ったが口には出さず、

「ならさっさと目を開いて、戦う準備をしてくれ」

『はーい』

「……会話は済んだ？」

レオナが問う。ユキトは思わず苦笑する——傍《はた》から見れば、剣に話し掛ける姿など奇異

に映ること間違いなしである。

「もっと人目のある場所では気をつけるよ」

「まあまあ……あたしディルちゃん結構好きだし、暇な時は外に出してていーよ」

「別に俺が指示するわけじゃないんだけどな……」

会話をする間に、漆黒の魔物のうち狼《おおかみ》の姿を象《かたど》った個体が吠《ほ》えた。それに呼応するように、魔物の後方から別の声が響く。

「群れで行動しているのか？」

「の、ようだな」

ダインは応じると、攻撃を仕掛けるべく前傾姿勢をとった。

「ここまで俺の霊具について、詳細は語ってなかった。戦闘で、示そう」

明言するダインにユキトは首肯し、彼と共に魔物へ向け駆けた。

一歩遅れてレオナも追随し、吠えていた魔物達も突撃を始める。魔物は体も大きく、体当たりを喰《く》らった衝撃で飛ばされでもしたら、崖下へ叩《たた》き落とされてしまいそう——そこまで予測し、ユキトは魔力を高め、ぶちかましに耐えられるだけの備えをする。

ここで、ダインの速度がさらに増した。それと共に彼の握る霊具が一瞬白く輝く。

（あの剣で迎え撃つのは厳しいが……？）

臨戦態勢に入ったことで、ユキトはダインの魔力についておおよそ理解できていた。一介の冒険者――その実力がどれほどのものか彼以外を見たことがないため評価は難しいが、今回帯同している騎士とさほど変わらない魔力量。そして霊具に秘められた魔力については、特級霊具であるのは間違いない。

魔物を倒すには十分だが、突撃まで抑え込めるかは未知数――そうこうする内に、いよいよ先陣を切るダインに狼《おおかみ》に似た魔物が接近した。動きは鋭く、体当たりをもって彼に攻撃しようとしていた。

しかしなおダインは真っ直ぐ走る。このままではぶつかるとユキトが思った矢先、不思議なことが起こった。

ダインは方向転換などせず、真正面から魔物にぶち当たり――そのまま、魔物の体をすり抜けた。

「っ……!?」

後方にいたレオナが驚いて息を呑《の》んだ。それはユキトも同じであり――目を見開く間に、ダインは魔物の背後に回り、その足を斬った。

次に生じたのは魔物の悲鳴と、体当たりが空振りに終わりバランスを崩した狼の姿。そこでユキトは隙《すき》だらけの魔物の脳天へ剣を振り下ろし、滅することに成功。すぐさまダインへ視線を送ると、別の魔物がダインの首筋へ喰《く》らいつこうとしていた。

だが――魔物の攻撃はまたもダインの体をすり抜ける。まるで、透明になっているかの

ように。しかし、ダインの気配は確かにそこにあり魔物達は当然彼に向かって攻撃を仕掛けたはずだ。ユキトもダインがそこにいるというのを認識できる。だが、ダインは何もせず敵の攻撃を回避している。

(これが霊具の力か……!)

胸中でユキトが呟《つぶや》く間に、ダインは剣を振った。その狙いは魔物の足や腕で、敵の動きを大きく鈍《にぶ》らせるためのもの。敵の攻撃をすり抜ける特性は強力だが、魔物を一撃で倒せるだけの攻撃力はない——そうユキトは理解する。

「はっ!」

そこでレオナが動いた。体を斬られ体勢を大きく崩した魔物へ向け、斧《おの》を叩《たた》き込む。それと共に炎が舞い、近くにいた魔物にも延焼。さらにそれが伝播《でんぱ》し——ダインによって動きを縫い止められた個体は、霊具の炎に包まれて消えた。

「便利な霊具だな」

ダインが小さく呟くのを聞きながらユキトは前を見る。突撃し損ねた魔物が一体残っているが、圧倒的な攻撃を目の当《ま》たりにしたため警戒していた。いや、そればかりかじりじりと引き下がっている。

(逃げる気か?)

さすがにそれは面倒——とユキトが考えた時、魔物の後方、山道沿いの森から新たな魔物が出現した。それは先ほどの悲鳴のような遠吠《とおぼ》えによって誘われた個体か。途端、逃げようとしていた魔物は、加勢を察して戦う気になったらしく威嚇《いかく》し始めた。

後続の数は決して多くないが、放置することは当然できない——ただ逃げられたら厄介であるため、確実に仕留めたいところ。

「レオナ、斧の攻撃で一網打尽にできないか？　逃がすわけにはいかないし、一気に巻き込めれば……」

「うーん、先頭にいる魔物から炎を伝って……さすがに全部は無理じゃないかな？」

「なら俺の剣を使って……ただ遠距離攻撃は苦手だから、それでは足りないか？　あるいは後方にいるアユミを呼ぶべきか」

悩むユキト達に進言したのは——ダインだった。

「まだ周囲に魔物がいるかもしれない。後方にいる人には索敵《さくてき》をしていてもらおう」

「じゃあ、どうする？」

「仕留めきれなかったら、俺が倒す。魔物をすり抜けて背後に回る。手負いであれば俺の霊具でも対処はできるはずだ」

「……念のために訊《き》くけど、レオナの炎に巻き込まれたりはしないのか？」

「この霊具の力なら、あんた達の攻撃も受けない」

どういった能力なのか——気にはなったが尋ねることはせず、ユキトはレオナへ指示を出す。

「よし、なら……合図と同時にやるぞ」

「わかった」

「ディル、いけるな？」

『もちろん』

ユキトは呼吸を整え、間近に迫ろうとする魔物へ目を向けた。ここでダインが走り、霊具の能力を使って——すり抜ける。不意を突かれたといった様子で魔物が一瞬足を止め、吠《ほ》えた。

ユキトはそれを好機と捉え、叫ぶ。

「……今だ！」

ユキトとレオナは同時に霊具を振り下ろした。途端、魔力と炎が弾け魔物へと注がれる。ユキトが放ったのは魔力の衝撃波。それを地面に叩《たた》きつけ、散弾のように拡散し魔物へ浴びせる。さらにレオナの炎が魔物を覆った。

両者の攻撃は先頭の魔物をズタズタにした。そこから後続の魔物も巻き込み——しかし全部を同時に倒すことはできない。

そこで動いたのがダイン。後方に回った彼の刃《やいば》が動きを止める魔物に当たり、倒すことに成功した。弱った魔物ならば倒せる——ユキトも追撃するべく走る。レオナも追随し、三人が残る魔物と交戦。倒すのに——一分も掛からなかった。

互いの霊具についてまだ把握していなかったが、十分な連携。ユキトはこれなら魔物がいくら現れても大丈夫、と考えつつ剣を鞘《さや》に収めた。

「戦闘終了だな……とはいえ、こんな風に魔物に何度も襲われれば大変だな。ディル、周辺に気配とかあるか？」

『んー、特にないね』

「軍勢から離れたはぐれ者、といったところかしら」

声はセシルのものだった。見れば後方から近づいてくる彼女の姿が。

「周辺を索敵《さくてき》したけれど、ユキト達が倒した個体以外に気配はないわ」

「そっか……けど、警戒はしないといけないな。ダイン、村まではまだ一日以上掛かるんだよな？」

「ああ。単独で行動するなら朝に山へと入り、夜には辿《たど》り着けるかもしれないが、さすがにこの大所帯では難しい。元々、山道に入ってからは二日掛けて行くことを予定していたが」

「なら、少しペースを速めて夕刻前までにキャンプをする場所まで進もう。夜になったら危険度も増すからな」

「そうだな」

ダインの同意を得て、ユキトは騎士達へ指示を出すようセシルへ伝達。そこからは魔物を警戒しつつ、少し歩調を速め山道を進んだ。

その後、予定通りにキャンプ場所へ辿《たど》り着くと、日が沈むまでに全ての準備を整えた。そこは周りを木々に囲まれた休憩所。テントがいくつも張れる広さがあり、この広場に結界を張って安全圏を確保する。

テントの前でいくつもたき火の炎が上がり始めた時には、空は真っ暗になっていた。ユキトはその内の一つを前に座る。同じたき火を囲むようにレオナとセシル、そしてダインが座り込み、夕食の時間となった。

「……なあダイン、質問いいか？」

薄く切ったチーズを口に入れながら、ユキトは口を開く。

「この旅の目的はイズミの霊具を使ってザインの居所を把握するための霊具を作ること……そして作成したらザインがどこにいるかを探索して、場合によってはそちらへ向かえという指示を受けている」

「ああ」

水筒を口へ運びながら、ダインは淡々と答える。

「ダインに頼んでいるのはあくまで案内で、今後同行するかは改めて話し合うってことにしているけど……居所がわかったら、単独で動くか？」

「――戦闘手段を見て、想像はついているはずだ。俺の霊具は一人で戦い抜けるほど強力じゃない」

ダインは自嘲気味に笑う。

「本音を言えば俺一人で決着をつけたいが、仮に単独で向かっても、途中で殺されるだけだな」

「……その霊具、敵をすり抜けるってことは、例えば壁なんかも……」

「いや、それはできない。俺も特性を全部把握しているわけではないが」

と、ダインは腰に差す剣を抜く。すると霊具が光を発した。

「この霊具の名は『次元刀《じげんとう》』という。戦いを見てもらえればわかる通り、敵の体をすり抜ける……正確に言えば薄皮一枚分、俺の体を違う次元……異相に移すことができる」

解説に、ユキトに加えメイやレオナも首を傾《かし》げた。

「次元、と言ってもわかりづらいか。まず、能力を行使しても透明になるわけじゃない。気配はきちんとあるし、視認もできる。だが」

ダインは刀を持たない左手をたき火へ近づける。すると炎は彼の指に触れるのだが、透けているように肉体を貫通する。

「このように、害のあるものに対してはすり抜ける……俺はここに座っているが、霊具の効果を発揮している間は、気配以外は異空間に存在し、攻撃が通用しない」

ここでメイが立ち上がりダインへ手をかざすと、その手は彼の体の中に入り込んだ。というより、ダインの体が幻のようになっていると言った方が正しいかもしれない。

「ただし、これには問題もある。確かに攻撃は防げるが」

メイが再び座り込んだタイミングでダインは燃える薪《まき》に手を伸ばした。それをつかもうとするが、手は空《くう》を切ってしまう。

「能力が発動していると、俺も干渉できない」

「ということは、攻撃する場合……」

「能力を解除する必要がある。加え、何か物に触れている間は能力解除も発動もできないし、魔力の塊である結界についても通過不能だ。さらに言えば、俺が壁と認識するものも通過できない」

「壁……？」

ユキトが聞き返すと、ダインは頷《うなず》きながら左手を地面に置いた。

「全てを透過するなら、地面だってすり抜けられるはずだ。だがそれはできない……色々と制約があるため万能とは呼べないが、敵の攻撃を回避し刃《やいば》を突き立てることは可能……ただし相手に刃を当てるには一度能力を解除しなければならないため――」

「囲まれていたら攻撃はできるけど、即座に反撃を受けて死、ってわけか」

「そうだ。さっきも言った通り、何かに触れていると能力を発動も解除もできないため、相手を刺したはいいが、剣を抜く間は能力が使えない。つまり、攻撃する間に背中ががら空きで、単独では死しか待っていない……必ず援護がいる」

そこでダインはユキトへ目を向ける。

「黒の勇者……そう呼ばれるあんたのような相当な実力者がいなければ、俺は死ぬ」

「俺達と一緒にザインを追うんだな？」

「ああ」

「なら、この旅では運命共同体だ。ザインを倒せるよう、頑張ろう」

ダインは小さく頷《うなず》き同意する。

「レオナ、俺は君とダインと組むってことでいいな？」

「オッケー」

「よし、そういうことで……ちなみにだがダイン、能力の行使は魔力を消費しているんだよな？　もし能力が発動している時に魔力がなくなったらどうなる？」

「不明だが、次元の異相から戻ってこれなくなるのは確かだ。この刀の前使用者は、能力の使いすぎで消滅した……なんて話も霊具を持つ前に聞いた」

「怖いな……」

「リスクは承知だ。だが、それだけの価値もある」

　ダインは火を見据えながら告げる。彼が兄に対してどう思うのか――ユキトは気になったが、これは無理に尋ねるべきではないと考え、質問を控えた。

「……なら、よろしく頼むよ」

　ユキトが言うと、ダインは「こちらこそ」と応じた。

　どこか、抑え気味な感情表現だった。相手が来訪者だから緊張しているのかもしれない。

（こういう時、カイだったらもう少し上手《うま》くやるんだろうな……）

　そんなことを考えつつ夜空を見上げる。聖剣を持つカイは今頃、フィスデイル王国の王城内で動き回っているに違いない。

（そういえばダインと顔を合わせた際、何か考えついた雰囲気だったけど……）

　一体、何をやろうとしているのか。ユキトは疑問に思いつつ、仲間達と雑談に興じることにした。

＊　＊　＊

　――ユキト達が旅を始めてから少しして、カイは資料を手にある部屋を訪れた。そこは多くの人が座れる、カイ達が召喚されて最初に通された部屋。会議室的な機能も持ち合わせており、本日の昼に大臣を含め重臣達《じゅうしんたち》が顔を合わせて重要な話し合いをすることになっていた。

ドサッ、と机の上に資料を置いて、カイは着席する。同時に部屋へ入ってくる人物が。

「あら、まだみんな来ていないようね」

竜族としてこの国に仕える、リュシルであった。派手さのない白いローブと空色の髪が特徴的で、カイは彼女へ視線を送ると口を開いた。

「実を言うと、リュシルさんにだけは集合時間を少し早く伝えていたんだ」

「それは、私と話がしたいから？」

「うん」

頷《うなず》くカイに対し、リュシルは向かい合うように座る。

「私だけ……というのは気になるわね。それは今回の議題に関係すること？」

「そうだ」

――ここに重臣達が呼ばれるのは、王城内にいるであろう裏切り者を探すためだ。カイを始めとした来訪者達は王城でも安全に過ごせるよう対策を施し、城内においてクラスメイトだけが入れる空間を形成している。

さらに言えば、食事なども「自分達で作ろう」なんて言いだして実行する人もいた。暗殺や毒殺についてはは心配ないとカイは踏んでいるが、念のため警戒――というのは、当然の判断だとカイは考えたので、仲間の好きなようにさせている。

「シャディ王国での戦いを踏まえれば、邪竜側に情報を流す人物は、僕らと関係の深い人間か、僕らの詳細な情報を集められる人間だ。ジーク王が自分さえも疑うべきだと表明したように、この後に開かれる会議の中に裏切り者がいる可能性がある」

「というより、そう推測するのが自然ね」

リュシルの発言を受けて、カイは深々と首肯する。

「うん、だから密《ひそ》かに対策を立てようかと思って」

「……裏切り者の候補には当然、私も含まれるでしょ？」

と、リュシルは小首を傾《かし》げカイへ質問する。だが、

「リュシルさんは含まれていないよ」

「なぜ？」

「あなたは絶対に裏切り者ではない……そう確信しているためだ」

カイの言葉にリュシルは眉をひそめた。なぜそこまで信頼してくれているのか——だが、視線が合わさると何が言いたいのか察したらしく、彼女の顔が疑問から驚愕《きょうがく》へ変わっていく。

「……カイ、あなた——」

「先に言っておくけど、別に直感とか推測というわけじゃない。聖剣の力……それによっ

て、気付けたんだ。これはユキト達仲間にも伝えていない……あなたにとってはそうした方が良いだろうし、そうすることで――」

「そこまで理解しているのなら、私からは何も言えないわね」

笑みを浮かべリュシルは言う。

「ただ、仲間達にも話さないというのは？　側近のユキトにすら事情を伝えないの？」

「……交渉、とか取引と言うにはおかしいけれど、密かにやってほしいことがあるんだ」

「それは、今回の議題とは別に？」

「うん。それは――」

カイはリュシルへ説明をする。それを聞いて、彼女は再び驚愕した。

「正直、これは僕としても仲間に伝えるべきではないと考えている……確認だけど、理論的にはできるだろう？」

「ええ、可能だけれど……まさか、そこまで考慮するとは、あなたには驚くばかりね」

「内容的に、倫理面においてかなり踏み込んでいる。それでもやってもらえるかい？」

「他ならぬ聖剣所持者の頼みとあらば……それに、私のことを理解して頼んでいるのなら、なおさらね。ええ、やりましょう。ただ、そうであれば私からも一つ」

「邪竜との戦いに際して、聖剣以外の対策……だね？　しかもリュシルさんには案がある」

「ええ。これはカイでは務まらない。だとすれば……」

「ユキトが適任だと思う。霊具の特性を考えると、おそらく最終的にそうなるだろう」

ここでカイの言葉は一際重くなった。その雰囲気でリュシルも何が言いたいのか察し、

「もし、他に仲間がいたら怒るところでしょうね」

「最悪を想定しているというだけの話だよ。ユキト達も納得……してくれるかどうかはわからないけれど、備えをすることはわかってもらえるさ」

「どうかしら……ま、いいわ。私はカイの言葉に従う。ここでの話は、誰にも漏《も》らさないようにすればいいのね？」

「それで構わない……あ、僕が頼んだことについて、仲間の一人に話は通しておくよ。彼の力だけは、どうしても必要だからね」

「わかった……と、今回の議題については打ち合わせをする？　二人きりだし、何かあれば口裏を合わせるけれど」

「なら、それについて話すよ……確認だけれど、リュシルさん。ダイン＝エルトマという人物についてどういう経緯で城に来たか調査してもらえたかい？」

「ええ」

リュシルは小さく頷《うなず》いて、

「彼はザインのことを聞きつけ、ギルドを介して城とコンタクトをとった……身元が確か

だったからギルド側は城へ連絡して、セシルが会った……彼本人はザインが兄であることをユキト達に会うまで話さなかったから、ギルド側としては何かしら信奉者についての情報を提供した、くらいの感覚みたいね」

そこまで述べた後、リュシルは小さく息をつく。

「素性に関しても裏切り者である可能性はほぼゼロね。今回の旅に同行しているのは、これから始まる会議で話すつもりだけど――」

「そこだ。申し訳ないけど、旅のことについては、この資料に沿って話をしてほしい」

カイは机の上に置いた資料をリュシルへ手渡す。彼女はそれを一読して、

「これは……何故？」

「裏切り者を暴くための、策だ」

リュシルはカイと視線を重ねる。部屋の中に沈黙が生じた後、やがて彼女は何かを理解したように、

「……これ、場合によってはユキト達が――」

「そうだ。もしザインの居所が見つかれば、ユキトへ話そうと思う」

「なるほどね……ずいぶんと、重い決断をしたわね」

「勝たなければいけない……だからこその、選択だ」

カイの脳裏に、倒れた二人の仲間の姿が思い起こされた。自分のせいで死んだと思い、

絶望した――けれどユキトに励まされ、再び戦う意思を取り戻した。

それと共に、カイは確信したことがあった。邪竜との戦い、ただ正道を進むだけでは勝てない。何か、敵の裏をかける方策を見いださなければならない。

「……わかったわ。カイの決断により、裏切り者が見つかるよう祈りましょう。そして」

リュシルはカイの目を真っ直ぐ見据え、言った。

「あなたの苦しみを、私も分かち合うわ。私財を投じてでもあなた方が十全に戦えるように全力の支援を、約束する」

「リュシルさん……」

「これぐらいはさせて。シャディ王国の戦いであなたに対して何もできなかった……その事実に、私も後悔しているのだから」

「……ありがとう」

礼を述べた時、部屋の外から複数の足音が聞こえてきた。大臣達がやってくる。そこでカイはリュシルへ最後、

「これについてユキトとも相談する。策が固まったら、改めて報告をするよ」

「わかった」

その時、部屋に新たな来訪者――大臣のザン＝グレンの姿が。

「おや、お二方とも準備が早いですね」

「話す内容を事前に決めていたんですよ」

机の資料に手を置いてカイが告げると、グレンは苦笑する。

「このような会議の場においても、カイ殿は完璧ですな……さて、本日は大変重要な案件。疑心暗鬼もあるでしょうが、全力で取り組まなければなりません」

「グレン大臣としては、怪しい人物はいますか？」

カイが問い掛けるとグレンは着席しながら頭をかく。

「調査を進めていますが、まだなんとも……とはいえ、あなたを含め皆様を呼び寄せたのは他ならぬ私の判断です。必ずや、裏切り者を見つけましょう」

そう語るグレンの表情は引き締まっていた。なんとしても、敵を見つけ出す――強引な手法でカイ達を召喚した彼にとって、今回の一件は内心憤慨しているのだろうと、カイは察する。

会話の間に、続々と人が入ってくる。最後には王であるジークと護衛である騎士エルトが入室し、室内に緊張が生まれた。

エルトを除く人物達が全員着席すると同時、彼が進行を始めるらしく口を開いた。

「皆様、お集まりありがとうございます。今回の会議は、聖剣所持者であるカイ様の発案によるものであり、先のシャディ王国での戦いにおいて判明した、王城内にいる内通者についての話となります。ではまず、大まかな概要について、カイ様……お願い致します」

「はい」

カイは席を立つ。多数の重臣《じゅうしん》が見つめる中、カイは威風堂々と語りだす――そうして、戦場とは違う新たな戦いが始まった。
＊　＊　＊

テントで一泊し、明け方から出発して昼前にユキト達は目的地であるダインの故郷へと辿《たど》り着いた。

そこは彼が話していた通り、誰もいない――村があったということがわかる多数の廃墟と、瓦礫《がれき》だけが残っている。

「……ん？」

ふいに近くにいたメイが横を見る。釣られてユキトも視線を送ると、多数の墓標があった。

「時折この村に来る商隊と一緒に作ったものだ」

ダインはユキト達へ説明する。

「俺が村を訪れたのは、彼らの護衛もあったからな」

「そうなのか……」

　風が吹き抜ける。荒涼とした世界で朽ちた木が揺れ、時に石が音を立てて地面へと崩れ落ちる。

「家に案内する」

　淡々とした口調でダインは先導を始めた。それに対しユキトは何も言えない。故郷を失う――それはユキトにとってまったく想像のできない痛み。ただ、セシルが恐れていた事態だったことを考えると、何より耐えがたいものであったはずだ。

　やがて辿り着いた廃墟は、他よりも大きな家だった。屋根は存在せず、壁も原形を留《とど》めていない状態ではあったが、唯一地下室への階段は残っていた。

「セシル」

　ここでユキトはパートナーの名を呼んだ。

「騎士達に周囲の索敵《さくてき》をお願いしていいか？」

「わかったわ」

「イズミ、レオナ。俺と一緒についてきてくれ」

「ん、了解」

「わかった」

　ユキトは二人の返事を聞いた後、リュウヘイへ視線を移す。

「そっちはどうする？」

「中に敵はいないだろうし、狭そうだから俺はパスだ」

「そうだな……ダイン、頼む」

「ああ」

ダインの案内に従って地下室へ。といってもそれは人が二人も入れば窮屈に感じるほどの手狭な空間。ユキトはイズミを先導させ、ダインが明かりを生み出し瓦礫《がれき》だらけの地下室へ足を踏み入れる。

「ガラクタばかりだが、この辺りにヤツが使っていたものが残っている」

ダインが指を差す場所にイズミが目を向ける。次いで杖《つえ》をかざし、

「うん、魔力を感じ取れる。いくつか拾って捜索できる霊具を作ってみるけど、いい？」

「ああ。遠慮なく」

——そこからイズミは地上へ戻り、騎士達に帯同した魔法使いと共に作業を始めた。それを黙ってユキトが見ていると、ダインが近づいてくる。

「作業はどのくらい掛かりそうだ？」

「わからない……けど、この旅が始まる前に試作した時は、十五分くらいで作った。そんなに時間を必要とはしないと思う」

「そうか……」

沈黙が生じる。ユキトは何か話をすべきかと考えたが、その間にセシルが近寄ってく

る。

「周辺に魔物はいないわ」

「わかった……ダイン、もしザインの居場所を特定できたら一度カイと通信魔法で相談する。敵の位置によっては、このまま移動することになる」

「当然、ついていく」

その顔は、この旅の途上よりも遙《はる》かに険しいものになっていた。廃墟と化した故郷を再訪したことで、決意を新たにしているのだろうか。

ただ彼の覚悟の強さがどこか危うくも感じ、ユキトは口を開きかけたが、

「……心配するな、冷静さ」

ダインは、そうユキトへ応じた。

「初めて顔を合わせた時、俺は言ったはずだ。自分の手で決着をつけたいと。この霊具なら、それも可能……だが、たった一人では無理だ。無謀な真似《まね》はしないさ」

彼は空を見上げる。そんな様子をユキトはセシルと共に見続ける。

「……俺達は、村の長の息子だった。村を開拓し、作物を育て……こんな辺境で、慎ましく生きていた」

「家が大きいのは、それが要因か？」

「そうだな。俺とヤツは村を仕切る父の背中を見て育った。その姿は格好良かったし、憧

れもあった。いつかあんな風に村の人をまとめ、発展させていく……そんな想像をしていたが、ある時それよりもまばゆいものを見つけた……見つけてしまった。霊具を手に魔物を狩る、冒険者の姿を」

――それはきっと、鮮烈なものだったろうとユキトは想像する。

「こんな辺境だが、それほど魔物は多くない……現れたのなら大事件で、それこそ犠牲者が確実に出てしまう。だが、俺が小さい頃に見た時は違った。たまたま村を訪れていた商人の護衛として付き添っていた冒険者の一人が、あっさりと魔物を倒してみせた」

ダインは空から廃墟へ視線を移す。

「今思えば、冒険者にとって何てことのない魔物だったのだろう。だが村の人にとって、俺が憧れを抱く父でさえも、魔物は脅威であり恐怖の象徴だった。子供の頃、どれほど恐ろしい存在なのかを教えられてきた。だからこそ魔物に対し村の人間は逃げ惑うしかなかったが、その冒険者は事もなげに、倒してみせた」

ユキトは彼が語る光景を想像する。幼い兄弟は大人ですら怯《おび》える脅威を前にして、震えるしかない。だがそんな存在を、たった一人の戦士があっさり対処した。それはまさしく、救世主以外の何者でもなかったはずだ。

「その日から、俺とヤツは冒険者になることを夢見た。時折訪れる商人や、護衛の戦士から話を聞くようになった。俺達を助けた戦士のような人間が、この世界に山ほどいると知った時の衝撃はすごかった。ますます冒険者の世界へ飛び込んでみたいという欲求が生まれたが……当然、両親からは反対された」

ダインは自嘲するように笑う。それはどこか、後悔の念が混ざっている。

「兄弟揃《そろ》って親不孝者だった……やがて、ヤツは密《ひそ》かに準備をしていた荷物と共に誰にも言わず村を飛び出した。その後の足跡はまったく知らない。俺が遅れて数年後、冒険者になってギルド登録して情報を漁《あさ》っても何一つわからなかった」

「……あなたは、兄に会いたかった？」

セシルが問う。それに対しダインは首を横に振った。

「そういうわけじゃなかった……が、まあ冒険者稼業の中で偶然再会する、なんて物語を夢想したことはあったさ。でも、居所がわからない以上、俺には何もできない。だから名声を高め、迷宮攻略のために活動していれば、会えるかも……などと期待し、日々過ごしていた。そして」

「邪竜が出現した」

さらなるセシルの言葉に、今度こそダインは頷《うなず》いた。

「ヤツがなぜ信奉者になったのか……理由は不明だが、そこにはおそらく後ろ暗い何かがあったんだろう。勇者ユキト、あんたからヤツが何を語っていたか聞いたが、こんな稼業をしていたなら、力を求めるのは普通だ。強くなるということは、それだけやれることも増えるし、何より名声を高めることができる」

ダインはユキトへ視線を移し、なおも続ける。

「だが、信奉者……邪竜なんてものに頼って力を得ようとするなんて、常軌を逸している。例えばの話、元々権力を持ち、さらに大望を秘め国を乗っ取ろうなんて考える輩《やから》だったら、甘言に乗せられて従うかもしれない」

シャディ王国の元将軍、ゴーザはまさしくそうだった。

「しかし、ヤツはこの村を故郷とする、何の権力も持たない身だ。無理矢理村を出て、ロクな装備だって買えなかっただろう。俺は偶然、懇意《こんい》にしていた商人の計らいで霊具を手にする機会に恵まれ、それを物にできた。だが、ヤツはおそらく違う」

ダインはそこで何かを堪《こら》えるように、両拳《りょうけん》を握りしめる。たとえヤツと呼んでいても、信奉者ザインは、彼の兄だ。思うところがあるはずだ。

「そこには、力を渇望するだけの何かがあった……俺達も想像できない、何かが」

そこまで言うと、彼は作業を進めるイズミへ目を向けた。

「……と、ここまで喋《しゃべ》ったが、別に同情してほしいわけじゃない。どういう経緯であれヤツの決断は狂気的で、災厄をまき散らす以上、許されるものではないって話だ」

「そうだな……だけど」

ユキトはダインへ同意しつつ、感謝を述べる。

「話してくれて、ありがとう」

「礼を言われるようなことはしていないさ」

笑みを浮かべるダイン。踏み込んだ話をしたため、親交が深まった——そうユキトが思ったところで、

「よし、完成！」

イズミの声が、響き渡った。

ザインの魔力を元に、彼を捜索する霊具を作成——結果としてそれは上手《うま》くいったようだった。

「ん、とりあえず今起動してみる？」

イズミはユキトに向けて左手をかざす。そこに、簡素な腕輪があった。

「イズミ、確認だけど使用方法は？」

「腕に着けて魔力を込める。それでどこにいるのか大雑把に観測できる。敵が近ければ、より精度は高くなるけど」

「捜索していてこちらの動きが読まれることは？」

「ない。霊具を通して魔力を発するんじゃなくて、漂ってきた魔力を計測して、居所を割り出す装置だから」

「におい検知器みたいなものか」

メイの言葉にイズミは「そうそう」と同意する。

「といってもその距離は大陸全土……とまではいかなくとも結構な距離は観測できるよ。元々信奉者は魔力の塊だし、距離があってもいける」

「わかった。俺が試しに起動してみる」

ユキトはイズミから霊具を受け取る。腕輪、といっても金属製などではなく、木の板に紐《ひも》がついているシンプルなもの。見た目はアクセサリーとしても貧相だが、込められた魔力は相当なものだと、着けてみてユキトは理解する。

「えっと、これに魔力を……」

イズミの言う通り魔力を込めた途端——ユキトはある方角から、腕輪に秘められた魔力と同質の気配を感じ取ることができた。

「お、これか……うん、感じ取れるな」

「なら成功だねー」

「ユキト、方角は？」

セシルに尋ねられ、ユキトは黙って西側を指さした。

「大雑把だけど、山を越えた先なのは間違いない」

「そう……なら居場所は、ベルファァ王国ね」

「国をまたぐのか？」

「この村から西へ山を越えればベルファ王国に辿《たど》り着くの。もしザインを追って国境を越えるのであれば、ベルファ王国へ連絡を取らないといけないわね」

「それについてはカイと相談しよう。隣国へ足を踏み入れるのなら、それなりに話を通さないとまずい。早馬か何かを使えば、俺達が山を下りベルファ王国の王都へ向かう間に事情を説明できるだろ。ただ……」

　ユキトはここで自分の装備を見やる。

「俺達がフィスデイル王国の人間であることは一発でバレるけど……」

「まずはカイやリュシル様と相談しましょう」

「了解……イズミ、カイと連絡を取りたいんだが、手段があるって言ったな」

「うん、連絡用の霊具を開発したからね」

「何でもありだな……」

　イズミの霊具は天級――確かに霊具を作り続ければ、戦局どころか一つの戦争に影響を与えるほどの効力を持つ。

　ユキトの言葉にイズミは持参した鞄《かばん》から何かを取り出す。それは丸みを帯びた青い水晶体。

「これに魔力を込めれば、起動して会話ができるよ」

「どういう理屈なんだ？」

「微弱な魔力を飛ばして、対になっている霊具に呼び掛ける……原理的には電話というより、トランシーバーに近いかな」

「会話可能な距離は無茶苦茶だけどな……」

ユキトは水晶体をイズミから受け取る。

「えっと、会話についてはカイから指示を受けているから、俺だけで行う。隅の方でやるから、その間にセシル達は野営の準備をしてくれ」

「わかったわ」

――なぜユキトだけなのか。それは騎士達の存在が理由だった。

可能な限り帯同した騎士は身辺調査を施したし、そもそも裏切り者である可能性は低い。だが、どのような形で情報が漏《も》れるかわからない。よって、来訪者同士で会話をする場合は、騎士達には聞こえないよう対策するようにとカイは指示を出していた。

ユキトは仲間達と距離を置いて魔力を込める。すると、水晶体に熱が生まれ――十秒ほどして、声が聞こえた。

『……ユキトかい？』

「カイ、そっちは大丈夫か？」

本当に繋《つな》がった、とこんな異世界で長距離会話をしている事実にユキトは内心驚く。

『うん、今は部屋の中だからね。連絡が来るんじゃないかと待機していたところだ』

「おいおい……」

『というのは半分嘘《うそ》で、休憩中だったんだよ。でも、そろそろ到着する頃かなとは思っていたから、正解だったみたいだね』

「ああ。こちらの現状を説明すると――」

ユキトは簡潔に話をする。それに対しカイはどうやら予想していたようで、

『ベルファ王国か。フィスデイル王国内にいるかどうか怪しいと推察していたが、やはりまた周辺各国で活動しているのか』

「俺達はザインを追う、でいいのか？」

『うん、それで頼む。ベルファ王国にはすぐに連絡するよ。ユキト達が山を下りる頃には、問題なく入国できるようになっているはずだ』

「わかった……ただ名目はどうする？　さすがにザインを探していると公表するわけにはいかないよな？」

『もちろんそれは変えてもらうよ。そもそも、フィスデイル王国内でもユキト達の旅の目的については知らせていないし』

「……何故だ？」

『裏切り者を、探すためだ』

なぜザインを捜索することと繋《つな》がるのか——疑問に思っているとカイから説明があった。それを聞いてユキトは、

「元々、計画していたのか？」

『ザインの居所次第とは考えていた……かなり危険な任務になるけれど』

「やり方によっては、ザインと裏切り者を一掃できるかもしれない手法だ。リスクはあるし、場合によっては犠牲者だって出るかもしれない」

ユキトの発言にカイは沈黙する。

「だけど、こちらも相応のリスクをとらなければ、勝てない相手……だろ？　それは仲間達もわかっている。レオナやリュウヘイ達には、後で個別に話しておくよ。納得してくれるさ」

『すまない、かなり危険な役目を背負わせる』

「そっちだって大変だろ？　俺達のことは大丈夫。カイは自分の役目を全うしてくれ」

それから動き方の詳細を聞いて、通信を切った。ユキトはカイから受けた指示を頭の中で整理し、仲間や騎士の所へ戻る。

「何て言っていたの？」

メイが先んじて尋ねてくる。それにユキトは、

「カイから新たな作戦を言い渡された。ザインを追討しろと」

「ということはベルファ王国に？」

「ああ。使者を派遣して俺達が行くことを伝えてくれるらしい。俺達が下山して、ベルファ王国へ向かう……その間に連絡をしておくってさ」

ユキトはここでセシルへ顔を向ける。

「騎士のみんなも引き続き一緒に行動してほしい」

「もちろんよ」

騎士達は黙って拳《こぶし》を掲げる。それが来訪者達に対する敬意なのだとユキトは理解し、

「ありがとう……確認だけどダインも――」

「当然だ」

「わかった。それでカイから二つ、重要なことを言い渡された。一つはこの旅の名目だ」

その言葉に、仲間や騎士は全員ユキトへ視線を集めた。

「敵は裏切り者だけでなく、様々な手法で情報を収集しているはず。その中で俺達がザインを追っていると聞けば、捜索する霊具や魔法を開発していることが知られるだろ。俺達が居所を検知できるのは大きなアドバンテージだから、まだ秘密にしておきたい。よって、ベルファ王国に対しては別の用件で訪れたことにする。全員、そのつもりで頼む」

「名目上の目的は？」

問い掛けたのはイズミ。それにユキトは彼女を指さし、

「イズミの霊具だ」

「へ？」

「カイによると、ベルファ王国の王女様は霊具の研究家らしい。そこでイズミが持つ霊具の開発能力を理由に王国との連携を持ちかける。実際効果はあるだろうし、いずれやりたいとリュシルさんも言っていたらしいから、今回の旅に合わせて実行する」

そこまで述べると、ユキトはセシルへ目を移した。

「同時に信奉者や魔物がいれば、討伐に参戦すると……戦いの中で、ザインと遭遇することもあるはずだ」

「そうね……この旅の目的については、私達の秘密ね。了承したわ」

「そしてもう一つ。ダインについて」

「俺の情報が敵に知られれば、ヤツも何かしら動く」

他ならぬダインが、ユキトが何を言いたいか理解したらしく、口を開いた。

「俺の霊具の特性から考えても、知られない方が良さそうだな……つまり、俺のことは隠せというわけだな？」

「そうだ。もしベルファ王国の王城に入るとしても、ダインは入城せず、別行動をとってもらうかもしれない」

「構わないさ。元々城で謁見《えっけん》なんて堅苦しいのは嫌だったからな」

「というわけだ。単純にザインを追う、という旅ではない……そして厳しい戦いが待っているはずだ。全員、肝に銘じてくれ」

その言葉に仲間も、騎士も頷《うなず》き従う――こうして、廃墟となった村の中で、ユキト達はザインを追う旅を始める決意を固めたのだった。

＊　＊　＊

その戦士が最初に請けた仕事は、単純極まりない魔物の討伐。とはいえ辺境の村から出てきたばかりの人間が到底成しえる仕事ではなく、別口で仕事を引き受けた冒険者が魔物を倒した。

次の仕事は、馬車の護衛。これも役目のほとんどを別の人物が受け持った。結局その戦士が役立つことはなく、だからこそ多くの挫折を味わった。

剣を学んできたという自信があった。密《ひそ》かに村を出るための準備を進めるのも快感だった。しかし、期待と希望を胸に抱いて村を飛び出した結果は、それこそ絶望的な惨状だった。世界とは、これほどまでに恐ろしいのか――たった一人で魔物と初めて相対した時、体をロクに動かせなかった戦士は、そんなふうに考えた。

村に戻るなどという選択もできず、戦士はどうすればいいのか悩み始め、やがてある人物に拾われた。最初戦士は救われたと思ったが、それこそ本当の地獄の始まりだった。

辺境の村の出身かつ、冒険者ギルドへの登録もしていなかったため、野垂《のた》れ死のうが身元がバレることがない――だからスカウトされたに違いなかった。待っていたのは、二度と日の当たる場所へなど戻れない仕事。戦士にとっては思い出したくもない日々。

だが、それをこなさなければ生きることができなかった。文字通り死に物狂いで習得した短剣術を武器に、戦士は暗殺者に異名を変え、闇から闇へと流れていった。

そうして数年の歳月が経過した。暗殺者にとってはあまりに長く、手は血に染まりもはや自分が何を成しているのかわからなくなっていた。恨みが恨みを呼び技術を教えた人物は殺され、彼もまた殺されそうに――だからこそ、逃げた。わずかに残っていた理性が警告し、ほんの一時《いっとき》、闇から光の中へ這《は》い出た。

そしてこれまでの、故郷を出てからのことを思い返し、暗殺者は力を欲した。身の内から湧き出て燃えたぎるような怒りは、この世界全てに向けられた。

力がなければ利用され、使い捨てられる。それを真理と確信し、自分は――自分こそは、あらゆる存在の頂点に立ちたいと願った。まともに霊具すら使えない暗殺者は、それがどれだけ望んでも手の届かないものだと知っている。だが、諦められなかった。体の奥から沸々《ふつふつ》と憎悪と焦燥感《しょうそうかん》が湧き上がり、身を焦がす。

だからこそ、暗殺者は闇の中に戻り、力を求めた。正攻法は無理である以上、その選択肢しかなかった。

そして暗殺者は、本物の闇と出会った。

『面白い人間だ。力を欲するか？　ならば、望むままくれてやろう』

その者は迷宮にいる自分自身を外へ出すための人間が必要だと語った。そのために闇の中で生き続ける暗殺者に――邪竜は目をつけた。

そうして、暗殺者は人間を捨てた。元に戻る気すら湧かなかった。自分は強さを手に入れ、国を脅《おびや》かすほどの存在となったのだ。

だが、暗殺者は満足しなかった。いや、魔物を率い信奉者となったことで、ようやくスタート地点に立てたのだ。今はまだ借り物の力だ。しかし、絶対に自分だけの――あの邪竜を超える力を絶対に得る――

ふいに、暗殺者は目を開ける。森の中、鳥の鳴き声すらしない空間に一人、寝転がっていた。

「……はっ」

そして皮肉げに一つ笑った後、ゆっくりと上体を起こした。

「昔の夢なんざ見るとは、俺も焼きが回ったか？」

そんなことを呟《つぶや》いた直後、近くの茂みから音が聞こえた。暗殺者は立ち上がり、相手を視界に捉える。

「遅い到着だな、ザイン」

そう告げたのは長身の男性――だった者。白いローブにフードを被《かぶ》り、その奥にある表情は生気をなくしているが、唯一瞳の色だけは黒を保っている。

「ああ、これでも急いだんだぜ？」

声を掛けられた暗殺者――ザインは、笑みを浮かべる。

「タウノ、ここを拠点にしているお前さんと違って俺はフィスデイル王国から来てるんだからな。しかも招集が掛かった段階でシャディ王国にいた。少しは休ませろって話だ……ま、面倒な話し合いが始まる前に到着して、眠ったことで体も軽くなったがなあ」

「ご苦労だと言っておこう。あのゴーザと組んで来訪者を二人始末したらしいな。明確な戦果を上げた以上、こちらも評価はせねばなるまい」

武人気質のタウノは、信奉者になってもどこか人間的な考え方が残っている。その顔つきは三十代半《なか》ばという年齢にしてはずいぶんと精悍《せいかん》で、体格もあって元歴戦の傭兵《ようへい》というのも納得できる、戦闘能力の高い信奉者であった。

（だからこそ、天級霊具持ちの王女様がいるこのベルファ王国を任されたわけだが……）

ザインも戦況は聞いている。正直芳《かんば》しくないらしい。

そもそも、シャディ王国との戦いだって結局は負けているとザインは思う。戦果は得られたがゴーザは死に、『魔神の巣』も壊され、あの国は現在野放しに近い状態になってしまっている。

一応『悪魔の巣』は残っているが、破壊されるのは時間の問題であり、信奉者達は早急に対策を考えなければならなかった。

ザインはタウノと共に森を進む。そうして到着したのは、森の中にぽっかりと存在する草っ原。落雷でもあって木々が焼けたのか、倒れた樹木が複数見られる場所だった。

ザイン達が訪れた矢先、草っ原の中央に闇が出現した。すかさずザインは闇へと近寄り礼を示し、

「ご機嫌麗《うるわ》しゅう」

『世辞はいい。よくぞ来訪者を倒した、ザインよ』

頭《こうべ》を垂れて応じるザイン。タウノはその横に立って、闇をじっと見据える。

『そしてタウノよ、ベルファ王国での戦いについてだが……ここまで戦線を維持していることは評価に値する』

「ありがとうございます」

タウノもまた礼を示した時、この空間に幾人もの信奉者が訪れた。彼らは闇を囲むようにして立つと、闇――邪竜は改めて口を開いた。

『さて、戦況は各々《おのおの》理解しているな？　来訪者……そう呼ばれる異界の人間達が霊具を手にして戦い、各国は息を吹き返している。そうした状況下でゴーザはシャディ王国を支配

しようと動いていたが、来訪者達が派遣されたことで、身を滅ぼす結果となった』

淡々と語る邪竜。現状について不甲斐《ふがい》ない結果だと感じる信奉者もいるようで、俯《うつむ》き自省するような態度をとる者もいた。

『しかし、それと引き換えに来訪者二名を始末できた……とはいえ、結果として来訪者達の結束も高まり、今後同じような手段では精神的な揺さぶりを掛けても通用しないだろう。こちらも、相応の手段を用いなければならん』

「……一つ、よろしいでしょうか」

男の信奉者の一人が、進み出る。

『言ってみろ』

「シャディ王国については、我らの勢力が瓦解しているのは間違いないでしょう。来訪者どもが次に狙いを定めるのは何かわかりませんが……一度攻撃を停止し、潜んで『魔神の巣』を生成するのはいかがでしょうか？」

消極的な策ではあったが、ザインは悪くない提案だと感じた。現時点で人間に対し信奉者達が持つ優位は、居所が知られていない点だ。よって見つからないように注意しつつ『魔神の巣』の再作成に勤しめば、仕切り直すことができる。

そして、大量の魔物を用いて再び攻撃を仕掛ける――来訪者の力は強大だが、決して人数は多くない。一騎当千の力を持とうとも、対処できないほどの魔物を生み出して蹂躙《じゅうりん》すれば、この戦いは勝てる――

『方法の一つではあるが、懸念も存在する』

しかし邪竜は意見に対し否定的だった。

『シャディ王国との戦い、ゴーザへ軍が迫るタイミングが十日遅ければ、結末は違っていただろう。巣と融合してまだ力が完全でない段階で攻撃を受けたため滅んだと我は考える。これは偶然ではない。人間側にゴーザに関する情報があった事実が、今回の結末を呼び込んだ』

「それはつまり、人間であった時の情報により、居所が探られたと？」

提案をした男が問うと、邪竜は『いかにも』と答えた。

『いかに素性を隠そうとすれども、お前達が人間だった頃の足跡が世界に存在するのは確実。まだ開発はされていないが、いずれ我が力を含めて解析され、捜索魔法が生み出されるだろう。現状、人間側が優勢であるならばなおさらだ』

指摘に男は沈黙。もし居所が知られれば、優位な点は完全に消え失《う》せる。

『だが、今の段階ならば利はある』

邪竜は続ける。

『ならば、利を用いて目的を遂行していく。今回、ここに集った者達全員でベルファ王国を攻撃してもらう。この国を標的にする理由は一つ。霊具……二つある天級の霊具、どちらかを奪え』

霊具を——どういう理屈なのかと疑問を呈するものはいなかった。ザインもまた、それについて質問はしない。

なぜならここへ来る道中で、既に理由を聞いている。

「一つ確認を」

タウノが口を開く。彼にとっては担当するベルファ王国の話であるため、気になったのだろう。

「霊具を奪う……そうすれば霊具に秘められた技術を用いて戦力強化を施せますが、現状王女であるシェリスを始めベルファ王国の軍は盛況です。私達と魔物だけでは任務を達成するのは厳しいと愚考しますが」

『ここにいる信奉者に加え、悪魔を使う。更にこれまでに我が力を用いて研究を行った結果……それを利用してお前達を強化する』

おお——と、別の信奉者が声を上げた。単純に邪竜から力をもらうだけではない。今までにない力が——ザインにとっては力を得るためにこのような姿となった以上、歓喜する話なのかもしれない。だが、

(面白くねえな)

抱いた感想はそれだった。そこでザインは記憶を呼び起こす。来訪者が現れて以降、苦

杯を舐《な》め続けた戦いを。

（邪竜による力は、確実に俺達をレベルアップさせるだろう。だが、本当にそれで勝てるか？　そもそも邪竜に従って力を得て、それが俺の望む結果に繋《つな》がるか？）

邪竜の軍門に降《くだ》ったのは、それこそ力を追い求めての行為であり、最初こそ忠誠心はあったが、今は違う。欲するものは、自らつかまなければならない――何度も苦い経験をして、ようやく至ったこれは世界の真理だとザインは確信していた。だからこそ、断定する。このままではただ邪竜に使い捨てられるだけだ。

『何か言いたいようだな、ザイン』

そんな心情を見越してか、あるいは何か感じ取ったのか。邪竜はザインへ向け言及する。

『今回集った者の中で来訪者と切り結んだ経験を持つのはお前だけだ。何か提言はあるか？』

「……では、僭越《せんえつ》ながら一つ」

普段の言動からは考えられないほど、ゾクリとするくらい殊勝な態度でザインは話す。

「来訪者達の力については、一度目に遭遇した時と二度目に遭遇した時とでは、まったく違っていました。次相まみえた際、さらに力をつけていることでしょう。この国で戦う間に来訪者が来るとすれば、想定以上の戦いぶりを示す可能性が高い」

「霊具の成長もあるからな」

タウノが言う。ザインはそれに小さく頷《うなず》いた後、

「これは個人的見解ですが、来訪者達は日が経《た》つごとにこの世界に適応し、力を使いこなせているのではないかと」

『なるほど、霊具の成長だけでなく、個人の成長性……それがこの世界の人間と比べても飛び抜けていると』

「はい」

『これまでの戦歴を考えれば、それは正しい解釈だろう。想定を上回る……であれば、こちらも相手の想定を超える力を得ればいい』

邪竜の言葉に幾人もの信奉者が頷く。さらなる力を——経緯はどうあれ、この場にいる者達は力を欲し邪竜に従っている。

『加え、タウノ……お前の作戦、期待しているぞ』

「お任せください」

『複数の者が連携して行う作戦だ。タウノを軸として、ザイン。お前は副官として援護に当たれ』

——それは間違いなく、来訪者を殺《あや》めた功績から告げたものだ。ザインは黙って頭《こうべ》を垂れる。それと共に、妬みを大いに含んだ視線を感じ取る。

（……こいつらと、競争する必要はない）

ザインは心の内で呟《つぶや》いた。自分の敵が何であるか――それを理解すると、共に戦う同じ信奉者であっても踏み台にしなければと断じる。

『そしてレーヌ。お前に託した技術により、存分に同胞を強化しろ』

「はっ、主様《ぬしさま》の仰《おお》せのままに」

応じたのは女性。フードの下にある顔つきは、人間であった頃とさほど変わらない――美貌。銀の魔女、などと形容される女がそこにはいた。

『此度《こたび》の戦い、仕損じることは許さぬ。心して掛かれ』

闇が消える。ザインは頭を垂れたまま、一計を案じる。

（むしろ、今回の作戦は好機だ。技術を参考に、俺が力を……）

「この場は私が仕切っていいな？」

有無も言わさぬ態度でタウノが発言する。それに対し、誰も否定はしなかった。

「現状、残る魔物を結集させて攻撃準備を始めている。その中に私達が加わり、目的を達成する……とはいえ天級霊具を奪うなど、相応の力と策がなければできない」

「そこで私の出番というわけだ」

超然と――蠱惑《こわく》的《てき》な口調でレーヌは告げる。

「あの御方《おかた》の力を応用した技術。それを用いて好きなだけ強化してあげる。ああ、心配しなくていいわ。此度《こたび》の作戦は運命共同体。実験などと称して無理なことはしない。存分に、望むままに力を与えよう」

自信を覗《のぞ》かせるレーヌの言葉。他の信奉者達は無言ではあったが、少なからず新たな力を手に入れることに対して高揚感があるのか、空気は決して重くなかった。

(邪竜サマの下では、とりあえずいい顔をするってわけだ)

ザインはタウノとレーヌの二人を見ながら考える。少なくとも、内輪もめをしている場合ではないため、この戦いにおいては手を組むだろう。これだけの人数で、共同戦線を張るのは初めてであり、果たして機能するのかという疑問はあるが。

(その中で俺は……まずはレーヌが得た技術についてだな)

全て、手に入れてやろう——そんな内心の考えをよそに、ザインは笑みをタウノへ向け今後の相談を始めたのだった。

第十二章　天級の王女

ユキト達はダインの故郷を後にして、進路を西に向けベルファ王国へ足を踏み入れる。山道から入ったのもあって目立つこともなく、予定通りの日程を消化して王都イムレシアへと辿《たど》り着いた。

まず目に飛び込んできたのは町を囲む白亜の城壁――フィスデイル王国の王都は山と城壁に囲まれた堅牢《けんろう》な都市という印象だったが、シャディ王国は商業を中心にするが故に多くの人が往来しており華やかな雰囲気に満ちていた。

ではベルファ王国はどうか。城門越しに外から見えたのは、城壁の白さに負けないくらい、白を基調とした世界。それは清廉潔白な印象を与え、他の王都と比べても高潔なイメージを想起させた。

「……ベルファ王国は、フィスデイル王国やシャディ王国とは少し王の立ち位置が違うの」

ユキトが町並みを眺めていると、視線に気付いたかセシルが説明を始めた。

「王は絶対的な権力を持ち、国を代表する存在だけれど、さらにこのベルファ王国では国民から崇拝《すうはい》される対象でもある」

「崇拝……国王を崇《あが》めているってことか」

「そうね。ユキト達の性格上ないと思うけれど、王様に対する言動は注意してね。下手すれば、国民に恨まれるから」

「わかった……ま、心配しなくていいさ」

陰口を言う仲間などいないし――と、ここでユキトは近くにいるダインへ目を向けた。

「ダイン、ここからは――」

「ああ、別行動だな。宿は冒険者稼業をしている最中に使ったことのある所を利用する」

続けてダインは宿の名前を告げる。

「大通りに面した宿で、情勢的に満室ということもないだろう。そこで名前を提示してくれれば、部屋を伝えてもらえるようにしておく」

そう言って彼がユキト達から離れようとした時、セシルが声を上げた。

「ダイン、あなたは私達が現地で協力をお願いした冒険者、という形で」

「わかった」

ダインは頷《うなず》き、ユキト達から離れた。彼の姿を見送った後、ユキト達は改めて城門へ向かおうとして――迎えの騎士がいるのに気付いた。

「お待ちしておりました」

一礼した騎士は、先導する形で歩き始めた。それに追随しユキト達は城門を抜け、白い世界を目《ま》の当たりにする。

整然と区画された大通りと建物に驚きつつ、一行は騎士についていく。みんな無言で、淡々と歩を進める。けれどその間に住民から何だ何だと視線が注がれた。

フィスデイル王国からやってきたことは一目瞭然だろう。何をしに来たのかと、遠巻きに歩く姿を眺めているが、騎士がいるためか大騒ぎすることはなかった。

そうしてユキト達は城へと辿《たど》り着く。城壁の白さとは打って変わり青を基調とした、空へ溶け込むような色合いだった。案内役の騎士が門番に話をするとあっさりと入口は開いた。

真っ直ぐ玉座の間へ向かうようで、ユキトは呼吸を整える――これで三度目のはずだが、やはり謁見《えっけん》するのは慣れない。加え、ベルファ王国がまとっている空気感。それが緊張を助長させており、なおかつ今回はカイがいないため代表者として王に対面する必要があるのも大きい。

ちゃんと話せるだろうか、粗相がないだろうか――と考えていると、横を歩くセシルからフォローが入った。

「まず私から話をするわね」

「……いいのか？」

「フィスデイル王国の代表者として騎士が先んじて話をするのが筋でしょう？」

彼女の言葉により、ユキトは肩に入っていた力が少しだけ抜けた。セシルもそれはわかったようで、

「だから、安心して」

そう告げ、ユキトを先導するように進んでいく。

程なくして玉座の間へ通じる扉に到達し、それがゆっくりと開かれた。騎士は扉の傍《かたわ》らに立ってユキト達を促す。

靴音を響かせながら中へ入ると、日の光が差し込むように作られた明るい広間が出迎えてくれた。

そこにいたのは数人の大臣と思《おぼ》しき人物と、幾人かの騎士。そして玉座に王と、傍らに女性が立つのみ。これまでのように列を成して出迎えているわけではない。

ユキトは真っ直ぐ玉座へ向け歩む。王達が沈黙を守っているため、ユキトは声を発さないように意識した。やがて玉座へ続く数段の階段前でセシルが立ち止まると、ユキトもまた足を止める。

そして跪《ひざまず》こうとした時、声が聞こえた。

「礼は必要ない。ようこそ、フィスデイル王国の勇者達」

王はそう口を開いた――黒髪が若々しさを主張しており、その姿は老齢とはいかない。

その容姿はこれまで見てきたフィスデイル王国やシャディ王国の王とは印象が異なり、精《せい》悍《かん》という言葉が似合う雄々《おお》しい顔つきだった。

「今回、ここを訪れたのは我が娘……シェリスの力を借り、新たな武具を作成することと聞いている」

傍《かたわ》らにいる女性が反応。彼女こそ、シェリス王女なのだとユキトは察する。

王女は茶髪碧眼《へきがん》かつ、聡明な美人——シャディ王国のナディ王女のような爽快さとは異なり、王都に抱いたイメージそのままに、何者にも染まっていない、清廉潔白な印象を抱かせる。

格好は彼女の体格からするとずいぶんと仰々《ぎょうぎょう》しい法衣。白を基調としながら袖や襟元には彩色が成され、王族としての威厳をしっかり併せ持っている。

「……はい、今までの戦いを踏まえ、戦況が厳しくなるとの予想からです」

王の言葉に答えたのは、セシルだった。ユキトより前に進み出て、自らがフィスデイル王国の代表だと言う風に、話し始める。

「今回、突然ながらお招き頂きありがとうございます……しかし、早急に事を進めなければならないでしょう」

「次の大きな戦いが始まる前に、だな」

王は顎《あご》に手をやった。思慮深く、冷静——そんな印象をユキトは受ける。

「事前に話をした使者からは、来訪者達の中に霊具を解析できる者がいると」

「はい」

「ならばまずは、その者とシェリスを話し合わせよう。今後の戦いに役立つものが生まれるかどうかは……研究というのは一朝一夕で達成できるものではない。しかし、シェリスと来訪者の力ならば、あるいは……」

　真っ直ぐユキト達を見る王。それはまるで、まだまだ人生経験の少ないユキト達を、優しく見守るような雰囲気すらある。

　やがて――王は笑みを浮かべる。これまでとは一転、緊張を解きほぐすような態度だった。

「いいだろう、諸君らを歓迎する。霊具の研究を含め、自由にしてもらって構わない。特に来訪者は世界の救世主……最高待遇でもてなそう」

　場合によっては、シャディ王国のように勧誘があるかもしれない、などとユキトは胸中で思っていると、

「来訪者の代表は、君か？」

　ユキトは王と視線が合う。そこで自らも一歩進み出て、

「ユキト＝セガミと申します」

「エルベイル＝ヴォードゥ＝ベルファだ。名は聞き及んでいないが、腰にある剣から察す

るに君が『黒の勇者』か？」

「はい」

おお、と周囲の大臣や騎士がどよめく。

「ふむ、話によると来訪者は戦闘経験など皆無だったと聞いているが、その佇《たたず》まいは歴戦の戦士を彷彿《ほうふつ》とさせるな」

「ありがとうございます」

「そちらから、滞在中に要望はあるか？　フィスデイル王国と比べれば贅《ぜい》を尽くすにしても限度があるかもしれないが、可能な限り要求には応えよう」

相当評価されている――とユキトは思いつつ、願いとは別のことを口にした。

「ベルファ王国の内情は把握していないので、差し出がましい話ではあるかもしれませんが、もし邪竜……ひいては信奉者との戦いがあれば、協力致します」

ユキトの言葉は、意外なものだったらしい。国王は目を丸くし、ユキトを凝視した。

「これは驚いた……場合によっては協力を依頼しようと考えていたが、まさかそちらから水を向けてくるとは」

「邪竜討伐は来訪者である私達の目標でもありますから」

「目標か……それは、元の世界へすぐに帰るためか？」

ずいぶんと突っ込んだ質問だった。尋ねる国王の表情は穏やかで、純粋に興味からのものだとユキトは察する。

「……決して、帰りたい一心で戦っているわけではありません」

ユキトは答える――頭の中に、召喚されてからの出来事がよぎる。

「この世界の人々と交流し、守りたいと思ったから……無論、元の世界へ戻る。そして『魔紅玉《まこうぎょく》』を手にする……そうした目標もありますが、それと同じくらい、この世界の人々を守りたいと考えているためです」

「……本当に、完璧な方々だな」

国王はユキト達をそう表した。顔つきから、ユキトの言葉に驚嘆しているのがわかる。

「人々のことを思う、か……あなた方のこれまでの戦いぶりに感謝を示そう。そして、協力にも感謝する。どうか……手を貸してほしい」

「はい」

明瞭な返事を受け、国王は「ありがとう」と礼を述べる。ファーストコンタクトについては、完璧――そう言って差し支えない結果だった。

謁見後《えっけんご》、部屋へと案内されたユキトはひとまず休もうかと考えていたが、部屋を訪れてきたセシルに頼み事をされた。

「すぐに国の人が話をしたいと」

「早速か……それは霊具の話？　それとも、手を貸すという話？」

「どちらも、ではないかしら」

「わかった……俺とセシル以外にはイズミもだよな？」

「それ以外にも連れて行きたい人がいれば、良いそうよ」

「なら……」

ユキトはそこから仲間の部屋を訪れ同行を頼む。イズミは当然として、さらにもう二人。そのうちの一人はメイであり、もう一人は——

「あのさ、何でボクなの？」

そう問い掛けた、仲間である男性。名はオウキ。ユキトよりも身長が低く、大きく特徴的なのは中性的な顔立ち。

体つきも同様に中性的であるためか、時折女性に間違われることもあるほどである。実は男性女性問わず隠れファンがいるほどにはモテているのだが、本人のあずかり知らぬところなので、彼も自覚していないらしい。

そもそも顔つきについては「もっと男らしさが欲しい」と嘆くくらいだとユキトはクラスメイトの会話を小耳に挟んでいたので、当然の話だろう。

そんな彼のもう一つの特徴は、生まれだった。

ユキトが伝え聞いたところでは、一代で財を成した彼のご先祖様から、芸術や政治、企業経営など様々な分野に枝分かれするように子孫が名を馳《は》せた。

家系だけを見ればカイを上回るかもしれない彼が、クラスの中でそれほど目立っていないのはひとえに控え目な性格だから。

異世界に召喚される前、ユキトも彼と話をしたことがあった。その時も彼は「結局自分が何をすべきなのかが重要だ」と主張し、家柄を表に出すことはなかった。

そんな彼を、今回ユキトは重要な役目に指名した。その役目というのは、

「今回、騎士のまとめ役をセシル、来訪者のまとめ役を俺が担っているわけだが、戦闘の際は少し事情が変わる」

「うん」

「メイが後衛でサポートする代表なのは当然として……俺は間違いなく最前線に出る。そうした時、レオナ……あとはダインか。三人で連携して対応にあたるつもりだけど、そうなったら当然他の仲間に指示するのは誰か、という話になる」

「それを……もしかしてボクが？」

「オウキならやれると思って」

ユキトの言葉に当の彼は緊張したのかゴクリと唾を飲み込んだ。

「突然で申し訳ないけど、今回同行している仲間の中で、一番そういう役回りが担えると思ったから。ただそんなに構えなくてもいいさ。霊具の力を用いて戦いながら状況を見て

仲間に指示……やってほしいのはこのくらいだ」

「本当にボクでいいのか？　リュウヘイとか、あるいはイズミとかでも……」

「まずリュウヘイにはメイ達後方の盾役を任せたいんだよ。霊具の特性上それが向いているし。で、イズミについては……」

「無理だね！」

胸を張って即答。それでユキトは呆《あき》れたように、

「本人もこう言っているし」

「……わ、わかった。大役だけど、頑張るよ」

オウキが引き受けたので、ユキト達とセシルはベルファ王国の騎士の案内を受けて城内を進む。広々とした通路を歩き、ユキトは一体何を話し合うのかと頭の中で思考していた時――ふいに、声が聞こえてきた。

「馬鹿な!?　私では不満だと言うのか!?」

廊下に響き渡る怒号だった。案内していた騎士が思わず立ち止まり、ユキト達も声に反応して体をビクリと震わせてしまうほどの声量。

「そうではありません。ですが次の戦いは――」

「信奉者どもの戦力は把握している!!　なおかつそれに応じるだけの部隊は整えた！　その上で、来訪者達に協力を仰ぐというのか!?」

どうやら、ユキト達のことを話題に上げているらしい。誰が通るかもわからない廊下でこんな話をすることからも、相当怒り心頭の様子だった。

案内役の騎士が気まずそうな顔をする中、ユキトは仲間達の前に出て聞き耳を立てた。廊下は少し先にT字路が存在し、その左側から声が聞こえた。ユキトは体を壁につけて、見咎《みとが》められないようわずかに顔を出して様子を窺《うかが》う。

「当然、次の戦いについては私達が主軸となります。フィスデイル王国からの援軍と、来訪者の方々は、後詰めという形で――」

「だからなんだと言うのだ⁉　どのような形であれ、我々だけでは足りないと主張しているようなものではないか‼」

相当な剣幕で語る人物は、二十代半《なか》ばくらいの見た目の金髪男性。格好は騎士服ではなく、細部が装飾された貴族らしい服装で、口ぶりから察するにベルファ王国で重用されている人のようだった。

「此度《こたび》の戦い、来訪者の力は必要ない‼」

「それはわかります。ですが――」

「戦いは我々だけで始末をつける！　それは陛下にもしかと伝えておけ！」

言いたいことだけ言って男性貴族は背を向け歩き去っていく。

残された相手は呆然《ぼうぜん》と立ち尽くしたままだ。ユキトが案内役の騎士を見ると相変わらず

困惑した顔だったが、

「……お見苦しいところをお見せしました」

慌てて騎士はユキト達へ謝罪する。

「改めてご案内致します……こちらです」

その後、終始申し訳なさそうな態度で騎士は部屋へと案内した。重厚な扉の奥にある部屋はどうやら会議室のようで、そこにいたのは、

「ようこそ」

シェリス王女――シェリス＝ヴォードゥ＝ベルファその人が、たった一人立っていた。ユキト達へ語る声音は、透き通っていながら目を閉じれば消えてしまうような繊細さを併せ持っている。

「案内、ご苦労様でした」

騎士に告げると相手は一礼して去っていく。そこで扉が閉まり、ユキトは王女へ一つ尋ねる。

「あの、従者の方とかは……」

「今回はいません。城内ですし、常に従者と共に行動しているわけではありませんし。それと」

シェリス王女はユキトと視線を重ねる。

「――今回の話し合いは、他者に聞かれてはいけない内容でしょうから」

「……カイから事情を聞いていると」

「はい。事情を知るのは私とお父様だけ」

そこでシェリスはユキト達を席へと促す。部屋の中央には円卓が設置され、それを囲むように椅子が配置されていた。

「まずはご着席ください。皆様とは対等の関係で話したく思います」

――そうしてユキト達が席につくと、シェリス王女は質問をした。

「最初に確認です。あなた方の旅の目的についてですが、それは信奉者ザインの討伐で、間違いありませんね？」

「はい」

ユキトが応じるとシェリスは一つ頷《うなず》く。

「もちろん、謁見《えっけん》の際に語った霊具の強化についても急務でしょう……魔力の多寡《たか》を探り把握しましたが、あなたが協力してくださる方ですね？」

イズミと目を合わせてシェリス王女は問う。その一言で、彼女がこの場にいる者達の能力などをある程度理解しているのがわかる。

（霊具を持ち、なおかつ研究し続けた成果ってわけか）

ユキトは内心で舌を巻く。年齢はシャディ王国で会ったナディ王女と変わらない。来訪者達とも同年代であるのは間違いなく、だからこその能力に驚く。

（そういえば、セシルは言っていたな。貴族を始めとした位の高い人は英才教育を受けると……ナディ王女もそうだったけど、シェリス王女もまた同じってことか）

「はい、そうです」

コクコクと頷《うなず》くイズミ。どこか子供っぽい態度にシェリス王女は微笑を一つ。

「わかりました。あなたの霊具についても解析し、作業を進めましょう……と、表向きの目的についてはこれで良いでしょう。今からは本来の目的……信奉者討伐について説明を致します」

そう前置きをした後、シェリス王女はベルファ王国の現状を語り始めた。

――まずユキト達が行った『魔神の巣』破壊作戦後、順調に敵を倒し続けているとのこと。その中でベルファ王国へ侵攻する信奉者が戦力を結集している。それに対し王国側は大々的な軍を差し向け、倒そうとしているというのが現状らしかった。

「敵指揮官の名はタウノ。この国で傭兵《ようへい》稼業をしていた人物です。タウノは戦争初期は国の情勢を把握していたため私達も苦戦しましたが、シャディ王国のように国の中枢《ちゅうすう》にまで情報網を張っていなかったため、私達が優勢になって以降、敵に主導権を渡してはいません」

シェリスはそう語り、また自身の胸に手を当てた。

「私が出陣する機会も減り、このままいけばシャディ王国と同様に解放……という可能性もありましたが、今回の話を聞いて事情が変わると考えております」

それは――とユキトが思考する間に、シェリス王女はさらに続ける。

「あたた方がここに来た理由……タウノという信奉者以外にも、この国には敵がいる。さらに複数人の信奉者がいる可能性も憂慮しています」

「ベルファ王国を狙う理由があるんですか？」

と、メイが口を開く。

「信奉者が複数集まって……というのは、シャディ王国でもありましたが、王女が言うにはそれと比べても大々的な……」

「まだ明確な理由は断定できませんが、敵側としてはこれ以上国を解放されたくないという思惑があるでしょう」

王女は推論を述べつつ、さらに自身の考察を語っていく。

「現状、この国にいるのはあなた方が追うザインや、ベルファ王国を攻めるタウノのような前線に立つ者。それに加え『魔神の巣』など、魔物の生成などで援護する者……信奉者の中にある支援部隊も来ていると推測しています。戦争は、戦場ではなく、それまでどれだけ準備をしてきたかで勝敗がつくと私は考えています。それを踏まえれば、支援部隊の方が厄介だと言えるかもしれません」

シェリス王女の推測に対し、ユキトはなるほどと納得する。確かにザインという前線指揮官だけで戦争は成り立たない。

邪竜側に情報を流す者や、裏切り者――そこに戦争を行う準備をする信奉者がいるのは間違いない。

「信奉者が集っているならば、ベルファ王国の情勢などたちまち悪化するでしょう。なおかつ、シャディ王国では悪魔が姿を現した……それを踏まえれば、これからの戦いでベルファ王国でも同様の存在が出てくる可能性が高い」

悪魔は退魔《たいま》の能力を持つ霊具であれば勝つことができる――と、ユキトはシャディ王国の戦いで知った。ただしそういった霊具が転がっているわけでもない。よって悪魔は、魔物以上に脅威となる敵だ。

「……先ほど玉座の間でユキト様が述べたこと、間違いないでしょうか？」

シェリスからの質問に、ユキトは即座に頷《うなず》いた。

「はい、協力します」

「ならば次の戦い……ベルファ王国の精鋭が、信奉者の拠点へ攻撃を仕掛けます。あなた方にはその支援を行ってもらいたいのです」

様々な懸念があるからこその、助力――とはいえユキトとしては先ほど耳にした会話についいて、問い掛けねばならない。

「あの、すみません。支援についてですが……」

　この部屋へ訪れる前の出来事を話すと、途端にシェリス王女は苦笑した。

「申し訳ありません……今回の戦い、軍を率いる者は相当焦っているようなのです」

「焦っている？」

「以前行った『魔神の巣』破壊作戦……あの作戦において私達はほとんど貢献できませんでした。その時の指揮官は今回決戦に臨む者と同じなのですが、彼を含め軍の司令部は来訪者の力に頼らずとも……と、息巻いていた。しかし結果は散々たるものであり、国内でも批判を浴びました」

「政争、ってことですか」

　声を上げたのはオウキだった。彼の目は、何か——過去に遭遇した出来事を思い返すような雰囲気があった。

「ええ、そうです……邪竜という脅威に立ち向かう以上、余計なことは考えるなと言いたいわけですが、人間の性《さが》ですからね」

「しかしこのまま放置したら……」

「わかっています。指揮官には王室からしかと厳命しておきます。無論、次の戦いにおける主軸はベルファ王国騎士団です。しかし信奉者が複数いるのなら不安要素が多数ある。よって、危機に備えるべくあなた方の力をお借りしたい」

ユキトはそれに「もちろんです」と応じたのだが——自分達にも懸念はある。

「問題は次の戦場にザインが出てくるかどうか」

「居所は明確になっていないのですか？」

「まだ距離があるため、方角くらいしかわからないんです。戦場に近づけばおそらくわかると思います」

「なるほど……ザインの親族であった人物がいるとのことですが、その方は町にいますね？」

「はい」

「実は聖剣所持者であるカイ様から彼についての処遇を指示されています」

——ユキトはカイから直接説明を受けているため疑問に思わなかったが、この段階で事情を説明していないセシルは目を丸くした。

「あの、それは——」

「セシル、待った」

パートナーが口を開くのを遮《さえぎ》って、ユキトは声を上げた。

「ダインの故郷でカイと打ち合わせをした際、指示を受けた。シェリス王女へ話したということは、作戦の一つだろう」

「作戦……？」

「そうだ。裏切り者を探すための作戦。だからこそ、情報も相当に秘匿されている」

ユキトはシェリスと視線を交わす。

「詳細を話す必要はありません。彼がどのように立ち回るのか、こちらに連絡をください。それでどう動くのか指示します」

「わかりました……私は指示を聞いただけで首を傾《かし》げるような内容だったのですが、おそらく敵をあぶり出す深謀が存在するのでしょう。こちらからは特に申し上げることはありません」

そこまで言うと、シェリスは頭を下げた。

「此度《こたび》の戦い、正念場であり私も参陣します。どうか……ベルファ王国を解放するため、助力をお願い致します」

「はい」

ユキトは返事をして――決意を新たにしたのだった。

その後、イズミとシェリス王女が霊具の情報交換を行った。成果が出てくるのはおそらく決戦の後だろう――と他ならぬ王女が語っていたので、ユキト達は現状の戦力で次の戦いに臨むことから、一度作戦会議を開くことを提案した。

ユキト達はあてがわれた部屋に集合し、セシルも呼んで話をすることに。ただイズミはまだシェリス王女と共にいる。本人も「私は無視していいよ」と言ったこともあり、ユキトは霊具の能力的に戦力としてカウントしないことにした。

またセシルは一人だけこの世界の人間ということで肩身が狭いのか、

「私がいても大丈夫なのかしら？」

「騎士のリーダーは当然必要だし、何より信頼できるから」

ユキトの指摘に彼女は押し黙った。納得はしている様子。

「さて、始めるか……王女と話し合いをする前に厄介な出来事に遭遇したわけだし、こっちも色々と考えないといけないだろ」

「具体的にはどうするの？」

レオナがいち早く尋ねる。

「なんとなーくだけど、あたし達を置いて精鋭部隊だけで信奉者へ攻撃、みたいな展開に陥りそうだよね」

「十中八九そうなるだろうな」

腕を組みユキトが同意すると、苦笑しながらリュウヘイが口を開く。

「じゃあどうするんだ？　独断専行する騎士達を助けるために、俺達も全力で動くってことか？」

「……だからこうやって話し合うんだ」

ユキトの重い口調にリュウヘイは沈黙した。

「王女が厳命すると言ったし、表向きは指揮官も納得はするはずだ。いくらなんでも王室が決定した事柄は覆せない。この国の王様が他の国以上に象徴的な存在であるならなおさらだ」

そうだよな、という意味を乗せてセシルへ視線を送ると彼女は首肯する。

「ええ。仮に命令を無視して独断専行で……という無茶をやれば、たとえ成功しても国王の意に反したことになる。それは大なり小なり、反発を招くでしょうね」

「よって、少なくとも決戦前までに騒動が起きる可能性は低い……さすがに相手も俺達を妨害するなんて真似《まね》はしないだろ。だから、戦場で無茶をやるに違いない」

「あの剣幕だったからね」

と、ユキトの言葉にオウキも同意した。

「ボクらはそれに対処する……ってことでいいの？」

「そうだ。相手の出方を見て対応するという話だが、ここで注意してほしいのは、薄情な話かもしれないけど……無茶をした人全てを助けるのは、無理だ」

ユキトの発言に、仲間達は全員厳しい表情となる。

「可能な限り、危機に陥ったなら助けたい。でも、功に焦った人達を全員……というのは、当然俺達にも危機が迫ってくる」

「──こうやって言うのは慰めにはならないでしょうけれど」

と、セシルが重い表情で語る。

「独断専行で動くのなら、彼らの意思……だから、ユキト達に責任なんてない」

「わかってる。でも、俺達はそれこそ、目の前の全てを救うつもりで戦っているから……心構えをしておかないと。霊具の恩恵を受けて精神が保たれていても、ダメージはある」

ユキトはそこまで述べると、大きくため息をついた。

「俺達から犠牲者が出ないようにするためにも、引き際をわきまえる……全員、肝に銘じておいてほしい」

「そうだね」

レオナがぽつりと呟《つぶや》き応じる。シャディ王国で倒れた仲間、タクマやシオリのことを思い返している様子だった。

「……出発は数日後らしいから、俺達は準備しながら待っていよう。それとダインについてだが、シェリス王女からの指示もあるし、俺がやりとりをするよ」

その発言を受け、セシルが小さく手を上げる。

「ユキト、今回カイは裏で色々と動いているようだけれど、どこまで知っているの？」

「おおまかな作戦概要くらいだ。俺もどんな計略なのか全貌はつかんでいないよ。ただそれは俺達に情報を渡さないというよりは、情報があってもなくても関係がないって話なんだと思う」

「戦いに支障はないと」

「そこに問題があるならさすがにカイも言ってくるはずだからさ……で、ここからは俺達の立ち回りの確認だ。ここにいないイズミについてはたぶん帯同しても後方支援になるだろうから、メイに任せるとして――」

そうして、作戦会議は続いていく。

ユキトは、次の戦いに思いを馳《は》せていた。

＊＊＊

タウノが魔物の準備を済ませた段階で、新たな情報が飛び込んできた。それはこのベルファ王国に、来訪者が現れたとのことだった。

「目的は霊具の強化……つまり、シェリス王女と来訪者が手を結んで研究するらしい」

タウノが言及すると、ザインを含めた同胞達は渋い顔をした。

「レーヌ、どう動く？」

「訪れた来訪者の素性についてはわかっているのかしら？」

タウノは黙ってレーヌへ資料を差し出す。彼女はそれを一読した後、今度はザインへ渡した。

ザインは資料を受け取り、内容を確認。ユキトの名が記されていることに引っ掛かりを覚えたが、重要な事実に気付く。

「へえ、聖剣使いはいないのか」

「必要ないと判断したのだろう」

タウノは自身の考察を語る。

「霊具の強化が目的というから随伴した来訪者の人数も多くない。聖剣使いがいない事実が、信奉者討伐を目的としていないのを物語っている。さらに、協力者としてギルド所属の冒険者が一人」

ザインはその人物の名前を見て――さしたる興味もなさそうな視線を向けた後、資料をタウノへと返した。

「で、タウノ。どうするんだ？」

「私達で悪魔を利用し、対処する。数日後に決戦を迎えるが、そこにシェリス王女と、指揮官……天級霊具を持つヴィクト＝デリンダーが来るはずだ。来訪者達も援護に入るだろうが、ヴィクトは自分の手で決着をつけるべく他を出し抜いて動くはず」

断言するタウノの表情は、自らの考えが正しいと確信しているものだった。

「ヤツはさらなる栄達を狙っている……元々階級の低い貴族で、戦争がなくなれば霊具を用いて出世は望めなくなるからな。最後の戦いで、動かなければ後がない」

「敵の行動を読みきってんなあ……ってことは、各個撃破でついでに天級霊具を奪おうって魂胆《こんたん》か？」

「そうだ。ヴィクトが突撃し、後方から王女や来訪者が追うという構図になるだろう。ヴィクトについては集中攻撃で対処し、王女や来訪者については……こちらの仕掛けや戦力次第といったところだな」

タウノの表情には自信があった。今回の戦い、天級霊具所持者を二人も相手取らなければならない上、来訪者という不確定要素が生まれてしまった。しかしタウノはある程度想定――というより、ベルファ王国の戦力に厚みが加わるのを予想していたらしい。

（敵に回したくねえ野郎だ）

おそらくまだ語っていない秘策があるのだろう、とザインは考える。

来訪者が現れたとわかっても動じていないその様子に、他の信奉者には感じていなかった畏怖《いふ》を胸中に抱く。

「……ザイン、レーヌ」

続けてタウノは新たに指示を出す。

「両者は次の戦いに出なくていい。ザインは現在拠点にしている場所の防衛を頼む。レーヌは決戦までに我らが主から賜った力で同胞に強化を急げ」

「ええ、わかったわ」

レーヌの返事を聞いたタウノは彼女へ目を向け、

「ただし、私に強化は不要だ」

「あら、あなたはやらないの？」

「現段階で力をもらっても、使いこなすのは不可能だ。この作戦は二段構えでいく。ベルファ王国は次の戦いを決戦と捉え、総力戦の構えだ。それに応じつつ、こちらの目的である霊具を奪い……向こうの精鋭部隊の戦力を削った後、次の攻撃で蹂躙《じゅうりん》する」

タウノは頭の中で戦いの終わりまで絵図を描いている——あらゆる事象を考慮した上で計算し尽くされた戦略。ザインは舌を巻く思いをすると同時に、この理論の危うさを心の隅で感じていた。

（逆を言えば、タウノが現状予想できていないことが起きれば、ひっくり返されるわけだ）

「……力をもらわなければ、勝てるものも勝てねえんじゃねえか？」

ザインが一つ言及した。既に他の信奉者はレーヌから決戦までに力を受け取ることを承諾している。

「いずれは必要になるかもしれないが、今の私には持て余す危険性がある」

それはつまり、今の実力に自信を持っていることの表れ。

「他の同胞にも伝えるが、次の戦いにおいて状況次第では引き下がるよう指示を出す」

　さらにタウノはそんなことまで言いだした。

「戦況が悪くなり窮地《きゅうち》に立たされたなら、私が殿《しんがり》を務めるつもりだ」

「……お前さんがやられたらどうしようもないんじゃないか？」

「本当に、そう思うか？」

　タウノがザインの質問に問い返した。

　最初、ザインはその意図がわからず首を傾《かし》げたが、

「……お前、もしかして自分が死ぬのも想定して作戦を組み立てているのか？」

「あらゆる状況を考慮するのは当然だ。私は絶対に死なない、などと強弁するつもりはどこにもない」

（本当、他の奴らとは違うな）

　信奉者は、力を求め邪竜という軍門に降《くだ》った。そこには国を破壊し、邪竜という存在を頂きに置き思うがままに世界を蹂躙する、という願望が確かに存在する。故に、自分が死ぬことにここまで頓着がないのは他の信奉者にとってあり得ない。

「――今、私が動いているのは我らが主に対する義理だ」

　タウノは告げる。義理、というとあまり良い意味ではないはずだが、

「ベルファ王国の侵攻に際し、私は自分の目的を成した。つまり、既に私は力など必要な

い存在になっているわけだ」

「だからこそ、遠慮なく命を捨てられるってことか？」

「喜んで捨てるわけではないし、義理立てとしても勝つつもりではいる。だが、いざとなれば同胞のために命を投げる心づもりだ」

タウノはザインへ視線を返しながら、含みのある笑みを見せた。

「私達はそれぞれ願いを持つ。世界を破壊するという共通の目的があるからこそ、共に戦っているだけだ……それはザインも同じだろう？」

（こいつ、気付いているのか？）

眉をひそめたが、尋ねる気にはなれなかった。そのためザインは肩をすくめ、

「ああ、確かにそうだな……あんたの献身には驚くが、な」

「お前達は自分の目的を果たすべく動けばいい。力を得たいのであれば、このベルファ王国との戦いはまたとない好機だ。舞台は整えた。後はお前達次第だ」

他の者達がざわつきだした。目的を成すため、自分を踏み台にしてもいいというのがタウノの考えであることは間違いなく、同胞達はならば遠慮なく――と思っている。

それはザインも同じではあるが、他の信奉者と決定的に違うところは、邪竜に対するスタンスだった。

（天級霊具……邪竜の力を真っ向から否定するモノ。当然俺の体に適合するわけじゃあな

いが、技術を利用して力を高められる……場合によっては、邪竜を破るだけの力も――）

「決戦はどのような結末であれ、その次へ繋《つな》がるような戦いにする。そのために協力してくれ」

タウノが締めの言葉を告げると、信奉者達は黙ったまま頷《うなず》いた。

その中でザインは体の奥底が熱くなるのを感じる。

この戦いで、自分は強くなる――そんな確信を抱いたのだった。

＊＊＊

ベルファ王国の王城で謁見《えっけん》をして数日後、ユキト達は信奉者との決戦に臨むベルファ王国軍と共に、王都から出陣した。とはいえ今回は援護という形であり、軍が信奉者を倒しきれれば、出番はない。

ユキトとしては、これまでザインやゴーザという信奉者と戦ってきた。元人間であり、様々な策を用いて苦しめられた相手であり、果たしてベルファ王国軍に勝算はあるのか――と疑問を持っていたのだが、他ならぬ指揮官が天級霊具を所持しているのを知り、どこか腑《ふ》に落ちた感があった。

「ベルファ王国には、卓越した天級霊具の使い手が二人いるの」

軍の後方で馬を歩ませるユキトの隣、同じく騎乗するセシルが解説を始める。

「一人はシェリス王女で、実力と名声は大陸中にとどろいている」

「俺もフィスデイル王国の滞在中に聞いたことがあるな」

各国の王族の中で、もっとも秀でた霊具使い。なおかつ、霊具によって研究分析能力を補強しているとのこと。だからこそ王女の名は大陸中に知れ渡り、ベルファ王国は邪竜の侵攻にも対抗できていた。

「そしてもう一人が、今回ベルファ王国軍の指揮官を務めるヴィクト＝デリンダー」

ユキトは謁見《えっけん》の後に口論していた貴族を思い出す。彼がまさに当該の人物だ。

「シェリス王女の能力に目を奪われがちだけれど、魔物や信奉者と戦い続けられたのは、彼の功績も大きいそうよ」

「……それだけ貢献しているなら、今回の作戦で声を荒げる必要はどこにもなさそうだけどな」

ユキトが率直な感想を漏《も》らすと、セシルは小首を傾《かし》げ、

「どうかしらね？　ヴィクトという人物が、さらなる栄誉を――例えばの話、王族と密接に関わりたいなんて思っていたら、私達は邪魔者だという認識でもおかしくないわね」

「王族と……というのは――」

「大声では言えないけれど、ヴィクトという人物の年齢を考えれば、シェリス王女に婚約

を申し込むなんて可能性もあるわね」

なるほどと、ユキトは内心で納得する。

「城内で聞いた限りだと、ヴィクトは元々没落した貴族の家系で、天級霊具を手にして再び権力の中枢《ちゅうすう》に返り咲いた……そうした出自から政治的な権力はそれほど強くないみたい。だからこそ、躍起《やっき》になっているのでしょうね」

「権力争いか……俺達にとっては傍迷惑《はためいわく》な話だけど、この世界を生きる人達の行動だから、無碍《むげ》にはできないよな……」

ユキトは街道に沿って馬を進める騎士団の先頭部分へ視線を向ける。そこにヴィクトがいるはずだった。

町を出る前に確認した装備は、自らの権力を誇示しようと豪勢なもの……騎士でいながら、他とは違うことをあえて装備で示すような出《い》で立ちだった。

さらに言えば、綺麗にまとめあげられた金髪は遠目から見てもサラサラで、スタイル一つにも気を遣っているのが明瞭だった。それはシェリス王女の印象を少しでもよくしようとするためだろうと予想できる。

当のシェリス王女は、ユキト達の前で馬車に乗っている。馬には乗れるらしいし、実際これまでの戦いでは幾度となく馬を駆って戦ったらしいのだが、今回はヴィクトの進言により馬車移動である。

貴方《あなた》の力を借りずとも——という意思表示だとユキトも推測したが、果たして息巻いている状況が戦いにどう影響するのか。

「……おーい」

ふいに、横からダインの声がした。ユキトが首を向けると、

「あれ、既に着けてるのか」

「ああ、敵がいつ何時《なんどき》現れるかわからないからな」

——彼は現在、白い仮面を身につけている。これはカイの作戦に関わる事由があり、ザインと遭遇してもすぐに弟だと見破られないようにするためだ。

「ダイン、申し訳ないけどザインと相対する時まで、外さないよう頼む」

「わかっているさ……ところで、訊《き》きたいことが一つあるんだが、俺はユキトさんと一緒に行動すればいいんだな？」

「そうだな。俺とレオナに手を貸してくれ。特にレオナとの相性は、悪くないはずだ」

「彼女の霊具についてはある程度把握している。魔力の炎を巻く能力だが、俺ならそれをすり抜けられる。確かに、彼女が遠慮なく霊具を振るえるのは良いな」

「……今回の決戦、信奉者がいるのは間違いないから、そうした敵にも素性を知られないように立ち回ってくれ」

「ああ。ちなみにだが、ヤツの明確な位置は捕捉できていないのか？」

「まだ距離があるから方角だけだ。しかし、現状で戦地へ向かう方角とは少しズレている。おそらく、この決戦にはいない」

「そうか……今回の戦い、ベルファ王国軍は勝てると思うか？」

ユキトは難しい顔をした。天級霊具使いが二人もいる状況。なおかつヴィクトの配下には特級霊具所持者もいるらしい。真正面からぶつかっても十分対抗できる戦力なのは間違いないのだが、

「……敵のリーダー次第だな。ベルファ王国へ攻撃する信奉者はずっと同じらしいから、たとえ裏切り者から情報をもらわなくとも、戦力分析くらいはしているはずだ」

ユキトはセシルへ目を向ける。それに彼女は頷《うなず》き、

「そうね。天級霊具の恐ろしさは、身をもって体感しているはず……私達の存在が、敵の思惑を外すきっかけになれば良いのだけれど」

「でも俺達がここに来ていることくらいはわかるよな」

ユキトの指摘にセシルは押し黙った。行軍の様子を見ればユキト達来訪者やフィスデイル王国の騎士がいることが一目瞭然なのは間違いない。

「俺達のことも考慮に入れて敵が布陣を変えたら、今回の戦いは想定以上にキツいものになるはずだ。ヴィクトという人物はそれを考慮してくれると助かるけど……」

「望みは薄いでしょうね」

決然と語るセシルにユキトは小さくため息をついた。

——そうして会話しながらも、ユキト達は少しずつ街道を進んでいく。敵からの襲撃があれば厄介だとユキトは考えていたが、結果的にそれは一度もなく、決戦の舞台まであと少しというところにある野営地へ辿《たど》り着いた。

そこは以前から用意していた場所らしく、既に天幕が張られていた。到着して間もなくヴィクトを始めとしたベルファ王国軍は作戦会議を始めた。

一方でユキト達は食事の準備を進め——夜、火を囲んで夕食をとる。熱々のシチューを口に運んでいると、オウキが一つ問い掛けてきた。

「ユキト、明日の戦いどうなると思う？」

「正直、読めないな。相手がどの程度情報を持っているのか……俺達のことを含め全てを把握しているというのなら、苦戦は免れない」

仲間の表情も引き締まる。

自分達が前に——だとしても、相手がそれを予測していたとしたら、効果は激減する。

「ただ、相手が確実に知らない情報が二つある」

そこでユキトは、仲間達へ告げる。

「一つはダインのこと。どうやらダインは知り合いにも所持する霊具の性能について教えていないらしい」

「特殊なものだから、面倒だったというのもあるが」

と、ダインは仮面をずらしパンを食べながら話す。

「仲間には、高速移動により敵をすり抜けると教えてある。実際それほど間違った説明ではないし、敵の懐へ飛び込むなんて無茶は普段しないから、それで大体納得してくれていた」

「でも、実際は違う……それに、ダインがこの旅に同行していることは、フィスデイル王国上層部も知らない。城でダインと顔を合わせたのも俺とセシル、カイだけだから、城内の誰が裏切り者であったとしても、ダインの情報は渡っていない」

「つまり、ダインについては相手に知られている可能性が限りなく低いと」

セシルの言葉にユキトは首肯してから、さらに続ける。

「もう一つは、ディルのことだ」

「――呼んだ？」

突如、ユキトの隣に黒いドレスに身を包んだ少女が出現した。

「あ、出てきたんだからパンちょーだい」

「はい、どうぞ」

予想していたのか近くにいたレオナがパンを差し出した。それを受け取ってぱくぱくと食べ始めるディルに、火を囲む者達は笑みを浮かべる。

「……ディルは俺が見つけた天級霊具であり、人格を宿していることはフィスデイル王国の重臣《じゅうしん》も知っている。ただ、その特性については霊具を手にした現場に立ち会ったセシル以外知らないし、この場にいる仲間にも詳細は伝えてない」

ユキトは傍《かたわ》らに置いてあるディルの本体へ目を向けた。

「俺達来訪者はフィスデイル王国が管理していた霊具を使って戦う。でも、俺だけは例外的に迷宮で手にしたものだ……つまり、情報がない」

ディルの特性――それは霊具を食することで、能力を得るというもの。ただ一度食べたら消化しきるまで次の霊具を取り込めないらしく、ユキトが持っていた『黒羅《こくら》の剣《つるぎ》』以来、霊具を口にしていない。

所持していた剣となぜディルが同じ特性を持っているのかは、ディルが霊具の能力を模《も》倣《ほう》できるためと説明している。仲間もそう認識しているし、取り込めるという事実はユキトとセシルだけが知る秘事となっている。

「ディル、確認だけど……能力を行使することはできるか？」

ユキトが婉曲的《えんきょくてき》に尋ねると、ディルはパンを食べきった後、

「もうちょっと掛かるね。今回は無理でもその次の戦いには間に合うかな」

「わかった……現状ではまだ日の目は見ないけれど、相手の裏をかける可能性がある……

ダインのことと俺の霊具については、活用できるなら使っていきたい」

「――頼もしいですね」

　別方向から声がした。何事かと視線を転じると、シェリス王女がユキト達のいる場所まで近寄ってきていた。

　格好は玉座の間で着ていたものと比べれば簡素ではあるが、分厚い法衣のような衣装。戦場の前線に立つには似つかわしくないが――霊具の力に合わせた衣装なのかもしれないと、ユキトは考える。

「少し、話をしても良いですか？」

　拒否する理由はなかったため、仲間達はスペースを作る。シェリス王女は火を挟んでユキトと向かい合う形で腰を下ろした。

「明日、信奉者との決戦に入ります。タウノという人物は相当な実力者かつ、戦場に身を置いていた経験から様々な策を用いてくる。こちらも相応の準備をしていますが、もし何かあれば――」

「任せてください」

　ユキトの言葉にシェリス王女は少し驚いた後、小さく微笑《ほほえ》んだ。

「ありがとうございます……話は変わりますが、ナディ王女とお会いになりましたか？」

　シャディ王国王女の名前。ユキトは首肯し、

「はい、色々お世話になりました」

「そうですか……友人であるためわかりますが、なかなか強引だったでしょう？」

ユキトが素直に頷《うなず》くと、シェリス王女はクスクスと笑いだす。城で話をしていた時と比べ、ずいぶんと雰囲気が違う、年齢相応の姿。これこそ、本来の姿なのだろうとユキトは察した。

「あなた方の奮戦により、シャディ王国は救われました……実は情報共有などにあたりシャディ王国と書面でやりとりしていたのですが、あなた方来訪者が同行するならと物資面で手を貸してくれるそうです。街道についてはまだまだ危険もありますし、フィスデイル王国を介しての援助になりますが、私達としては大変ありがたいですし、国同士の繋《つな》がりを生むきっかけを作ってくださったあなた方にお礼を」

「役目を果たしただけですし、シャディ王国の援助があったからこその勝利ですよ」

ユキトが言う。それを受けてシェリス王女は口の端を大きく歪《ゆが》めた。

「その謙虚さを、私達も見習わなければいけませんね」

どこか暗い表情で語るシェリス王女に対し、ユキトは眉をひそめる。

「そこまで言われることは……」

フォローのつもりでユキトは口を開いたが、シェリス王女は首を振り、話し始めた。

「知っての通り、ベルファ王国は私を含め天級霊具使いが二人……しかも能力は高く、また私が霊具の研究をしていたこともあって、騎士達が持つ霊具も効果的に敵を倒すことができ、邪竜の侵攻に対抗できていました。重臣達《じゅうしんたち》も王族である私の力が必要とはいえ、魔物を倒せる状況だったため、他国へ救援に行って貸しを作ろうなどという話が上がったくらいでした」

どうやら自分達の力を過信していたと伝えたいようだった。

「しかし、それこそが邪竜の狙いだった……罠《わな》に誘い込まれた結果、多数の兵や騎士を犠牲にしてしまった。今日まで私が戦場に立ち続けたのは、自らの失態で犠牲となった人々に報いるためです。この戦いに勝たなければ、顔向けできない」

どこか暗い表情でありながら、芯の通った発言だった。ナディ王女は自らを奮い立たせ、国を思い戦っていた。シェリス王女もまた同じだが、考え方が少し違う。それはなぜ戦場に立つこととなったのか——その経緯による違いであった。

「背負うのは、時に必要かもしれませんが」

ふいに、口を開いた人物が。王女の横にいる、メイであった。

「でも、シェリス王女を慕う人からしたら、きっと重荷になってほしくないって思っているはずです」

「そう……でしょうか？」

「はい」

確信を持って頷《うなず》くメイ。ユキトも内心同意見だった。多くの人が犠牲になるのは悲しい。けれど、犠牲となった人は、王女を始め大切な人達に笑っていてほしいはず――

ユキトはシャディ王国の出来事を思い起こす。犠牲となった仲間。悲しみに暮れ、それでも戦う自分。その中で、後悔だけはするなというタクマの最後の言葉と、シオリから送られた笑顔を忘れないようにという言葉がリフレインする。二人だって、どんなに厳しい戦いであろうとも、ユキト達には笑っていてほしいと願っている――

「……あなた方もまた、乗り越えてきたのですね」

シェリス王女はどこか納得するように言った。

「改めて、皆様のご協力感謝致します。明日の決戦、よろしくお願いします」

王女は立ち上がり、この場を去った。ユキト達はその後ろ姿を眺めていたが、

「……オウキ？」

どこか呆然《ぼうぜん》と王女へ視線を送るオウキの姿が目に入り、ユキトは名を呼んだ。

「何か気になることがあるのか？」

「あ、いや、大丈夫……なんというか、改めて綺麗な人だなあと思ってさ」

「オウキなら、元の世界でいくらでも出会ってそうだけどなあ」

「そんなことはないよ……ボクはカイみたいに社交的なわけでもなかったからさ」

「オーラが違うよね、オーラが」

と、メイがスープを飲みながら呟《つぶや》く。

「ナディ王女はそういう気配あんまりなかったけど、あれはたぶん意識して出さないようにしていたのかな」

「教育方針の違いかもしれないな」

と、ユキトが自身の見解を述べる。

「ベルファ王国は王様が象徴的な存在となっている……それは高潔で、何よりも尊い存在ってことだろ。ナディ王女のように人々に寄り添い、というのは親しみやすくはなるけど、清廉潔白な印象とは少し違う」

「国が異なれば王様の性質も変わる……それによって、違いも出るって話かな？」

「おそらくは……と、オウキの視線で思いついたことがある。明日の戦いについて」

「ボクの視線で？」

オウキが訝《いぶか》しげに呟《つぶや》くと、ユキトは頭をかきつつ、

「ヴィクトという人物の動向ばかりに注意を向けてしまっていたけど……むしろこっちの方が危険だ。よって、明日の決戦について、少し相談しても構わないか？」

仲間達は無言だったが――ユキトの提案に従うつもりか、全員が小さく頷《うなず》いたのだった。

決戦の際、どんな状況になっても対応できるように。そうユキトは考えて仲間の役割を決めた。

しかし、多くの戦いで――いや、戦いに限った話ではない。例えば元の世界において、イベントで予期せぬトラブルが起きるなど、想定外の事象というのは日常茶飯事だった。

この戦いもまた――だがそれは、想定していたものとは大きく違う方向性だった。

「ん……」

ユキトはテントの中で目が覚める。上体を起こして首を振ると、瞬時に思考を戦闘に切り替えた。

「決戦だな」

ユキトはゆっくりと起き上がって支度を始める。時刻はまだ日が出ていない、世界が白みがかったくらい。日が昇るまでに朝食をとり、戦地へ向かう算段だが――

天幕を出てすぐ、ユキトはセシルに呼び止められた。

「ユキト！」

「……どうした？」

ただならぬ気配を感じ問い掛けると、セシルはある方向を指し示し、

「落ち着いて聞いて……指揮官ヴィクトを含めたベルファ王国部隊の大半が、既に野営地

を後にしている」

「……は？」

思わぬ展開にユキトは目を見開き驚いた。

「ちょ、ちょっと待て⁉　俺達を置いていったのか⁉」

「ええ、そうよ。ご丁寧に遮音《しゃおん》の魔法まで使用してね」

ユキトはそれを聞いて、野営地を見回した。確かに昨夜と比べ、天幕の数が明らかに少なくなっている。

「……今頃、ヴィクトって人は決戦の地か？」

「おそらくは、そのようです」

声はセシルのものではなかった。視線を転じれば険しい表情のシェリス王女が。

「表向きの理由としては、敵が準備を始める前に奇襲をすると」

「奇襲……？」

「信奉者タウノはこれまで、こちらの行軍速度などを全て読み切って魔物を布陣していました。そうした事実から、今回も相手は私達の動きを捕捉して陣形を整えるはず……だから、それをさせる前に仕掛ければ……と」

「でも、それは──」

「はい、相手の裏をかくつもりでも本来なら私を含め、援護してくださるあなた方にも話しておかなくてはいけないこと。おそらくは、私やユキト様達を危険にさらさないため……と、ヴィクトは説明するでしょうけれど」

「――とにかく、行かなければ」

ユキトは言う。気付けば周囲に他の仲間達も集まっていた。

「シェリス王女、準備はどのくらいで終わりますか？」

「もう間もなく」

「わかりました……全員、早急に進軍準備！」

号令に従い、仲間達が動き始める。さらにセシルの指示により、フィスデイル王国の騎士の動きも慌ただしくなる。それは今回の旅においてもっとも緊張感のある、そして性急な準備だった。

およそ十分《じゅっぷん》で、ユキト達は騎乗し野営地を出た。一方でシェリス王女の護衛は、一部が野営地へ残り、大半はユキト達と共に進むこととなった。

昨日までと大きく違う点は、シェリス王女は馬車ではなく騎乗している点。その姿はナディ王女のように勇壮ではなく、可憐《かれん》ささえある不思議な印象を与える。

「私達が先導します！」

シェリス王女が声を発した矢先、馬が駆けた。ユキト達もそれに追随し、街道をひた走る。その道中で、ユキトは黒衣をまとう。

(決戦の地は遠い……けど)

「ディル、距離はあるけど戦場となる場所とか、捕捉できないか?」

『んー、ちょっと待って』

ユキトの言葉にディルは声を上げ、

『……あー、街道を進んだ先に気配があるね。魔力同士の激突が』

「既に戦闘は始まっているか。結構前に野営地を出たみたいだな……!」

これではさすがに——と、手綱《たづな》を握りしめていると、横を並走するセシルからフォローが入った。

「ユキトの責任ではないわ。それに、どう頑張ってもこうした事態は避けられなかったでしょう」

「……仕方がないのかもしれないが、それでも……」

言い掛けて、ユキトは首を左右に振った。

「いや、後悔する暇はないな。とにかくできる限りのことをする……セシル、昨日の話を憶えているよな?」

「もちろん。ユキトが懸念していた点は、指揮官ヴィクトが動いてしまったため、より現実味を帯びたわね」

指摘にユキトは大きく頷《うなず》いた。

「ああ、もし先行した騎士達が苦戦しているようなら、シェリス王女は間違いなく救出するべく動くだろう。敵はそれに乗じて……となったら、俺達が身をもって体験した、信奉者ゴーザとの戦い……あの再現になる可能性だってある」

敵の策により分断を強《し》いられ、ユキト達は仲間を失った。もう二度と、あんな悲劇は繰り返さない——ユキトの胸の内に、そういう感情が宿る。

「メイ！」

馬上、ユキトは戦場へ至るまでに仲間へ指示を出す。

「後方で支援を頼む！　場合によっては騎士と連携を！」

「了解！」

「イズミはメイの傍《そば》にいて彼女の補助を！」

「はいはーい」

どこかのんきな返事に近くにいたリュウヘイが「おいっ！」とツッコミを入れる。その様子を見たユキトは、

「リュウヘイも同じく、後方で支援役の護衛を」

「ああ、承った」

「そしてオウキと、セシル……二人は昨日言った通りに」

「わかったわ」

頷《うなず》くセシル。それに続きオウキは少し緊張した面持《おもも》ちで、

「確認だけど、本当にボクでいいの？」

「もちろん。俺なりに霊具の能力を検証した上での判断だ……この戦いにおいて一番重要かもしれない。気合いを入れてくれ」

その言葉でオウキは体を震わせたが——すぐに表情を引き締め、

「なら、全力で対処する」

「頼む……セシル、一度シェリス王女の所へ」

「ええ」

ユキト達は馬に魔力を付与する。一種の強化魔法であり、馬の速度が増して先頭をひた走るシェリス王女の下へ到達する。

「シェリス王女！」

ユキトは手綱《たづな》を操作しながら叫ぶ。

「俺達からの援護についてですが——」

「それは状況を見て判断を——」

「いえ、王女の護衛が必要と考えています」

その言葉に、他ならぬシェリス王女が驚いた。

「私が、ですか？」

「敵の狙いはわかりませんが、この状況では王女の身にも危険が及ぶでしょう」

ユキトはそう告げた後、馬上で彼女と視線を合わせた。

「天級霊具であることから、敵に攻撃されても問題ないと認識しているかもしれませんが、信奉者はそうした予想を上回ってくる……まして、策略によってベルファ王国に対抗している敵ならばなおさらです」

「状況的に、指揮官ヴィクトは苦戦しているでしょう」

ユキトに続き、セシルが言う。

「であれば、必然的に私達の目はそちらへ集中します。ですが、敵の本来の目的……それが王女である可能性は、十二分に存在します」

「……確かに、一理ありますね」

シェリス王女は納得したように呟《つぶや》いた。

「ヴィクトの状況がまずければ、私は迷わず救援に向かっていた……それは間違いなく、お二方の言う通り敵が付け入る隙《すき》を与えることになる」

「だからこそ、私達からも護衛を。戦力に厚みを加えれば、それだけで敵の思惑を外すことができます」

「そうですね。助言に従いましょう。それで護衛は誰が？」

「私と、来訪者の方一人です」

セシルが告げる。事前の話で、彼女とオウキがその役回りを担当することになっていた。

シェリス王女はそれを受け入れ、一路戦場へ。向かう間に、ユキトの頭の中でディルの声が聞こえてくる。

『結構、まずいかも』

「たとえ天級霊具使いであっても、か……」

信奉者タウノという存在は、どれほどの難敵か。ここでユキトはザインの気配を探る霊具に魔力を注ぐ。結果から言えば、まだ距離はある。

(やはりザインはいない……おそらくこの戦いの先に何かがある)

強い予感を抱きながら、ユキトは手綱《たづな》を握り直し、仲間達と共に戦場へと進んだ。

そうして辿《たど》り着いたのは、平原——当初の計画ではベルファ王国の精鋭部隊が、平原周辺に常駐していた騎士団や兵団を率いて相対し、シェリス王女と指揮官ヴィクトの能力によって、押し返すというものだった。

だが、目前に見えたのは——

「これは……」

ユキトは馬上で状況を把握し苦々しく呟《つぶや》いた。ヴィクトは事前に兵団に連絡はしていたようで、数については魔物に対抗できていた。だが功に焦ったか、それとも敵の計略か、騎士や兵士は余すところなく魔物によって包囲されていた。

「指揮官ヴィクトは――」

「あそこです」

近くにいたシェリス王女が指を差した。そこは最前線――円を描くように取り囲む魔物の群れの中で、一際厚みのある場所があった。そこから強大な魔力を感じ取ることができたため、信奉者タウノがいる――どうやらヴィクトはこのような状況でも、まだ敵を倒し勝利するのをあきらめてはいなかった。

「状況を、把握できていないのかもしれません」

シェリス王女は配下の騎士達へ指示を出しながら、ユキトへ言った。

「囲まれている後方の部隊は、自分達もまた円を描くように布陣し敵を食い止めています。しかし、前線部隊はそれを無視するかのように突撃している」

「敵が何かをしている……？」

「おそらくヴィクトの周辺に魔物を展開し、視界を遮《さえぎ》っている。さらに魔物の魔力で気配探知を阻害すれば、誤魔化すことは可能です」

シェリス王女が解説する間にも、ヴィクトは進む。彼を取り囲むように魔物が左右から押し寄せた。それを周囲の騎士が霊具により弾き飛ばしているが、それでもなお魔物は追いすがる。

ヴィクトが持っている霊具は剣――それが魔物へ斬撃を叩《たた》き込んだ瞬間、閃光《せんこう》が生じて正面にいる魔物を消し飛ばした。途端、彼の周辺から魔物がいなくなり、ヴィクトは前へ進む。だが後続から魔物が押し寄せ――いや、そればかりではない。

「悪魔が……！」

ユキトはヴィクトが突き進む場所に悪魔の姿を認めた。シャディ王国で生み出されたような悪魔のコピーか、それとも本体かはわからない。だが、天級霊具を持つヴィクトにとっても、脅威であるのは間違いない。

「おそらく、これまでの戦いでヴィクトの霊具を分析したのでしょう」

シェリス王女は淡々と状況を語る。

「彼の持つ霊具は『光竜剣《こうりゅうけん》』といい、一振りで閃光を振りまき魔物を消し飛ばす浄化の剣です。ただ見た目に反して退魔の能力は有していません。なおかつ、先ほどの彼の剣戟《けんげき》を見ましてもあまり敵が減っていない。魔物を強化し、耐えられるようにしてある……危険な兆候です。早急に対策を打たなければ」

その時後方から騎士の声。準備が整ったらしい。そこでシェリス王女は、

「ユキト様、私は――」

「王女は囲まれている部隊の救出を」

言葉を制し、ユキトはシェリス王女へ告げた。

「あの状況では退路を確保しなければ全滅する可能性があります」

「そうですね……ならば大半を後方、一部を前線に振り分けます。ユキト様は――」

「こちらは指揮官ヴィクトの下へ。説得を聞いてくれるかは不明ですが……」

「状況を把握すれば、退却を選択するでしょう……よろしくお願い致します」

その言葉を受け、ユキトは大きく頷《うなず》いた。

「……突撃準備！」

指示と共に、ユキトの隣にやってくる人物が二人。一人はレオナ。そしてもう一人は、ダイン。こちらはフードを被《かぶ》り仮面を身につけ、完全に素顔を隠している。

セシルをシェリス王女の護衛に回しているため、ユキトは二人と組んで戦うことになっている。

（俺の方は注意しないといけないな）

心の中でユキトは呟《つぶや》く。これまでセシルの能力にはずいぶんと助けられてきた。レオナやダインと共に戦うのに不満はないが、それでも相棒と呼べる人物と離れるのは、少しだけ不安がある。

（しかも今回はただ敵を倒すだけじゃない……）

「レオナ、ダイン、厳しい戦いになる」

傍《かたわ》らにいる仲間二人へユキトは告げる。

「俺達は戦場を駆け抜けて指揮官ヴィクトを救出する……ベルファ王国の騎士が帯同するとはいえ、かなり危険だ」

「わかってるよ」

「こちらも、覚悟はできている」

相次いで答える二人。それでユキトも踏ん切りがつき、

「それじゃあ――」

「全軍！」

声を発した瞬間、シェリス王女が馬首を戦場へ向け、叫んだ。ユキト達も素早く馬首を戦場へ向け、

「先行部隊を救出する――続け！」

勇ましい言葉と共に、騎士が動く。ユキト達もまたそれに続き、戦場へなだれ込んでいく。

最初に反応したのはベルファ王国軍を取り囲んでいる魔物だった。包囲を緩めないよう、ユキト達が向かう先に魔物の壁を作り出す。

それに応じたのは、シェリス王女だった。

「力よ！」

声を発した矢先、彼女の体から魔力が発露したかと思うと、それが旋風《せんぷう》を巻き起こし弾けた。次に感じたのは全身から発せられる膨大な魔力。霊具の特性により、剣や槍《やり》といった武具ではなく、魔力を全身にまとう――ユキトはセシルから名を聞いていた。シェリス王女の霊具は『主神聖鎧《しゅしんせいがい》』といい、様々な武具を生み出し、魔法を放てる万能型霊具だ。

霊具を解放した途端、彼女は馬上で右腕を掲げた。次の瞬間、手には黄金の光を放つ槍が生まれ、それをやり投げの要領で構える。

そして――シェリス王女の腕が勢いよく振り抜かれると、馬が駆け抜ける速度を大きく超えて放たれ、魔物の壁へと着弾した。

刹那、爆音を上げながら光が炸裂《さくれつ》し魔物の壁を飲み込んだ。シェリス王女が投擲《とうてき》したのは普通の槍と長さも大きさも変わらない。だが、目前にあった魔物の壁を吹き飛ばす光と魔力が生まれた。

「――魔力を凝縮したことで威力を高めたのでしょう」

ふいに、並走するセシルが解説を行った。

「反発力のあるものを圧縮して、それを解放すると勢いが出るものでしょう？」

「そういう原理なのか……なるほど、単に魔力を高める以外にも、多種多様なやり方があるんだな」

シェリス王女は再び光を発し、さらに槍を魔物の壁へ叩《たた》き込んだ。爆発する光と、消し飛んでいく魔物。轟音《ごうおん》が戦場を満たし、黒い壁は彼女の攻撃によって、あっさりと粉砕した。

そして向こう側に見えた景色は、号令と共に押し寄せる魔物と戦う兵士と騎士の姿。するとここで魔物の動きも変化した。取り囲むように布陣し、包囲を狭めていた魔物達だが、その囲みを維持したままベルファ王国軍へ向け突撃する個体が多数発生した。

(これは……)

「敵はどうしても、ヴィクトの所へ行かせたくはないようですね」

シェリス王女が呟《つぶや》く。ユキトも同意見だった。

敵の攻撃により乱戦の様相を呈す。突撃する魔物は決して多くないが、敵味方入り乱れる状況によって、馬を走らせるのが困難となった。

「おそらくですが、敵の狙いはこの場にいる軍の瓦解というより、ヴィクト……天級霊具使いをどうにかすること、なのでしょう」

シェリス王女はそう考察した後、率いてきた精鋭部隊へ叫ぶ。

「私と共に戦う者は先行部隊と連携し、包囲する魔物を倒します!」

オオ、と鬨《とき》の声が上がる。現状、味方の窮地《きゅうち》を救うにはそれしかない。

ただ、その中で――シェリス王女がユキトへ視線を送る。

「ヴィクトのこと、お願いします」

「はい」

するとシェリス王女が率いる騎士の一部がユキト達へ近づく。

「下馬してヴィクトの下へ」

シェリス王女の指示により、これより死地へ向かう者達は馬を下りた。ユキトやレオナ、そしてダインもまた同様に馬を下りる。

乱戦の中、兵士達を助けながらすり抜けるようにして最前線で戦っているヴィクトの下へ――危険な戦い。しかし神経を研ぎ澄ませると、キィン、と音が鳴り、ユキトは覚悟を決めた。

「行くぞ！」

発破を掛ける声と同時、ユキトはレオナ達と騎士を引き連れ戦場へ飛び込んだ。刹那、押し寄せてくる魔物達。だがその動きをユキトは全て捉えていた。

「ディル！」

『あいよー』

間延びした声と共に、ユキトが握る剣から魔力が発露する。漆黒の剣から噴出したそれは、剣を大きく強化し、さらにユキトにまで影響をもたらすほどの質と量だ。

「はっ！」

数体の魔物が攻め寄せてくるタイミングを見計らい、ユキトは一閃《いっせん》した。横へ振り抜いた剣戟《けんげき》は、魔物の体をしっかりと捉え――複数体まとめて倒すことに成功する。

以前の霊具であれば、これほどの力を引き出すのは難しかった。だが、ディルならばできる――続けざまに魔物を薙《な》ぎ払うと、敵の数がさらに減っていく。

「やあっ！」

そこへレオナが握りしめる斧《おの》を振るい、魔物へ斬撃を叩《たた》き込んだ。刹那、その魔物は発火し悲鳴を上げ倒れ伏《ふ》す。

「レオナ、わかっていると思うけど――」

「うん」

彼女は首肯し、斧を構え直す。彼女の霊具は魔力に反応する炎を生み出すこと。シャディ王国における戦いでは、魔物の大軍相手にその炎を広げて敵を殲滅《せんめつ》していたが、今回は敵味方が入り乱れる乱戦であるため、全てを炎に巻き込むのは難しい。

とはいえその攻撃力は健在であり、一撃で魔物を屠《ほふ》っているのは間違いない。ユキトはこの勢いを維持し一気に突破することを決断。背後にいる騎士達へその旨を告げると、彼らも同意した。

そして、混沌《こんとん》とした戦場をユキトは走り抜ける。馬がなくとも霊具の力で移動速度は十分。道中で障害となる魔物を倒し、確実にヴィクトへと近づいていく。

ただ、乱戦である以上イレギュラーな事態も発生する――突如、死角から思わぬ形で骸《がい》骨《こつ》騎士からの攻撃に遭遇した。狙いはレオナであり、ユキトは気付いたが対応が一歩遅れた。

当のレオナは即座に応戦しようとしたが、攻撃が届きそうに——その直前、魔物の動きが止まった。突如魔物の首が鎧《よろい》ごと両断され、コトリと落ちる。

誰がやったのかは明白で、魔物の背後にダインがいた。仮面を被《かぶ》っているため表情を窺《うかが》い知ることはできないが、ユキトへ視線を向け小さく頷《うなず》いた。

援護はする——という意思表示であり、ユキトは彼に頷き返すとさらに前進するべく指示を出す。レオナは同意し、騎士達も呼応。戦場のまっただ中を、ひた走る。

そして、ユキト達の姿を見て周囲の兵達はにわかに声を張り上げ始めた。シェリス王女の援護が届いたというのもあるが、黒の勇者——ユキトの存在もまた、士気高揚に一役買っているかもしれない。

(だとしたら、なおさら負けられないな……！)

カイが背負うような重圧を、ユキトは両肩に感じ取る。以前ならばその圧力に屈していたかもしれないが、今は違った。ただそれはプレッシャーに耐えられるようになったというわけではなく、脳裏に倒れた二人の仲間のことが浮かんだためだ。

(どんな戦いであっても、負けられない……)

悲劇を目の当《ま》たりにした光景が、ユキトを奮い立たせて足を前に出させる。もし自分が負ければ、全てが瓦解するかもしれない――そんな恐怖も確かにあったが、霊具による高揚感と何より、これまで遭遇した悲劇を思い返し、立ち尽くしてはいられないという衝動が、ユキトを突き動かした。

剣にも感情が伝わり、魔物を屠《ほふ》っていく。凄《すさ》まじい撃破速度に対し、騎士や兵士がどよめき、士気はさらに高まっていく。気付けば戦場の最前線まであと少し。このままの勢いなら、合流もそれほど経《た》たずして――

そう思った矢先、後方で爆発的な魔力の発生を感じ取った。バリバリ、と、まるで落雷でもあったかのような音と共に、空気が重くなる。

何が、とユキトは考えたがそれでも振り向かなかった。理由は、並走するレオナがこちらに視線を投げたためだ。気になるだろうけれど、それでも自分達の役目は――と、目で語っていた。

「……このまま、指揮官ヴィクトと合流する！」

ユキトは決断し、足を前に出す。後方は気になるが、今前を向いて進まなければ、ヴィクト達がどうなるのかは明白だった。

次に思い浮かんだのは、後方に残した仲間達。大丈夫――仲間を信じ、前へと突き進む。

そして、ユキト達はとうとう最前線へ到達した。同行した騎士達が一斉に戦闘を開始し、ユキトは脇目も振らずヴィクトへ近寄っていく。

天級霊具所持者は、明らかに疲弊していた。剣が放つ輝きも鼓動のように明滅を繰り返している。肩で息をしながらも、後ろを振り向かないその騎士を見た後、相対する敵を確認し、

「これは……」

「予定よりも早い到着だな」

目前にいたのは信奉者。ザインと同様の白いローブ姿ではあったが、長身で右手に握る武器は大剣であった。

なおかつ、魔物とは一線を画する存在が信奉者の周りに二体いた。漆黒の体躯《たいく》と、威圧的な魔力。シャディ王国でも遭遇した邪竜の配下、悪魔であった。

「だが、想定の範囲内ではある……では改めて、始めようか」

淡々とした口調で語る信奉者。それと共に魔力が鳴動を始め――ユキト達もそれに呼応するように、魔力を引き上げた。

＊　＊　＊

ユキト達がヴィクトを助けるために最前線へ向かう間、後方でも新たな展開を見せてい

た。シェリス王女が圧倒的な力で敵を倒すかに見えた矢先、魔物の動きが急速に変化したのだ。

敵は犠牲を顧《かえり》みず、一斉に突撃を開始した。シェリス王女と精鋭部隊はそれに応じ、霊具や魔法により敵の数を大きく減らしたが、数が数であるため全てというわけにはいかなかった。

結果、後方もまた敵と味方が入り乱れた混戦になる——騎馬による突撃が難しくなり、むしろ騎乗することで敵に狙われやすくなる。結果的にセシル達も馬から下りて野戦を強《し》いられる結果となった。

ともすれば邪竜側も消耗する戦いだが、こうするには当然思惑がある。シェリス王女の霊具は圧倒的な火力で魔物の群れを消し飛ばす。だからこそ、乱戦に持ち込まれ下手に攻撃すれば味方も巻き込むという状況になる。それが敵の狙いで間違いなかった。

「円を描くように布陣し、敵を押し留《とど》めてください!」

シェリス王女はすかさずそう指示を下し、味方はそのように動き始めた。一方でセシルは彼女の護衛を行いながら戦況を観察する。乱戦かつ、敵に包囲されているが、それでも戦線の維持はできている。少しずつではあるが人間側が押し返しているようにも見られ、膠着《こうちゃく》状態ではあるが一気に形勢が悪い方へ傾く可能性は低そうだった。

とはいえ予断を許さない状況であるのは間違いなく、セシルは敵が放つ次の手を読もうとする。魔物の配置から考えて、ベルファ王国軍がどのような動きをするのか予想していた可能性が高い。

（それを踏まえると、敵は指揮官ヴィクトの動きを読んで作戦を組み立てている……？）

狙いが彼ならば、シェリス王女に対しては――思案した直後、雷鳴のような音が戦場に響き渡った。

何事か、と案じた矢先セシルは視界に捉えた。包囲を狭めつつある敵軍の後方。そこに、新たな魔物が出現した。なおかつ、その後方にはまるで樹木を想起させるような巨大な柱が一つ。それは『悪魔の巣』と酷似したものであり、

「まさか、魔物の生成を……!?」

「その予測は、当たりですね」

セシルの呟《つぶや》きに対し、近くにいたシェリス王女が反応した。

「土地に存在する魔力を使って、魔物を瞬時に生み出すつもりかと。とはいえ『魔神の巣』ほどの脅威ではありません。あれは霊脈を利用したものであり、莫大《ばくだい》な魔力があるからこそ成り立つ代物。おそらくこの土地では魔物を生むにも限界があるはず」

だが、とセシルは内心で付け加えた。王女の言う通り『魔神の巣』ほどの勢いはなさそうだった。けれど拮抗する戦局を変えるくらいの影響があるのも事実。

「とはいえ早急に破壊を――」

シェリス王女が魔法を放とうとした時だった。右腕をかざそうとする彼女へ向け、光る何かが飛来する。

「――シェリス王女！」

セシルが声を上げた瞬間、王女もまた察し右手を天へとかざした。即座に結界が構築され、次の瞬間光が着弾、轟音《ごうおん》が周囲に響いた。

ただちに王女の周囲が騎士によって固められる。その間に後方にいたはずのメイやイズミ達がセシルへ近寄ってきた。

「セシル！」

「メイ⁉　後方は――」

声を出した直後理解した。退路として確保していた地点にも魔物が生じている。絶対逃がさないという、邪竜側の策略だった。

「ごめん、何か援護できれば良かったのだけれど」

「仕方がないわ。それに、この状況なら、むしろ近くにいてくれた方が戦いやすいかも」

その時、セシルの目は人影を捉えた。包囲している魔物の奥から、白いローブを着込んだ存在を発見する。

「信奉者……！」

「タウノ以外にも、ということですね」

シェリスはあくまで冷静に、魔力を発し戦闘態勢に入る。応じる信奉者は右手に剣を携え、魔物に囲まれながら口の端を歪《ゆが》ませた。

「そういうわけだ……ベルファ王国王女、我らが主にとって障害となる存在よ……ここで、終わりだ」

宣言と共に、魔物の群れから悪魔が出現する。

脅威となる存在――けれどシェリス王女の戦意は衰えることがなかった。

「そうはいきません。私には、国を守る使命がある」

言葉の直後、フードの奥で信奉者の顔が大きく歪み、その体が前傾姿勢となって疾駆《しっく》した。フードが外れ、銀色の瞳と憤怒《ふんぬ》の表情が、騎士達を釘付けにする。

それを見てセシルはまずいと悟った。自分は援護に間に合わない。そしてシェリス王女の周囲にいる騎士達は信奉者の動きを捉えては――

「はっ！」

だがそこへ、援護に入る者が。信奉者の突撃に真正面から相対し、斬撃を繰り出した。

敵はそれに反応し、剣を一度ぶつけた後に反動で後退する。

「……来訪者か」

対峙《たいじ》するのはオウキ。彼の手にはそれぞれ、赤色の剣――二振りの剣を握る彼が、迎え撃った。

「もう少し攪乱《かくらん》すれば、王女と来訪者を引き剥《は》がせたかもしれないが……ま、いい。どちらにせよ結果は同じだ」

信奉者の発言と同時、セシルは後方に気配を感じ取る。視線を移せば、王女達の背後にも悪魔が数体いた。

「――相手も、相当気合いが入っているってわけだ」

その時、別方向から声が。見ればメイと共にいた来訪者の一人、リュウヘイがセシル達の背後を守るように立ち、悪魔と対峙《たいじ》している。そんな彼の霊具は――白い大盾であり、仲間を守るように構える。

すぐに他の仲間も彼の下へ集まり、戦闘態勢に入った。

「この戦いがよほど重要みたいだな」

「――絶対に、負けるわけにはいきませんね」

リュウヘイの声は届いていたか、シェリス王女は信奉者と向かい合って呟《つぶや》く。

「後方は任せます。時間を稼いでください」

「了解しました」

リュウヘイの返事と共に、セシルは目の前にいる信奉者を注視する。その時フィスディル王国から派遣された騎士が近寄ってきた。

「王女、私達も」

「ええ、お願いします」

周囲はまだ混沌《こんとん》としており、危険な状態。その中で自分がどれだけ戦えるのか――不安はあったが、やるしかないと踏ん切りをつける。

「それじゃあ、改めて始めるか」

信奉者は告げると、魔物の包囲が狭まる。それと同時にセシルの体に高揚感が生まれた。

視線を転じれば、メイが手をかざしていた。彼女の強化魔法。それを受け、セシルは小さく頷《うなず》いた。

「決着を、つけましょう」

シェリス王女が告げ、悪魔が咆哮《ほうこう》を放ち――決戦が始まった。

＊　＊　＊

先手を打ったのは信奉者タウノ。大剣だというのにまるでレイピアでも振るかのように素早く、それでいて豪快な一閃《いっせん》が差し向けられた。

それに対しユキト達は回避に転じた。ここでヴィクトはユキト達がいるのに気付いたらしく、

「貴様、なぜ――」

「今は目の前の敵を倒すことを！」

それで彼も表情を戻した。即座に霊具の力を発揮させ、光をタウノへ向け放った。

だが、相手は大剣でそれを振り払い全てを消し飛ばす。圧倒的な力――その体には膨大な魔力を秘めている。

（強い……！）

初撃でユキトは完璧に理解する。戦闘スペックの高さと、軍略で指揮官ヴィクトの上をいく実力。天級霊具所持者二人を擁するベルファ王国と戦い続けられた、歴戦の戦士。

（信奉者の中でも、最高クラスの実力者か……！）

その時、ユキトは死角から狼型《おおかみがた》の魔物が来ることを察知した。対応すればタウノが仕掛けてきた際に後れをとる。敵としてはそこに狙いを定め攻撃するはずだが――

けれど、魔物の攻撃は不発に終わった。なぜならダインが霊具を用いて魔物の頭部を斬ったためだ。

「……同行する冒険者だな」

そしてタウノは告げる。ユキトは相手の一言で事態を察した。

（やはり情報が漏《も》れてる……！）

少なくとも、今回ベルファ王国を訪れた仲間達については、誰なのか情報が渡っているらしい。

以前ならば動揺していただろうが、ユキトはその事実を飲み込むと剣に魔力を込めた。

「驚かず、か。そちらも大方気付いているらしいな」

タウノはそう言って大剣を構え直した。同時に悪魔が数歩前進し、その体躯《たいく》からは魔力が溢《あふ》れ出す。

「不利な状況であるのはわかっているはずだが、それでも挑むか？」

「当然だろ」

ユキトが返答すると、タウノは呆《あき》れた風に表情を変え、悪魔へ指示を出した。

「ならば、思い知らせてやろう……黒の勇者とヴィクトは私が始末する。後方にいるもう一人の来訪者と、冒険者――ヘルテは、お前達が始末しろ」

悪魔が咆哮《ほうこう》を上げた。ユキトはタウノの指示を聞き逃さなかった。

（ヘルテ……？　人の名前みたいだが――）

どういうことなのかユキトが解答を導き出した時、悪魔が飛翔しタウノが駆けた。即座にユキトは思考を戦闘モードに切り替え、突撃する相手へ向け剣をかざす。

（悪魔は二体、レオナやダインを狙ってるのは明白だが……援護は難しいか）

ならば、目の前のタウノを早急に倒すしかない、とユキトは判断したが、

「そちらの思考は読めている」

淡々とタウノは告げながら、移動大剣を振りかぶった。

「二人の相手をするのは時間稼ぎではない。この俺が始末できると判断してのことだ」

斬撃をユキトとヴィクトは同時にかわす。一撃でももらえば、たとえ霊具によって魔力を高めても致命傷になりかねない――そう確信させるほどの勢いと魔力の量。

（背は向けられないな……ここはレオナ達を信じるしかない！）

ユキトは足を前に出した。すると、

「仲間を信じる選択をしたか」

タウノは明確にユキトの判断を察した。ここまで心情を読みきって戦う信奉者にユキトは驚嘆しながら、魔力を高め斬り込んだ。

それに喰《く》らいつくようにヴィクトも続く。二対一と数の上では有利だが、大剣を軽々と操るタウノに近づくことすらできない。ユキトは放たれた斬撃を剣で一度受けた。刹那、とんでもない重みが腕を通して伝わってくる。

（相当に力がある。それに加え、大剣を容易《たやす》く扱える技量……！）

間合いを詰めることができないのは、明らかに相手の方が剣術面で優れているためだ。ユキトは意識的に魔力を頭部へ集める。それによってタウノの足運びや間合いの取り方が、剣客のそれであると認識する。

さらにこちらの動きを見極めるような観察眼――根本的な技量の差が、ユキトやヴィクトを抑え込めている理由だった。

　ユキトは想像以上の敵だと思いながらも足を前に出した。力量が明確になるにつれ、その恐ろしさを身にしみて理解した。だが、そうだとしてもユキトは退《ひ》かなかった。

　フィスデイル王国の悲劇を思い返す。多くの犠牲を伴った勝利。それに加えシャディ王国での悲劇も蘇った。仲間が告げた最期の言葉。

（勝たなければならない――）

　強大な敵を前にしても、臆すことなく前に出られたのはそうした出来事に感情が揺さぶられたからだ。かといって決して蛮勇ではない。

　思考は冷静で相手の実力と自身の能力をつぶさに把握している。命の危険があるのは間違いない。だが、これまで経験してきた様々な出会いと別れが、ユキトの背中を押し、戦意を生み出していた。

　タウノはユキトの動きに反応し、大剣を振り下ろした。質量の大きな大剣とは思えぬ高速の剣戟《けんげき》。だがユキトは軌道を瞬間的に見極め、かわした。

「っ……⁉」

　そこで初めてタウノは動揺した。直後、ユキトは剣を放った。相手が目を見開き、大剣を引き戻すのが一瞬遅れたわずかな隙《すき》。それを狙い、ユキトは相手の腹部へ斬撃を叩《たた》き込んだ。

「ぐっ……！」

タウノは呻《うめ》き、一歩引き下がろうとした。しかしそれよりも先に、ユキトと入れ違いになるようにヴィクトが間合いを詰める。

「おおおっ！」

霊具により両腕すら発光させる剣が、相手目がけ振り下ろされる。渾身《こんしん》の一撃であり、悪魔でさえも滅することができる強烈な魔力。だが、

「させん！」

タウノはここで体勢を戻し、真正面から光を受けた。途端、両者がせめぎ合いとなり、光と魔力が拡散し周囲にいる魔物の動きが大きく鈍《にぶ》る。

「おおおおっ！」

「ぬううんっ！」

声を放ちながらの激突は、およそ数秒の出来事。勝敗は信奉者とヴィクトの魔力が相殺され、両者が同時に後退することで決する。引き分けだ。

（天級霊具の攻撃すらも弾くか……！）

その光景を目前に見ていたユキトは感想を抱きつつ、次の行動に移る。ヴィクトがタウノから離れたタイミングを見計らい、今度はユキトが間合いを詰めた。

タウノにとっても、光の剣を受けたのは全力だった――それはユキトが肉薄してもなお

体勢を戻せていないことからも明白だった。

相手はユキトの動きを捉えていたようだったが、立て直すには至らなかった。漆黒の剣が綺麗な軌跡を描いてタウノへ叩《たた》き込まれる。鮮血などは生じず、魔力が噴出するだけだが、それでもなお相当な傷を負わせたのだと自覚する。

（いける、か……!?）

このまま押し切ることができれば――勝利の文字が頭をよぎった次の瞬間、

「さすが、といったところか」

タウノが苦い表情を見せながら、告げる。

「だが終わりではない――いや、ここまではまだ、想定内だ！」

直後、ユキトはタウノの後方から悪魔の気配を察した。来ると考えた矢先、魔物の間を縫うようにタウノの前へと躍り出た悪魔が咆哮《ほうこう》を上げる。

「今更悪魔など――」

ヴィクトはそれを見て踏み込もうとしたが、さらにもう一体悪魔が出現し、さすがに足が止まる。

同時、二体の悪魔が周囲の魔物を伴ってユキトへ向け突撃した。獣のような、理性を消し飛ばしたかのような恐ろしい形相をしており、ユキトは一歩後退し魔力を高める。

（一気に仕留めてタウノの所へ……だが……！）

　ユキトはそこで雪崩《なだれ》を打って攻め寄せる魔物を視界に捉えた。周囲にいたヴィクト以外の騎士達が驚愕《きょうがく》し、中には悲鳴を上げる者さえいた。目前の光景に、もはや秩序はない。タウノは自分の力では敵《かな》わないと悟り、悪魔を用い乱戦に持ち込んだのか――

（自分で始末できればそれでいい。もしできなければ……こうやって乱戦に、というわけか！）

　二段構えの作戦――最前線において数で勝負する攻撃をしなかったのは、おそらく兵力を温存するためだったのだろうとユキトは推測する。

　タウノはユキト達来訪者とベルファ王国の能力を見極め、戦力を配置。そして前線部隊を壊滅させたら、王女へ手を伸ばす。そういう段取りだったはずであり、だからこそタウノ自らが最初に戦った。

　けれどそれが上手《うま》くいかないと判断するや、場をかき回すことに舵《かじ》を切った。そこでユキトはタウノが下がるのを視界に捉えた。後退し、一度距離を置く――

　それがブラフなのか、本気の行動なのか判然としなかったが、指揮官ヴィクトは本気だと受け取ったらしい。彼が握りしめる剣が一際輝き、混沌《こんとん》と化した戦場の中で少数の騎士を率いて足を前に出した。それに対し、一体の悪魔がその進撃を阻《はば》もうとヴィクト達へと挑みかかった。

　そこでユキトは選択に迫られた。タウノを追おうとするヴィクトの行動に追随するのか。それとも一度退避するのか。

周囲の状況を見て、このまま戦い続けるのは危険だとユキトは本能から察した。悪魔と交戦するレオナは動きを縫い止められている。ダインは霊具の力を使って悪魔の攻撃をすり抜けレオナの助けに入っているが、仮に倒せるにしても時間が掛かる。

『全てを助けることは、おそらく無理だ』

ユキトは事前に話したことを思い出す。ヴィクトの無謀極まりない突撃に従い、ユキト達も進めば退路がなくなる。現状、攻めるか下がるか——躊躇《ちゅうちょ》する時間はない。決断しなければいけない。

ユキトは眼前に迫る悪魔へ向け斬撃を叩《たた》き込む。悪魔の動きが大きく鈍《にぶ》り、ユキトにもヴィクトへ追随できるだけの余裕が生まれる。

(どうする……!?)

ユキトは極限まで集中し、思考すると——時間の流れが遅くなったのを自覚した。今にも迫ろうとする複数の魔物。ダインの援護を受けながら戦うレオナ。そして後方に迫る魔力。間違いなくシェリス王女の近くにも敵がいる。

ユキトは剣を強く握りしめ、考える。一秒が途轍《とてつ》もなく長いと感じられる時間。仲間が倒れるという悲劇を繰り返したくない衝動。シェリス王女から言われた、ヴィクトを託された使命感。様々な感情が体を駆け巡り、ユキトの頭の中が揺れ動く。

それを──そうした状況を一変させたのは、思わぬ展開によるものだった。

「はああっ！」

レオナの声だった。反射的に視線を移すと、予想外の光景にユキトは目を見張る。

レオナは交戦していた悪魔を、斧《おの》による斬撃で両断していた。これまで、悪魔と戦えても一刀両断できるだけの力はなかったはずだった。ではなぜ──と、疑問がユキトの頭を支配しかけた時、明瞭な答えが他ならぬ彼女から示された。

斧から噴出する、炎。これまで赤いものだったそれが、斧の刀身に準じるような紫色へと変化していた。

「……レオナ、それは……!?」

問い掛けると同時にユキトは迫る魔物を一蹴する。そこからはあっという間の出来事だった。ユキトはすかさず相対する悪魔へ渾身《こんしん》の剣戟《けんげき》を繰り出して、撃破に成功。直後、ダインを攻撃していた悪魔が、咆哮《ほうこう》を上げ魔法を使おうとした。しかしそれより先にユキトとレオナが接近し、まったく同時に刃を叩《たた》き込んだ。

ユキトの刃《やいば》と共に、レオナの斧も悪魔の体を易々《やすやす》と斬る。そこへダインが背後から忍び寄って首へ刃を放った。動きが鈍《にぶ》り、ユキト達の攻撃で防御がおろそかになった悪魔は、あっさりと首が胴体から離れ、倒れ伏《ふ》す。

「……無我夢中だったけど」

と、レオナは紫色の炎が宿る斧を見据える。

「どうしようか迷っているユキトを見て、あたしも頑張らなきゃって思ったら……突然力が湧き上がったんだよ」

「霊具の成長だな」

ダインが言う。ユキトは急速なパワーアップに驚きをもって、

「こんな土壇場《どたんば》で、か」

「土壇場だからこそ、だ。窮地《きゅうち》に立たされる。あるいは何か強い感情を抱いた時、霊具はそれに応じ成長しやすい」

ダインはそう解説した後、タウノへ突撃する騎士達を見据えた。

「悪魔は倒した……どうする？」

「――追う」

その一言で十分だった。ヴィクトも悪魔の撃破に成功し、先へ進んでいた。ユキトは彼の背中をすぐ見つけ、全速力で走り始める。悪魔を一気に倒したことで、周囲にいる騎士達も息を吹き返し、魔物を食い止め始める。いまだ混沌《こんとん》とした状況ではあったが、それでもヴィクト達へ続くか細い道が、明瞭に見えていた。

いける、と確信した時、ユキトは視界にタウノの姿を捉えた。霊具の成長――それを目《ま》の当たりにしたためか、ヴィクトが接近する中でも、視線は来訪者であるユキト達に向け

られていた。

「──そう、なってしまうか」

まだ距離があるはずなのに、タウノがそう呟《つぶや》くのをユキトは聞いた気がした。それと同時にタウノの表情に変化が。これまで淡々と作戦を進め、冷徹な戦いぶりを見せていた信奉者が一転、覚悟を決めたような顔つきとなる。

(何か──ある)

ユキトは心の内で呟いた。それがどういうものなのかわからなかったが、確信できることがあった。

今の彼に指揮官を近づけさせてはいけない。

「指揮官ヴィクト！」

ユキトは叫び、跳ぶように駆けた。彼の背中に近づくが、それよりも彼が信奉者と切り結ぶ方が一歩早かった。

「──ここまで用意しても、ギリギリか。本当に恐るべき存在だ」

またしてもタウノの呟きが聞こえた、気がした。何がある、とユキトは必死に思考を巡らせ相手の目論見《もくろみ》を探ろうとする。

そして、まばゆい光を携えたヴィクトが、信奉者へと肉薄する──

「終わりだ！」

タウノは逃げなかった。そればかりか大剣をかざし迎え撃つ構え。

その攻防が一瞬で終わると、ユキトは直感で理解した。どちらが勝つのかはわからない。だが信奉者が示した表情が、他の誰かが援護に入るより先に全てを終わらせるという気概で満ちているのが、確信できた。

ユキトは再度ヴィクトの名を叫んだが、それでも彼は止まらず——光を伴い、彼は信奉者と激突した。

＊　＊　＊

新たな信奉者の出現に対しセシルがとった行動は、同胞の騎士達と共にシェリス王女とオウキの援護に回ることだった。

自分の能力を勘案し、二人と肩を並べて戦うのは難しいと判断した結果だ。もしこの場にユキトがいたら彼と連携していたはずだが、いない状況では無理に王女やオウキと連携をとっても戦力的に邪魔となる可能性があった。

とはいえ二人が信奉者を相手取るならば、必然的にセシル達は悪魔と戦う形になる。それがどれだけ大変なのかは身にしみてわかっている。しかし、

「ふっ！」

放たれた悪魔の拳《こぶし》を避《よ》けながらセシルは反撃に転じる。斬撃が漆黒の体躯《たいく》へと入るが、あまり効いていない。

セシルは自分の力不足を感じつつ、歯を食いしばり剣を強く握りしめた。力が足りないのはわかりきっている。だがそれでも、強大な敵と戦わなければならない――

「はっ！」

そこで耳に入ったのは、オウキの声。両手に握る剣は恐るべき精度で信奉者へと斬り込む。相手も長剣で迎え撃っているが、オウキの方に分があった。

「ちぃっ！」

苛立《いらだ》ちを隠せないような声を信奉者が放つ。オウキは相手の予測を上回るパフォーマンスを見せ、完全に圧倒していた。

すると当然、シェリス王女が自由になる。彼女は即座に光の槍《やり》を生み出し、魔物を生成する後方を狙って撃とうとした。

ここで魔物が生み出せなくなれば、状況を打開できる。セシルは悪魔の攻撃を必死に受け流しながら、シェリス王女の攻撃が成功するのを待とうとした。

だが次の瞬間、セシルは直感した。いや、それは霊具の力によって仲間の、ひいては周囲の状況を明瞭に探れたからこそ、導き出せた答えだった。

「シェリス王女！　来ます！」

何が、という言葉を続けることはできなかった。しかしどうやらそれで察したらしく、シェリス王女は攻撃を中断し、握る槍で、周囲を薙《な》ぎ払った。

すると槍の先端が何かに当たった。ザザザ、と砂を噛《か》む音。次に見えたのは、低姿勢で短剣を構える、銀眼の女性だった。

「三人目の信奉者……!?」

後方にいたメイが驚愕《きょうがく》の声を上げる――この戦場にいるのはタウノと、オウキが相手にしている男性信奉者。さらにもう一人、女性の信奉者が現れた。

どうやら女性は気配を意図的に隠せるらしく、セシルも感じ取れる魔力が恐ろしく薄いことに気付く。混沌《こんとん》とする戦場では魔力が大気中に乱れ飛ぶため気配探知の精度が下がりやすい。この程度の気配なら、よほどの能力持ちでなければ感知できないはずだ。

その中でセシルは、鋭敏になった感覚と霊具の能力により捉えることに成功した――

「騎士セシル、助言ありがとうございます」

シェリス王女は礼を述べた。

「目前の敵に意識を向けすぎていた……注意しなければなりませんでした。相手は私を欺《あざむ》く術《すべ》を持って挑んでいるはずですから」

「はん、ずいぶん余裕だねえ」

鼻で笑うように女性信奉者が言う。荒々しい、攻撃的な声音だった。

「バレちまったけど、やることは変わんない……そんな余裕の表情をしていられるのは、今のうちだよ」

「……あなた達は、信奉者タウノの指示を受けてここに来ている。ならば、相応の策を託されたはずですが」

「ああ、そうさ。けど作戦通りに動いても、自分の功績にならないからねえ」

口の端を歪《ゆが》ませる女性信奉者。王女達と戦うのは予定通りにしても、どうやらここまで攻め立てるのは、作戦外らしい。

そこで、シェリス王女は右手の槍《やり》を構えたままで信奉者を見据えた。

「なるほど、功を立てるためですか……当然でしょうね。ベルファ王国と互角に渡り合ってきた信奉者が、このような稚拙《ちせつ》な作戦を指示するとは思えない」

――セシルが目を丸くするような挑発だった。その言葉が気に障《さわ》ったのか女性信奉者は、王女をにらみつけるように、

「貴様……！　なら、教えてやるよ！」

動きは、一瞬だった。姿勢を低く、かつ右へ左へ体を動かし狙いを定めにくくする体さばきは、例えるなら暗殺者のそれだった。剣を当てることは難しいとセシルが確信させられるほどの俊敏な信奉者に対し――シェリス王女は、予想外の動きで応じた。

彼女は、なんと女性信奉者の動きに完全に対応し、槍を薙《な》いだ。しかも刃先に相当な魔

力を乗せて。結果、防ごうと短剣をかざした女性信奉者だったが、その得物が、あっさりと砕け散る。

「――え？」

次の瞬間、衝撃で女性信奉者は倒れ伏《ふ》した。その事態に男性信奉者はわずかに動揺し、その隙《すき》を狙いオウキがさらに攻勢を掛ける。

「騎士セシル！」

そこで、シェリス王女の声が聞こえた。何をすべきかわかっている。だからセシルは起き上がろうとする女性信奉者へ追撃を行った。

相手は――必死の形相で退避しようとした。だが間に合わず、セシルの一撃が、しかとその体に刻み込まれた。

「――アアアアッ！」

甲高《かんだか》い悲鳴が響き渡り、その手足が塵《ちり》となる。消える――と、セシルが確信した矢先、女性信奉者は跡形もなく消え去った。

「――く、そっ！」

残る男性信奉者は声を張り上げ近くにいた二体の悪魔と共に突撃を敢行した。その動きにいち早く反応したのは、オウキだった。

「――はああっ！」

どこか、か細さが混ざった中性的な声を上げ、彼は二振りの剣で信奉者達と激突する。

「く、お……！　どけぇ！」

長剣を振りかざし、信奉者は叫びながら悪魔をけしかける。状況的には三対一。だがそれでも、オウキが臆することはなかった。

迫る悪魔に対し彼は足を前に出した直後、剣で薙《な》いだ。それを見たセシルは彼の霊具の詳細を思い出す。名は『瞬命剣《しゅんめいけん》』。使用者に驚異的な速力を与え、文字通り目にも留まらぬ斬撃を繰り出せる、速度特化の霊具。

その特性は、目前の敵に遺憾なく発揮された。悪魔が攻撃を仕掛ける寸前に、オウキの剣が入った。刹那、刃《やいば》が瞬く間に悪魔二体の体へ注がれる――一撃一撃は決して重くない。威力だけならばユキトの方が上だ。しかし、圧倒的な速度によって悪魔達は数の優位性も使えず、攻撃の暇すら与えられず、ただ刃を受け続けるしかなかった。

神速と表現すべき彼の攻撃に、さしもの信奉者もたじろいだ。その姿に、これは明確な隙《すき》だとセシルは悟る。それはシェリス王女も同意見だったか、彼女もまた足を前に出した。

信奉者は王女の動きに気付いた。しかし対応はできず驚愕《きょうがく》し――相手が向かってくるのだから、とすぐさま表情を一転させ、雄叫《おたけ》びを上げ突撃した。

それに悪魔も呼応し、刃の雨をその身に受けながら前進する。だが、それは愚かな行為にしかならなかった――次の瞬間、無理に動いて隙を晒《さら》した悪魔へ向け、多数の騎士が剣や槍《やり》を突き立てる。

途端、体を震わせる悪魔。こうなってしまっては信奉者も動きを止める他なく、

「――はあああっ！」

そこへ滑り込むように、オウキが接近して信奉者へ刃を薙《な》いだ。セシルの目には、一瞬内に四度ほど斬ったのは認識できた。それに対し、信奉者は何をされたのか理解できないまま、

「馬鹿、な……！」

声を一つ上げ、ゆっくりと倒れ伏《ふ》す。同時に塵《ちり》へと変じていくその体。

（倒した……！）

セシルは心の中で呟《つぶや》いた後、すぐさま背後の状況を確認する。

リュウヘイ達は無事なのか、と案じたのは杞憂《きゆう》だった。見れば来訪者達が悪魔を撃滅し、ものの見事に勝利していた。その中で特に貢献したのは、リュウヘイ――彼が持つ盾の霊具『竜帝壁《りゅうていへき》』。地面を介し様々な場所に結界や防壁を構築できる霊具であり、防壁を複雑に構成することで、魔物と悪魔を分断し、各個撃破に成功したようだった。

「……相手の油断が、勝利に繋《つな》がりましたね」

そこで小さく息をつきながらシェリス王女は言った。

「信奉者タウノの指示を受け任務を遂行していれば、勝負はわからなかった……騎士セシル、改めて援護ありがとうございました」

「私は特段何もしていませんから――」

謙遜の言葉を告げようとした直後、最前線から轟音《ごうおん》が聞こえた。セシルは前方を確認する。戦場に、一際まばゆい光が生まれていた。

シェリス王女もまたそれに気付き視線を送っていたが、

「……気になりますが、優先すべきは包囲網からの脱出です」

直後、周囲の騎士や兵士に檄《げき》を飛ばした。

「周囲にいる者と連携し、魔物を撃破しなさい！」

声と共にシェリス王女は再び光の槍《やり》を生み出した。そして今度こそ、魔物を生成する物体へ放ち――見事、破壊に成功した。

すぐにセシルは来訪者達へ呼び掛け、自らも魔物と相対する。さらにメイやイズミが援護に回り、怪我《けが》の治療や強化魔法を施していくと、魔物の撃破速度に勢いが増した。

状況は改善し、それが戦場全体に伝播《でんぱ》する――セシルはユキトの援護に向かえない焦燥《しょうそう》感《かん》を抱きつつも、自分がやれることを必死に考え、戦う。

（ユキト、どうか無事で……！）

余計なお世話かもしれない。だがそう祈りながら、セシルはひたすら剣を振り続けた。

＊＊＊

金色の輝きが視界を埋め尽くしたのは一瞬のこと。ユキトはレオナやダインと共にヴィクトの下へ向かう足は止めなかったが、どういう結末であれ全てが終わった後の乱入だと、確信していた。

そして——光が消えた時、最初に聞こえたのは絶叫だった。

「——があああああああっ⁉」

それはヴィクトの声。まずい、とユキトが悟った瞬間状況が見えた。まずタウノはその体に大きな傷を作っている。圧倒的な光の奔流《ほんりゅう》をその身に受けて、相当なダメージを負ったようだ。だが表情は、してやったりという色合いが濃かった。

一方のヴィクトは右腕が吹き飛び、天級霊具もまた消えていた。というより、激突によってヴィクトの右腕がちぎれて飛んだ、という表現が合っているだろう。

「はっ！」

タウノが負傷しながらも大剣を振りかぶった。動きは激突前と何ら変わりがない。ユキトはヴィクトにトドメを刺す気だと確信しながら、足に力を入れ強引にでも割って入ろうとした。

だが、それを阻《はば》むように魔物が真正面に躍り出る。ユキトの能力ならば問答無用で瞬殺できるが、今にも斬られそうになっているヴィクトの援護へ行くためには、対処する暇はない。

どうするか——と、ここで並走していた仲間の一人、ダインが思わぬ動きをした。突如ユキトやレオナを追い抜くと、全速力でヴィクトの下へ突っ込んでいく。それを魔物が阻もうと動くが、霊具『次元刀』の効果によって、その全てをすり抜けた。

最短距離を突っ走り、ダインはタウノとヴィクトの間に割って入った。それに対し信奉者は多少驚いたようだが、腕の振りは変わらず、大剣が放たれた。

豪快な横薙《よこな》ぎは、霊具を腕ごと手放したヴィクトが喰《く》らえば易々《やすやす》と両断されるもの。だがそれを、ダインは受けた。しかし防御したものの膂力《りょりょく》に大きな差があり、彼はあっさりと吹き飛ばされ——いや、それは明らかにわざとだった。

彼の後方にいたヴィクトもまた、巻き添えを喰らい吹っ飛んだことで、ユキトはダインの目論見《もくろみ》も察した。

「っ……!?」

そこで信奉者タウノも理解した。ダインはただヴィクトをかばっただけではない。防御をしながら攻撃を受けた反動で吹き飛び、タウノから距離を置いたのだ。

ダイン達は地面に倒れ込み、右腕をなくしたヴィクトへ騎士が駆け寄り応急処置を開始する。その間に、入れ違いになる形でユキトがタウノへ迫った。刹那、信奉者は空いている左手を振り魔物達を指揮。即座に魔物と悪魔が押し寄せる。

ユキトは速度を緩めず強引に突破する構えを見せたが——必要はなかった。悪魔達が接近する中で、突如炎が渦巻いた。レオナの霊具だ、とユキトが直感した矢先、炎が魔物と悪魔を焼き尽くす。

レオナの援護によって、ユキトを阻む存在はいなくなる。そこでタウノは大剣を構え直した。ヴィクトの剣戟《けんげき》を受けて傷だらけの姿でも、戦意はまったく衰えていない。それどころか、必ず自分の役目を全うするのだという強い決意をその目に宿している。

交戦してみてユキトは、相手が握る剣や体が大いに傷ついていると、魔力を高めようとしてもほころびが生じているのを把握した。だから——と、ユキトはディルへ魔力を注ぐ。

「いけるな!?」

『もちろん!!』

応じたディルは刀身を輝かせ、それはヴィクトの剣と比べても遜色《そんしょく》ない姿だった。その時タウノが渾身《こんしん》の一撃を見舞った。豪快な横薙《よこな》ぎはそれこそ剣風だけで人間など木っ端《こっぱ》みじんにしてしまうような勢いが確かにあった。

だがユキトは恐れることなく、対抗するように剣を振った。双方の剣が激突し、光が弾け、魔力が渦を巻いて――ユキトは、敵の大剣がひび割れ、破壊されるのをしかと目に焼き付ける。

そしてタウノは――結末を予期していたのだろう。どこか悔しさを滲《にじ》ませながらも、微笑を浮かべた。

「叶《かな》うのであれば、全力で、よりふさわしい舞台で戦いたかった」

信奉者が告げる。それに構わずユキトは、タウノの胴体へ剣を振り抜いた。彼は避《よ》ける素振りも見せず一撃を受け――体躯《たいく》がゆっくりと倒れ伏《ふ》した。

倒した、と息をつこうとした矢先、ユキトの周囲にいた魔物達が咆哮《ほうこう》を上げた。それは指揮官が消えたことによる恐慌。次の瞬間、狼型《おおかみがた》の魔物も骸骨《がいこつ》騎士も、ありとあらゆる魔物達がユキトへ目がけ攻撃を仕掛けようとする――

「やっ！」

そこへレオナが斬り込んだ。炎が魔物を焼き、また周辺に広がって敵の動きを鈍《にぶ》くする。続けざまにダインが割り込み、炎を回避した魔物を狙って、刃《やいば》を突き立てた。

周囲の騎士達もどうにか応戦し――そこで、ユキトは一つ気付いた。

「霊具……指揮官ヴィクトの霊具はどこだ？」

周囲を見回すが、魔力をまったく感じ取れない。

（まさか、敵が持ち去った？　邪竜の一派は霊具を用いることはできないはずだけど……

いや、他の誰かに霊具を使わせないようにするためか？）

　考察しながらユキトは周囲の魔物を滅していく。同時に、少しずつ後退を始めた。

「敵の指揮官は倒した！　このまま王女の所まで戻る！」

　指示にレオナ達や騎士は従う。指揮官ヴィクトは怪我《けが》による痛みか気を失っていたため、彼の配下もユキトの言葉に従うように動き始めた。

「負傷者を保護しながら下がっていく！　警戒してくれ！」

　ユキトは叫びながら自らが殿《しんがり》となって魔物を撃滅。その動きに疲労感はなく、どこまでも戦い続けられそうだった。

「レオナ！　ダイン！　二人は指揮官ヴィクトの護衛を！」

「了解！」

　レオナが代表して答え、ベルファ王国軍は少しずつ後退する。その最中、ユキトはタウノがいた場所へ目を向けた。

（まだ、終わってない……）

　霊具を奪い、指揮官ヴィクトを戦闘不能にして――次に繋《つな》がる戦いをした。

（ザインがいる以上、敵は間違いなく何か仕掛けてくる……でも、俺達はザインの居所を把握できる上、相手はそれをわかっていない。付け入る隙《すき》を生み出せるきっかけがあるとすれば、そこだ）

思考していると、後方——シェリス王女や仲間がいる場所で、一際強力な魔法が炸裂《さくれつ》した。それが王女のものであると確信したか、騎士達は歓声を上げ、士気を高め後退していく。

退却しながら、ユキトは魔物の咆哮《ほうこう》や気配が徐々に静まっていくのを認識し——やがて、ベルファ王国の決戦は山場を越えた。ユキトは地面に倒れる兵士を見やると、悔しさにより目を細め腕に力を入れ、それでも奮い立ち、生き残った者達を救うべく、剣を振るい続けた。

戦いは早朝に始まり、昼前には終了した。魔物の残党はユキト達が後退する中で散り散りとなり、追討する必要に迫られたのだが、

「一度戻って討伐隊を派遣して対処しましょう。さらに戦場周辺にある町へ警戒を呼び掛ければ、被害を抑えることはできるでしょう」

そうシェリス王女は判断した。

ユキトは仲間と共に戦場から引き揚げ、野営地へと戻ってきた。

シェリス王女が討伐隊を編制する間、ユキト達は待機することに。やがて討伐隊が動き始めた段階で、ユキトは今後の方針を話し合うべくシェリス王女のいる天幕を訪れた。

「今回の戦いですが……まだ終わっていません。ベルファ王国へ攻撃を仕掛けていた信奉

者タウノ以外にも複数の信奉者がいた。ユキト様達が追うザインという信奉者もこの国にいるとなれば、次の戦いがあるに違いありません」

「それで……指揮官ヴィクトの霊具は？」

ユキトの問い掛けにシェリス王女は首を左右に振った。

「魔物がいない平原を確認しましたが、影も形も見当たりませんでした」

「ということは、敵が奪ったと」

「天級霊具を奪取しこちらに使わせないようにする、という魂胆《こんたん》なのだと思いますが、それ以外に用途があるかもしれません」

「邪竜一派は霊具を使えないのでは？」

口を開いたのはセシル。するとシェリス王女は、

「もちろん、邪竜と霊具は相反する力であるため、そのまま転用することは不可能です。しかし霊具のメカニズム……例えばどのような構造なのかなどを解析すれば、信奉者達の強化に繋《つな》がるかもしれません」

そう述べた後、シェリス王女はさらに考察を進める。

「ユキト様ほか、来訪者が登場したことで単純な力押しでは勝てないとわかり、邪竜も様々な研究を始めたのでしょう……ヴィクトの霊具を奪ったのも、何かしら根拠があるのではないでしょうか」

「天級霊具であることや、霊具の性質などから……？」

「そう私は考えています。どちらにせよ、次も厳しい戦いが待っている」

――今回の戦いで指揮官ヴィクトは戦線離脱。加えて霊具も失い、シェリス王女の負担が一層高まる。

敵が何かをするより先に手を打つという選択肢もあるが、今回の戦いで味方も相当な痛手を被っているのも事実。ユキト達に加えフィスデイル王国から派遣された騎士の大半は無事だったが、ベルファ王国軍は指揮官ヴィクトが独断で動いたこともあって、犠牲者が多い。部隊の再編制などを含め、攻撃するにも時間が必要だった。

「ただ、突破口はあります」

シェリス王女は断言した。

「こちらにはすぐさま軍を差し向ける余裕はありませんが、戦力を高めることはできる」

「……それはつまり、イズミと協力して霊具を強くすると？」

ユキトが予測して尋ねると、シェリス王女は深々と頷《うなず》いた。

「その通りです。これから本格的な研究に入ります。イズミ様と軽く検証した現段階でも、かなりの相乗効果があるとわかりました。時間もそれほど掛からない……相手の想定を上回るだけの力を得て、敵を討ちます」

シェリス王女は絶対の自信を見せる。必ず勝てる――そういう強い確信が彼女の表情にはあった。

「加えて、ユキト様が持つ信奉者ザインを捜索する霊具を改良し、より精査できるようにしましょう。敵の居所を霊具によりつかみ、先手を打つ……それが、現時点でとれる最良の策でしょう」

彼女の説明にユキトもセシルも首肯する。戦いが終わり、一時の休息。しかし、新たな戦いは始まっている――天幕の中にいる者達は、全員が同じ考えを抱いていたのだった。

＊＊＊

ベルファ王国が戦いに勝利した日の夜、カイはユキトから報告を受けた。可能な限り事細かく、またどのような戦況だったのかを聞き、

「厳しい戦いだったか……場合によっては、僕らの中で新たな犠牲者が出ていたかもしれないな」

『シェリス王女も同じことを言っていたよ。セシル達を襲撃した信奉者は、王女を倒すのに固執していた。もし敵の狙いが戦力を削ること……騎士なんかを狙っていたら、王女は守ろうとしたはずだから危なかった』

「王女は圧倒的な力で敵を倒したけど、紙一重だったというわけだね……報告、ありがと

う。次も大変な戦いだろうけど」

『ああ、大丈夫……カイの方はどうだ？』

「国は魔物討伐を予定しているけど、今のところ僕らは参加しない……裏切り者捜し以外では霊具の鍛錬をしてレベルアップを図っているところかな」

『そっか……あ、カイ。一つ聞いていいか？　今回の戦い……その信奉者がダインを見てヘルテ、と言っていたんだけど、これってカイの仕業だよな？』

ユキトは話題を変え、カイへ質問した。

『裏切り者が城内にいる以上、今回ベルファ王国を訪れた面々についても情報が渡っている……でも、ダインの情報だけは流れていない。それってつまり、カイが色々策を弄《ろう》して偽の情報を流したからだと思うんだが』

そこで、奇妙な沈黙が訪れた。カイは口が止まり、ユキトも何かを察したかそれ以上喋《しゃべ》らなくなる。

『……カイ？』

名を呼ばれ、ようやくカイは我に返った。

「あ、ああ。ごめん……うん、ユキトの指摘通りだ。あえて偽の情報を流した」

『唯一ダインのことだけ知られていない……ここは、次の戦いで敵を欺《あざむ》く材料になりそうだな』

「かもしれないね。ユキト、僕はその情報に基づいて動くことにする。そちらは決戦に備えて霊具の強化と鍛錬を」

『ああ』

そこで通信が切れる。カイは頭の中でユキトに言われた名前を反芻《はんすう》した後、部屋を出た。

夜遅くとあって、城内はひどく静か。これから訪ねる相手は既に眠っているかもしれない。だが、今動かなければ——そんな衝動に駆られ、カイはある部屋を訪れてノックをした。

「……はい？」

現れたのは、リュシル。仕事をしていたのか、まだ普段と同じ格好であった。

「こんな夜にすまない」

「カイ、どうしたの？」

「先ほどユキトから報告を受けた。それに際し、少し手を貸してほしい」

リュシルは一度廊下を見回し、誰もいないことを確認してからカイを部屋へ招き入れた。

「それで、内容は？」

「今から言う人物の調査をお願いしたい。理由は——」

詳細を語ると、リュシルはまさかという顔をして、口元に手を当てた。

「その情報は、本当なの……？」

「ユキトはそのように聞いたと言っていた」

「正直、信じられない……でも——」

「操られている可能性も否定はできない。とにかく現実に得た情報を基に、僕は動こうと思う」

リュシルは何か言い掛けた口をつぐむ。カイの表情を見て、そして何より、つかんだ情報を絶対に手放さないと、強い決意を抱いている。

「……ええ、わかったわ」

やがてリュシルは気圧《けお》されるように承諾した。フィスデイル王国の首都で、カイもまた新たな戦いを始めようとしていた。

第十三章　秘めたる想い

信奉者タウノとの決戦後、ユキト達はシェリス王女と共に王都へと帰還した。犠牲を伴いながらも、これまでベルファ王国を攻撃し続けた敵を倒したことで、住民達は喝采《かっさい》の声で王女達を迎え入れた。

城につくとシェリス王女が父親である国王に謁見《えっけん》し報告をした。次いで来訪者と共に霊具の強化を行う旨を伝えると、王は快諾した。

それからユキト達来訪者とフィスデイル王国の騎士代表であるセシルは、城内のとある部屋を訪れる。

「これは……」

ユキトは部屋を一瞥《いちべつ》して感嘆の声を上げた。天井の広い空間であり、所狭しと室内には机が並び、その上には資料が山のように積まれている。部屋の奥には何に使うのかわからない器具が多数存在し、一目でここが異様な空間であるのを認識する。

「ここが私の研究室ですが、大半の道具は使用することなく終わりますよ」

発言したのはシェリス王女。資料の束に目をやった後、話し始める。

「さて、ここでイズミ様と研究を進めていくつもりなのですが……それ以外にも皆様が持つ霊具について、分析を進めたい。それに基づき鍛練を重ねて霊具を今以上に扱えるようになれば、霊具の成長も促せます」

「あの、一つ質問が」

声の主はレオナ。小さく手を上げ、彼女は疑問を呈す。

「あたしの霊具、突然成長したみたいなんですけど……」

「死線をくぐるなど、使用者に危機が迫った場合、成長するケースはあります。ただ、それ以外にも理由はあって……例えば強い激情に駆られるなど、心の変化も関係しているでしょう」

「心の……変化？」

「はい。ではレオナ様、一つお伺いします。霊具の成長を果たす寸前、どのようなことを思いましたか？」

質問に対しレオナは一度首を傾《かし》げた。一方でユキト達は彼女へ視線を集め、言葉を待つ。

「……えっと、魔物や悪魔が押し寄せて、ユキトが退却すべきか攻めるヴィクトさんを追うか迷ってて……その中で感じたのは、もしこのまま手をこまねいていたら、あの時の繰り返しになる……ってことかな」

「繰り返し？」

「全然シチュエーションは違うんだけど……その、仲間が倒れた時のことを思い出して」

――ユキトはレオナの言葉で、タクマの姿を思い起こす。相手の策略によりタクマは敗北した。今回の信奉者タウノとの戦いでも、悪魔や魔物の攻撃で、場合によっては仲間の誰かが命を失っていたかもしれない。

「仲間のことを、ですか」

シェリス王女は一度目を伏《ふ》せながら、何かを確信するように頷《うなず》いた。

「おそらく、そうした出来事を経験したのを踏まえ、霊具が呼応したと考えるべきでしょうね」

「経験……」

「大切な人を失う。それは誰しも防ぎたい悲劇です。しかし、もしそれが起こってしまったなら……同じ悲劇を繰り返さないと、決意するでしょう。結果、先の戦場でレオナ様は奮い立ち、成長を果たした」

――その事実は皮肉ではあったし、手放しで喜べる話ではないが、これまでの戦いは無駄ではなかったという証左でもある。

「レオナ様の事例はあくまで一つの手法です。他には、そうですね……心の底から願うことで、成長する場合もあります」

「願う……」

ユキトは眉をひそめ、問い返す。

「強くなりたいとか、そういう願いですか？」

「はい。ただこれは深層心理に関わる部分ですから、単純に願っていれば成しえるものではありません。本人が自覚していない場合もありますし、あるいは自分では認めたくない何かがきっかけという事例もあります。霊具は時に自分の心を映す鏡になる……自分が霊具で何をしたいのか、あるいは何を心の底で願っているのか……それを見極めることで、成長に繋《つな》がるケースがあるわけです」

「何をしたいのか……」

そこで反応したのは、リュウヘイだった。

「王女の話だと、願いを元にして霊具を選ぶなんてケースもありそうですが」

「皆様はフィスデイル王国の宝物庫にあった霊具を選んだと聞き及んでいます。数あるものの中からというケースだと……自分が元々得意であったものを選ぶパターンがあります。剣術を修めていた人は、剣を選ぶといった具合に」

ユキトは自分や、弓を選んだアユミはこの事例だと心の中で納得する。

「しかしそれだけではありません……先ほど言った、深層心理の部分。ここに応じて、選び出すこともあります」

「その、俺は盾の霊具なんですけど……そういう武具を望んでいた、と？」

「何かを守りたいと願っていたのかもしれません。それは過去の事象にまつわるものなのか、あるいは現在進行形でそう思っているのかは、ご自身が理解しているのではないでしょうか」

――心当たりがあったのか、リュウヘイは沈黙した。その姿を見て、ユキトはオウキも自身の霊具を見て考える素振りを見せていたのを思い返す。

（霊具を選んだ理由、か……）

例えばメイは医者を志していたが故に、人を癒やす霊具を手にした。これもまた願いを由来にした事例だろう。

「……ここで一つ、助言があります」

シェリス王女はなおも続けた。

「霊具は個々に特性を所持していますが、決して一つではありません。霊具の成長により、新たな能力が開花するケースがある。なので、これだと決めつけない方がいい……例えばメイ様」

と、話の矛先がメイへ向く。

「あなたの霊具は主に人を癒やす……先の戦いでは大いに助かりました。しかし、霊具の成長で他にできることが増えるかもしれない」

「他に、できること……？」

「自分の願い、認めたくないこと……そういった感情を見つめ直せば見いだせるかもしれません……とはいえ、霊具の成長は感情の変化以外でも果たせます」

そこでシェリス王女は、この場にいる人達へ視線を移した。

「皆様が持つ霊具をより深く解析し、能力を引き出せば成長が期待できます。また成長しなくとも、自分の霊具を深く知れば危機に陥った時に覚醒する可能性も上がる……それを目指し、ご協力をお願いします。もし上手《うま》くいけば、フィスデイル王国にいる他の方々にも展開していけるはずです」

と、ここでシェリス王女は目を細めた。

「とはいえ、霊具の研究データというのは非常に扱いが難しい。もし敵に漏《も》れてしまえば、相応の対策がとられることが必至でしょう。そのような事態を避けるため、分析結果については皆様がそれぞれ確認するに留《とど》め、私も見ません。それぞれが検証する、という形にしたいと思います」

――それは霊具の詳細というものが、どれだけ貴重で危険であるかを如実に物語っていた。

「分析結果を記憶して頂き、それらの情報をご自身でかみ砕き、どうすれば良いか考えてください。少々手間が掛かる方法ですが、どこに敵が潜んでいるかわからない状況です。

先の戦いでも、ベルファ王国に来たあなた方の情報は敵に渡っていた様子……最大限警戒しながら、鍛錬をしていきましょう」

シェリス王女の言葉に、一同頷《うなず》く。こうして、次の戦いに備え新たな鍛錬が始まった。まずは霊具の分析から、ということでシェリス王女とイズミがこの場にいる人達の霊具について調べ始めた。

ユキトもディルについて調べてもらい、結果を待つことに。さすがに資料が山のように積まれている部屋の中をウロウロするのは気が引けると、作業を進める王女やイズミから離れて待機していたのだが――

「ん、あれは……？」

ふと机の上に絵を見つけた。何気なく近づいてみると、おどろおどろしい巨大な蛇――漆黒の蛇が、描かれていた。

「魔物の絵か？」

「あー、これは魔神《まじん》じゃない？」

と、隣にいたディルがコメントをする。

「たぶん天神と魔神との戦いを記した資料とかに基づいて、魔神の姿を絵で再現したんでしょ」

「……こういう姿だったのか？」

「人型なこともあれば、こんな風に異形みたいな姿もあったね。ま、ディルは直接見たわけじゃないよ。ディルを作成した天神の持っていた資料に詳細が載ってて、こんな姿もあったなって」

「へえ、そうなのか……」

ユキトはこのくらいならいいだろうと資料を手に取り、眺め始めた。蛇以外にも獅子《しし》の姿や、ディルの言う通り人の形をしている存在もいる。

「名前があるけど……これは元々の名前なのか、それとも名付けたのか——」

「学者が名付けたものです」

と、シェリス王女から説明があった。

「過去の神話や、当時の記録などを基に、こう呼ばれていただろうという名称を再現したものです」

「そうなんですか」

例えば蛇の魔神にはザルグス。獅子の魔神にはシャルノー。人型の魔神にはハイエル、といった具合にそれぞれに名称がつけられている。そこでふとユキトは、

（邪竜は魔神の力を所持しているだけで魔神ではないが……過去に存在していた魔神の姿を真似《まね》ていたりするのか？　そして、名前は——）

疑問を抱いた時、横から声が聞こえてきた。

「ところでディル様、あなたのことについて大いに興味が湧きました」

シェリス王女であった。ユキトの下へ近寄り、ディルへ視線を投げている。

「もしよろしければ、後でいくらか伺っても？」

「いいよー」

ディルの軽い返事にシェリス王女は笑ったのだった。

その日は霊具の分析結果などを各々《おのおの》が頭の中へ叩《たた》き込み、明日からどう訓練していくかを検証――という予定だったのだが、一通り調査が終わった段階でシェリス王女が思わぬ提案をしてきた。

「皆様、ここで一つお頼みしたいことが」

と、改まって言ってきたシェリス王女にユキトは眉をひそめ、

「どうしましたか？」

「皆様にとっては煩《わずら》わしいかもしれませんが……先の戦いにより、信奉者タウノが滅びました。その戦いを祝し、宴《うたげ》を行うことになったのですが」

「……へ？」

ユキトは驚き、目を丸くする。

「でも、戦いは終わっていませんよね？」

「はい。しかし表向きは、信奉者タウノを打倒し、邪竜勢力を追い返したことになっています」

表向きは——なぜそういう方向になったのか、王女はさらに説明を進める。

「これは敵を油断させる意味合いがあります。ベルファ王国内にも敵の内通者がいることは明白ですが、前回の戦いを色々と検証した結果、ベルファ王国上層部には裏切り者がいないと見ています。そこで次の作戦なのですが」

どうやらシェリス王女も、何らかの手段で調査していた様子。

「次の戦いの準備は進めていますが、公的には国内に残る魔物の討伐をするという名目です。また、皆様のことは霊具を共同で研究するため協力していただくという形にします。敵としては、魔物の討伐をする間に奇襲したいところでしょう。しかしそれより先に信奉者ザインを捜索する霊具で見つけ、逆に奇襲を仕掛ける。これは国の上層部の者しか知らない計画です」

既に計画は始まっている。ユキトは納得し、重々しく頷《うなず》いた。

「わかりました……それで、宴《うたげ》を開くということで俺達にも関係が？」

「はい、その、来訪者の皆様と交流する、というのが目的なわけですが……」

なんだか言いにくそうな様子の王女。どうしたのかとユキトが眉をひそめた時、傍《かたわ》らにいたセシルが声を上げた。

「あの、もしかしてそれは私的なものではなく……？」

「そうです」

「な、なるほど、そうですか……」

「セシル、どういうことだ？」

ユキトが尋ねると、彼女は困惑した表情で説明を始める。

「シャディ王国では、ナディ王女が屋敷まで来て宴を開いたでしょう？」

「ああ、そうだな」

「あれはあくまで私的な催しで、ユキト達を純粋に楽しませるためのものだった。けれどシェリス王女が言っているのは、もっと公的な……戦勝記念ということだから、多数の貴族もやってくるでしょう」

「裏切り者がいるという懸念もありますので、最大限の警戒はします」

シェリス王女が口添えする。それは当然だとユキトは頷くと共に、セシルが何を言いたいのか理解する。

「あの、もしかして……」

「そう、宴だから……騎士服ではなく、宴に準じた格好をするでしょうし、また多くの人と交流しなければいけないわけで……」

そこで他の仲間もどういうことなのか気付いたらしい。レオナは「無理じゃない？」とコメントし、リュウへイなんかは「どうするんだよ?」と困惑しきっていた。

「宴は五日後に行われる予定で……断ることもできますが、どうします?」

来訪者一行の反応を見てシェリス王女はそう言ってくれたが、ユキトはそれに頭をかきつつ、

「参加しないことのデメリットとかはありますか?」

「ないとは思いますが……ただ、戦いの主役である皆様がなぜ出てこないのかと訝《いぶか》しがられるかもしれません」

「……敵がどこで見ているかわからないが、戦勝ムードに水を差すのは悪いよな」

これは受けるしかないか、と覚悟を決めたところで──イズミから思わぬ一言が飛んできた。

「え? なんか面白そうじゃん?」

「……おいおい」

ユキトがツッコミを入れると、イズミはさらに、

「だって、戦いばっかりじゃつまらないじゃない?」

──まさかそんな言葉が出てくるとは予想していなかったため、イズミ以外の面々は例外なく押し黙った。

「それにさ、この世界の人と手を組んで戦っていくのならさ、イベントには積極的に参加

するべきだよ」

「……たまーに、イズミは核心的なことを喋《しゃべ》るんだよな」

と、リュウヘイがやれやれといった様子で呟《つぶや》いた。

「まあ、これからもこの世界の人と共に戦うってんなら、参加するのが筋だな」

「……確かに、そうだな」

ユキトもここに来て同意した。他の仲間達も賛同し、参加することに決定した。

「ただ、俺達としては粗相がないようにしたいところだけど……」

「その辺り、勉強しましょうか」

セシルが言う。ユキトは内心で大変だなあと思いつつも、国々と手を組むのに必要なのだと理解する。

（カイは最初、政治的なものに関わらないと表明したし、それは変わらない。でも、この世界の人と交流していくこと自体は、たぶん必要だよな）

ベルファ王国の人々と深く接することで、メリットもある——ユキトはふと、損得だけで考えている自らの思考が良くないと断じる。

（この世界の一端を知る、いい機会かな）

「それで、私達は何をすれば？」

メイがシェリス王女へと尋ねる。

「服装とかもどうすれば……」

「霊具の分析などはこのくらいにして、パーティー用の衣装を仕立てるため、採寸をしましょう」

「……もしかして、ドレスとか着たりする?」

「はい」

あっさりと答えたシェリス王女に対し女性陣は「おおー」と声を上げる。その様子はなんだか期待しているようにも見受けられ、

(まあ、ドレスなんて着たことないだろうしなあ……いや、メイとかは仕事で着たことあるのか?)

そんな格好になるケースはあったのかな、などと考えていると、シェリス王女は部屋の外へ出るよう促した。

「では、参りましょうか。男性女性と分かれて、どのような衣装にするか決めましょう」

——そこからユキトは他の仲間と共にベルファ王国の騎士に部屋へと案内される。そこには衣装を作る仕立屋が待機しており、ユキト達をテキパキと採寸していく。

「そういえば、オウキはパーティーとかに出席したことあるか?」

ふいにリュウヘイが採寸を終えたばかりのオウキへ話を向けた。

「カイみたいにすごい家柄だし、何か体験してそうだが」

「……ゼロとは言わないけど、さすがにお城に招かれてなんてレベルの体験はないよ。そもそも、仮にそういうイベントに出席したとしても、あくまで招待客の一人で、今回みたいに主役級というわけじゃないし」

「そうなのか……なんだか今から緊張するな」

「明日から、霊具の鍛錬と礼儀作法の習得だね」

オウキの発言に、他の仲間達は大変そうだとばかりに苦笑する。

「まあでも、ボクは良い経験になると思うよ」

仲間達を見ながら、オウキは話を続けた。

「ボクらが代表して関わっていけば、フィスデイル王国もベルファ王国と連携しやすくなるはずだ。それがひいては邪竜との戦いに繋《つな》がる。それに」

と、オウキはユキトへ視線を向ける。

「邪竜との戦いに余裕が出てきたら、宴《うたげ》の一つや二つ、今後あってもおかしくないし、今のうちに慣れておくのも手だよ」

「政治的な思惑もあるから、回避したい面もあるけどな……ま、今回は純粋な善意だし、シェリス王女へ言い含めておけば、たぶん大丈夫だろ」

「そう心配しなくても大丈夫だよ」

オウキが楽観的に告げる。ユキトはそれに首肯しつつ、

「まあ、オウキの言う通り今後もありそうだし……慣れるしかなさそうだな。訓練や作法の指導は明日かららしいから、今日はゆっくりしていてくれ」

「していてって……ユキトは何か予定があるの？」

「ダインの所へ行って、一度報告をしようかと」

現在ダインは町の宿屋にいるが、さすがに報告もなしに放置するのはまずい。

「フィスデイル王国の騎士が連絡をとってくれているとは思うけど、城に戻ってから顔を見せていないし、一度自分で確かめておこうかなと」

「うん、いいんじゃないかな。女性陣には後でボクらから伝えておくよ」

「頼む」

返答と共にユキトは部屋を去り、その足で外へ出た。町は戦勝ムードのためか、笑顔の人が多かった。それと共に聞こえるのはシェリス王女を称《たた》える声と、今回協力した来訪者達——特に黒の勇者であるユキトへの称賛。

中には白の勇者ことカイと同列に語っている人も見受けられ、

「……さすがに、カイと並び立てているわけじゃないから恐れ多いけど」

『まあまあ、これからじゃない？』

ふいにディルの声が頭の中に響いた。

『功績については、霊具の力なんてものはあまり関係ないよ。それこそ、何をしてきたかによって人は評価するわけだし』

「そうかもしれないけど……」

『気後れする必要はないと思うけどなあ。それに、このディルがついているからね！』

ユキトは苦笑しつつ、目的の宿を発見して中に入る。ダインが宿泊する部屋を訪ねると、彼は快く迎えてくれた。

「報告か？」

「ああ、そんなところ」

パーティーに参加する旨を伝えると、ダインは呆《あき》れたような表情となり、

「ベルファ王国も、よほど来訪者達と縁を結びたいみたいだな」

「……俺達としても、今回のことで邪竜を倒す力になってくれるなら、という意味合いもあるし」

「まあそれならそれでいいだろうな。こちらはその間、ゆっくりさせてもらうさ」

「ちなみにだけど、ダインは参加する気はないのか？」

「そんな面倒そうなもの、絶対にお断りだな」

即答した彼の言葉に、ユキトは苦笑する。

「そうか……あ、何か要望があれば言ってくれ。俺が国側に掛け合ってみるから」

「今は必要ない……と、この調子だといつ言えるかわからないから、今のうちに伝えてお

くか」

「何を？」

ユキトが聞き返すと、ダインは小さく頭を下げた。

「ありがとう」

「……え？」

「俺一人では、絶対にヤツの所まで辿《たど》り着くことはできなかった。だが今回の戦いで、それを果たせるかもしれない」

「……礼を言われるのはまだ早いさ」

ユキトは頭をかきながら応じる。

「今できるのは、次の戦いでザインとの因縁を終わらせるよう準備をすること……霊具の成長については、ダインにも――」

「方法だけ、伝えてくれればいい。こちらはこちらで好きなようにやるさ」

その時、ユキトは彼が見せる表情にどこか憂いを感じ取った。ヤツ、と呼び兄ではないと断じているダイン。しかし、

「……無理、してないか？」

窺《うかが》うような問い掛けにダインは押し黙る。

「これまでの言動からザインと戦っても、刃が鈍《にぶ》るなんてことはないと思う。でも、どれ

だけ恨んでいたとしても……許せない存在だとしても、家族であることは変わりないだろ？」

「別に、無理をしているわけじゃない。ただ、そうだな……決戦が近くなるにつれて、昔のことを思い出すようにはなっている」

ため息をつくダイン。この調子であれば、夢に見てそうだ。

「俺自身、村を焼かれた時からもう兄弟ではないと納得しているはずなんだが、な」

「それでも、だ……話くらいは聞くけど？」

ダインは一度笑った。自嘲的な意味合いを含んだそれを見せた後、

「……一番多く思い出せるのは、村が魔物に襲われた際、冒険者の姿を見て興奮気味に語る兄貴の姿だ」

幼少の頃を振り返り、ダインは口を開く。

「俺にとっても衝撃的だったその出来事を、兄貴は間違いなく俺よりもずっと、影響を受けた。霊具を手にして、思うがままに戦い、迷宮を目指す——そんな姿に憧れた。どんな願いでも叶《かな》うという『魔紅玉』をつかもうと、一笑に付されるようなことまで夢想したし、兄貴は俺よりよっぽど空想を描いていた」

「でも、現実は違っていた……」

「そうだな。現実は甘くない、というより俺や兄貴が世間知らずなだけだった。そしてお

そらく、兄貴は俺よりもよっぽど悲惨な目に遭った」

推察するダインの表情は険しいものだった。

「信奉者になったのは、たぶんそういうことが原因なんだろうが、だからといって邪竜に与《くみ》したのが許されるわけではない……ヤツには相応の報いを受けてもらう」

その瞳には、強い意志がある——改めて、ユキトは彼の覚悟を認識する。

「わかった……でも、何か思うところがあったら、いつでも言ってほしい」

「ずいぶんと気を遣うんだな」

「当然だよ。可能な限り犠牲を出さないように……その思いで、俺は剣を振るっているんだ。ダインのことも当然含まれている」

「そうか」

どこか嬉《うれ》しそうな表情を見せるダイン。

「来訪者……いや、黒の勇者にそう言われるのは光栄だ。俺もまた、犠牲を少なくするために尽力しよう」

「ありがとう……ただ、そうだな。もしよければ、俺達と話す時は少し肩の力を抜いてくれてもいいぞ？　別に口調がどうとか、態度がどうとか言うつもりはないし」

「……善処しよう」

ダインは苦笑混じりに答えつつも、仲間として認められているのを理解したためか、ど

こか嬉《うれ》しそうだった――

＊＊＊

ユキトがダインと話をする同時刻、セシルはパーティーで着る衣装について激論を交わす来訪者女性陣を眺めていた。

場所は採寸を終えた衣装部屋。既に仕立屋は部屋を後にしているが、要望については今日か明日であれば請け負うとのことであったため、メイ達は色々と頭を悩ませていた。

「ねえアユミ、これとかどう？」

「いや、メイ……いくらなんでも派手すぎだよ、それ」

「お、これなんかよさそうかな？」

イズミがサンプルとして部屋にある大人びたドレスに手を伸ばす。それに対し似たような衣装を見ていたレオナが、

「そのドレスは身長ないと綺麗に見えないと思うけど？」

「む、そっか。さすがに身長の問題は解決しがたいもんねー……リュウヘイに見せたら驚くとは思うけど」

「……リュウヘイの反応に期待するんだ？」

そこで周囲にいた面々が口を止めてイズミへ視線を向けた。

（なんだか、気配が変わった……）

セシルは胸中で呟《つぶや》きつつ、どのような話題になるのかは容易に想定できたため、沈黙を守る。

「……これを機にお伺いします」

と、唐突にメイが芝居がかった口調でイズミへ問う。

「イズミさんはリュウヘイさんのことをどう思っているんですか？」

「……幼馴染《おさななじ》み、かなあ」

「それ以上の感情はないのですか？」

「メイ、なんだかインタビューしている記者みたいだね」

「うん、以前インタビューを受けた時の記者さんの真似《まね》してみた」

あはは、と周囲の女性達は笑う。

「で、実際のところどう？」

「んー、正直わかんないなあ」

「わからないって……？」

「そりゃあずーっと一緒にいるし、町中を二人で歩いていれば恋人に見られなくも……いや、いまだかつてそんなことあった？　身長差から兄と妹みたいな見られ方してなかった？」

「私に訊《き》かれても……恋愛感情はないんだ？」

「微妙だなあ。そもそも好きだったら今みたいに接してないと思う」

「じゃあ例えば、クラスメイトの誰かがリュウヘイを気になってる、告白するつもりだと相談受けたら、手伝うの？」

「かもしれない」

即答だったためメイは「そっかあ」とあっさり引き下がった。

「リュウヘイはどう考えているんだろうね？」

「以前茶化して聞いてみたら、大切な友人だって言われたから、脈なしじゃない？　漫画みたいに幼馴染《おさななじ》み同士が……ってケースもあるとは思うけど、私とリュウヘイに限ってはないかなあ」

と、ここでイズミはニヤリとして、

「そういうメイはどう？　私に尋ねてきたわけだし、少しくらい聞く権利はあるよね？」

「私は今、アイドルという仕事が恋人だから」

「くっ……満点の笑顔で答えられたらそれ以上何も言えないし、納得してしまう……」

悔しそうなイズミを見て、周囲の女性達は笑い始める――セシルは改めて、こうしていると年相応の人達なのだと再認識させられる。

それと同時に、楽しく話す彼女達に死闘を強《し》いている事実に罪悪感もある——ただ、それを言えばメイは怒るだろうし、ユキトだって同じだろう。

背負うつもりだと明言したユキトの姿を思い出す。彼らは自分の意志で戦っている。セシルは彼らが選択したのだからと内心で折り合いをつけた後、メイ達の会話を聞いていてよいのかと思い、外に出るべきかと悩んでいると、

「——皆様、決まりましたか？」

扉の開く音と共に、シェリス王女が部屋の中へと入ってきた。

「まだ日はありますし、ゆっくり選んでいただいていいのですが」

告げながらシェリス王女はメイ達へ近づいていく。

「もしご希望のコンセプトがあるなら教えてください。私なりに提案しますよ」

——王女自身が率先して動くのは、来訪者達と親交を深めたいという思惑があるからだとセシルは推察する。

「じゃあ、私から」

と、イズミが手を上げる。

「親しい男性の目を釘付《くぎづ》けにする衣装はありますか？」

「イズミ、さっき恋愛感情はないって言っておきながら……」

メイの指摘にイズミは腕を組み、

「それとこれとは話が別。向こうが何も思ってないのなら、逆にどうすればいけるのか、試したくならない？」

「これが幼馴染《おさなな じ》みかあ……」

「ふむ、少々興味深いですね」

イズミの質問にシェリス王女は乗り気な様子。

「異世界ということで、恋愛云々《うんぬん》に関しても何かしら違いがあるのではと予想していましたが、どうやら同じみたいですね」

「王女様も興味が？」

セシルは思わず止めようか迷った。

イズミの質問は、どう考えても個人的な領域に踏み込んでいる。場合によってはシェリス王女を怒らせる可能性もあるが、

「ええ、そうですね」

しかしシェリス王女はあっさりと答えた。するとここでイズミはさらに突っ込んだ質問をする。

「シェリス王女は……恋愛についてどう考えているんですか？」

「普通の人とそれほど違いはありませんよ。もっとも私は王女という立場である以上、婚姻に対する重みは異なりますが」

その言葉にイズミ達は押し黙った。

当然である。王女と結ばれるイコール国をも背負うということ。それがどれほどのものなのか、想像を絶する。

「とはいえ、です」

しかし、シェリス王女はどこか面白そうに語る。

「私とて、気にならないわけではありませんよ」

「それはつまり、意中の人がいると？」

次に尋ねたのはメイ。その口ぶりはまるで仲間に問い掛けているようであり、セシルは内心ハラハラする。

だがそんな心配をよそに、シェリス王女はあっさりと応じた。

「ええ、そうですね」

と、にこやかに返答した後、

「最初に見た時から……オウキ様のことが、気になっていますね」

――重臣《じゅうしん》が聞いたら泡を吹いて卒倒するような言葉が、シェリス王女からもたらされた。

「え……」

そして告げられたメイ達も咄嗟《とっさ》に反応できず、

『――えええええっ⁉』

来訪者女性陣は例外なく、綺麗なほどハモりシェリス王女へ詰め寄った。

「オ、オウキ⁉ まさかの⁉」

「はい。ところでメイ様、このような話をしたのにはもちろん理由がありまして……オウキ様のことについて、少しお尋ねしたく」

「べ、別に構いませんけど……その、シェリス王女としては、オウキにここに留《とど》まってもらいたい、と？」

「本音を言えば……といっても、皆様には使命がある。邪竜を倒し、元の世界へ帰るという目的もあります。なので、私が今思うのは、話がしたい」

「話……？」

「オウキ様の人となりを知りたい。それは、気になる以上当然のことでしょう？」

（……重臣《じゅうしん》がいなくて良かったわ）

と、セシルは内心で安堵《あんど》していた。まさかこういう展開になるとは――

「……なるほど、わかりました」

少し間を置いて、メイが応じる。一方アユミは「いいの？」と困惑した様子で、

「ね、ねえメイ。オウキとシェリス王女を引き合わせることはできると思うけど……」

「そこからどうするかは、オウキ次第じゃない？」

「そ、そうかもしれないけど」

「それに、この世界の人々と交流して、どういう選択をするのかはオウキの自由だから」

アユミは押し黙る――シャディ王国でもこうしたやりとりはあった。この世界に残るという選択肢。それは個々の判断に委ねられていると。

「シェリス王女、オウキをすぐにでも呼んできますけど」

「いえ、来《きた》る祝宴の席で、是非」

「祝宴で、ですか？」

「体裁的には、加勢して頂いたお礼ということで。信奉者との戦いにおいて、オウキ様が一番近くにいましたし、特段違和感はないかと」

「なるほど、ではそういう形で……あの、オウキにシェリス王女がどう思っているのかは――」

「できれば、この場の秘密に」

セシルは、なんだか聞いてはいけない会話を耳にしているような気がして、いたたまれない。というか、華やかな祝宴の裏側でシェリス王女のそのような思惑があったとは……当日、平静でいられるかもわからなくなった。

（とりあえず、知らないフリをするしかなさそうね……）

この場における会話に及び腰なのを自覚しつつそんな結論に行き着くと、セシルは立ち

上がり部屋を出ようとした。だがその時、

「あ、待ってセシル」

メイに呼び止められてしまった。セシルは表情を硬くして、

「……えっと、私に協力を求めるのかしら？」

「ううん、そうじゃないよ。ほら、セシルのドレスも用意しないと」

「私は必要ないわよ」

「ん、どうして？」

「私はフィスデイル王国騎士という立場で衣装を決めるから」

例えば王女の護衛任務などがあれば、ドレスを着て常に王女の近くに――というのもありだが、今回はあくまで来賓という立場で、しかも主役は来訪者。よって、セシルは騎士という立場で帯剣はせずとも騎士服を着るつもりだった。

そう説明してここは納得してもらおうとしたのだが――メイは大層面白くなさそうな顔をする。

「えー、セシル達も一緒に楽しもうよ」

「これは国同士の外交にも関わってくるから……」

「私から、お父様に連絡しておきましょう」

と、なぜかシェリス王女が反応した。

「無礼講、とまではいかなくともフィスデイル王国騎士団の皆様にもお楽しみいただけるように」

「いえ、あの……」

「それに、セシル様もそれを望んでいる面もあるのでは？」

ふいに、問い掛けられた言葉にセシルは咄嗟《とっさ》に対応できなかった。

「え……あの……？」

「セシル様？　言動を見る限りあなたは共に戦う――」

と、そこまで言ってシェリス王女は何かに気付いた。というより、自分だけが察していたのに喋《しゃべ》ってしまったのだと自覚した。

途端、メイ達の視線がセシルへ集まる。それでシェリス王女も申し訳なさそうな顔をしたが、後の祭りである。

「……セシル？」

まずい、とセシルは思いながらも誤魔化すべく口を開こうとしたが、それよりも先にメイはツカツカと近寄ってきて、

「わかった」

そんな言葉をセシルへ掛けた。

「言わなくてもいいよ、セシル。というより、たぶん口では否定するだろうし」

「……メイ？」

「でもね、セシル。私は……ううん、私達は関わった人に幸せになってほしいと思ってる。もちろん相手次第だけれど、それでも、良い形で終わりを迎えたい」

誰を想っているか、とは明かしていないのに会話が見事に成立している。シェリス王女の言葉で気付いた——というより、メイ達は全員「ああやっぱりね」という雰囲気で、セシルは顔が赤くなる。

「よし、シェリス王女。協力してくれますか？」

「ええ、もちろんです……すみませんでした、セシル様。この失点は、祝宴でお返しします」

「そうと決まればまずはドレス選びからだね！」

メイが高らかに宣言する。そしてセシルは、どこか諦めるように天を仰ぐのだった。

＊＊＊

「……ずいぶんとまあ、気合いの入った装飾だな」

魔法の明かりで照らされた一室、そこにザインと、同胞であるレーヌがある物を見下ろしていた。それは先の戦いで、タウノと二人の信奉者を失ったことと引き換えに得た、天級の霊具。

「これも邪竜サマのいる迷宮内で生まれたものだろ？　最初からこんなに装飾があったのか？」

「おそらく、権力を誇示するために付け足されたのではないかしら」

レーヌはそう応じると、柄《つか》に施された装飾を見据える。宝石がいくつも埋め込まれており、それだけで相当金が掛かっているとわかる。

「天級霊具というのは、戦局を左右するほどの力を持っている。だからこそ、各国は装飾を施してまで権威を生み出そうとする」

「単なる道具なのになあ……ま、無理もないか」

ザインは腕組みをして、レーヌへさらに続ける。

「で、手に入れたはいいがどうするんだ？　邪竜サマから聞いているのか？」

「ええ、ここからはあなたにも協力してもらうわよ」

「協力だあ？」

「本来なら他の同胞に担当してもらうつもりだったけど、先の戦いで戦力が減ったからね。人手が足りないのよ」

（好都合だな）

ザインがそう思っていると、レーヌは丸められた資料を差し出した。

「天級霊具の能力を元に、武具を作成する。これがその設計図」

「へえ、貸してみろよ」

受け取るとザインは設計図を広げる。それを一瞥《いちべつ》し、

「ほお、こいつは面白い」

「あら、わかるのね？」

「人間だった頃、魔法道具に関する知識は叩《たた》き込まれたんでね。まあ俺のは戦闘面に関するものだったが、今回は何かやれそうだな」

「雑事でも任せようかと考えていたけれど、それなら色んな仕事を頼めそうね」

「別に構わないぜ。しばらく時間もあるし、ゆっくりやろうじゃねえか」

――ザイン達は、ベルファ王国側の動きについて把握できている。フィスデイル王国ほど深い位置に裏切り者がいるわけではないにしろ、概要については情報が入ってくる。

「ずいぶんと殊勝ね」

と、レーヌはどこか意外そうにザインへ口を開いた。

「同胞の中では傲慢《ごうまん》な性格だと認識していたのだけれど？」

「そりゃあ来訪者連中に好き放題されたら、反撃の糸口をつかもうって気になるだろ？」

「あなたの計略により、二人始末したはずだけど？」

「一番殺したい奴が生き延びている。そいつを始末しない限り、終われねえな」

ザインは瞳に怒りを滲《にじ》ませる。それは紛れもなく本物の感情だった。

黒の勇者と呼ばれる来訪者——ユキト。幾度となく剣を交え、わかったことは一つ。

それは彼が全てを持っている——自分にはないものを持っているという、事実。

「この研究は、それこそ奴を倒すきっかけになるかもしれない。とくれば、あんたに付き従うのは当然と思わねえか？」

「なるほど、殺したいほど憎い相手……ええ、納得だわ」

レーヌはそう言いながらもどこか興味なさそうな声色である。とはいえザインは不機嫌になどならない。むしろそんな態度でいてくれた方がいいとさえ思った。

（全てを奪い尽くし、今度こそ奴に勝てるだけの力を得ようじゃないか）

しかもそれは、天級霊具を利用した力。間違いなくこれは、邪竜とは関連性のない力になるはずだった。

（邪竜もずいぶん脇が甘いな。自らの力を分け与えたから、裏切ることはないと？）

なら、教えてやろう——感情を表に出さないままザインは心の内で呟《つぶや》く。

それと共に思い出すのは、シャディ王国にいた同胞のゴーザ。

邪竜は彼に『魔神の巣』と融合する術《すべ》を提供した。その技術についてもザインはしっかりと記憶している。

（あの魔法も、技術の骨格部分に邪竜の息は掛かっていない。おそらくあれは、邪竜に寝返っている人間の誰かが技術を提供した……なら、これを応用し――）

「情報によれば」

ザインが胸中で策謀を巡らせている間に、レーヌはさらに続ける。

「ベルファ王国はタウノを倒したことにより祝宴を開くそうよ。なら、私達も盛大にお祝いしないといけないわね」

「はん、祝宴ねえ」

ザインは応じつつ、レーヌが作業する机にある資料を適当に手に取って、パラパラと流し読みを始める。

「奴らを虐殺し、血の雨でも降らすか？」

「私の趣味ではないわね。けど、それもまた面白いかしら……と、その資料は今回の作業に無関係よ」

「……これは、何だ？」

その資料には、絵が描かれていた。蛇や獅子《しし》を象《かたど》った魔物のような――

「ベルファ王国の研究者が再現した、過去の魔神よ。タウノが押し入った研究者の家で発見して、持ち帰ったもの。王女との繋《つな》がりがあったようだから、敵側にも資料はあるかもね」

「ほう、なるほどな。こんな姿だったのか？」

「情報を基にすれば、とのことね」

「へえ、面白いじゃねえか」

ザインの目に映っていたのは、漆黒の蛇ザルグス。それを見ながら何かを思いついたのか、口の端に笑みを浮かべた——

＊＊＊

祝宴までの期間、ユキト達は霊具の成長に関する訓練と祝宴におけるマナー講習を受けた。特に後者はそれこそ苦労するだろうとユキトは思っていたのだが、講師の教え方が良かったためか、むしろ楽しく勉強できた。

「たぶん、ボクらに配慮したんだろうね」

ユキトが意外に楽しめたと感想を述べると、オウキはそう返答した。

「だって、マナー講習なんてひたすら面倒なものを叱り飛ばされながら受けていたら、この国に留《とど》まろうなんてボクらが思うはずがないし」

「ああ、それもそうだな……俺達はあくまで賓客。たとえ講習一つでも最高待遇ってわけだ」

「つまり、それだけボクらを帰したくない」

苦笑しつつ、オウキは用意された衣服に袖を通す。それは元の世界でスーツに近しいもの。ユキト達にとっては着慣れないが、それでも制服に近い形のため、騎士服に初めて袖を通した時より戸惑いはなかった。

——本日、祝宴が開催され、その始まりもあと少しという段階。現在来訪者男性陣は控え室で用意された衣服に着替えているといった状況。

時刻は夜で、話によると多くの人と歓談しやすいように立食形式で行われるそうで、ユキトとしては当然ながら緊張していた。

(粗相のないように、なんて考える時点で勇者って感じではないけどな……)

本物の勇者だったら、胸を張り自信に満ちた顔をするのだろうか——自分には無理だなと思っていると、

「なあ、一ついいか?」

ふいにリュウヘイがユキト達へ呼び掛けた。

「その、今の段階でどうこうっていうのは難しいかもしれないが、ちょっと気になったから質問していいか?」

「改まってどうした?」

ユキトが聞き返すと、リュウヘイは神妙な顔つきで、

「俺はシャディ王国の救援に帯同しなかったけど、王女様が話題にしたのは他の仲間から

聞いた……この世界に残るのもまた、選択肢の一つだと」

——ユキトを含め、この場にいた者達は全員沈黙する。

「現時点で、皆はどう考えているのか気になってさ」

「今、話題にする必要はないんじゃないの？」

と、オウキが尋ねた。しかしリュウヘイは首を横に振る。

「俺はそう思わない」

「どうして？」

「今日の祝宴は、俺達をもてなすわけだろ？　その中で、この国に残らないかって勧誘する人が現れてもおかしくない……シャディ王国の時は私的なもてなしで問題なかったと聞いたけど、今回は違う。もしかすると、訊《き》かれるかもしれない……俺達がどう考えているのか」

リュウヘイの指摘に、ユキトはかもしれないと内心で呟《つぶや》いた。

「別に答えを持っておく必要はないと思う。ただ、きっと一番訊かれる質問だろうから、ちゃんと受け答えできるくらいは、頭の中を整理しておくべきかな、と」

さらに続けたリュウヘイに対し、ユキトは一歩進み出て、

「そういうリュウヘイは、どうなんだ？」

「俺か？　正直、迷っている自分がいるよ」

　あっさりと返答した内容に、ユキトは思わず目を丸くした。

「え……マジか⁉」

「ああ。ただ、元の世界へ帰ってやりたいことだってある……だから揺れてる。もしかすると、イズミが帰らないなんて言えば、俺もそうするかもしれない」

「イズミが……？」

「正直恋愛感情とかはないけどさ。アイツがいなくなった元の世界、というのを想像できないのも事実だし、そういう選択肢もありかなあと」

　語るリュウヘイの表情は、様々な感情がないまぜになっている。胸中複雑なのだろうとユキトは思いつつ、

「……今回の旅で改めて思ったけど、不思議な関係だな」

「そうだな」

　あっさりと認めるリュウヘイ。そして、

「でもまあ、イズミの存在が俺の中心だってわけでもないんだよ。霊具の調査でシェリス王女の研究室に入った時、俺の霊具について言われただろ？　あれを聞いて、はっとなったもん」

「何か思い当たる節《ふし》があったんだよな？」

「もちろん……ユキトには話しただろ。中学時代、俺が部活終わりで眠るイズミを背負っ

て帰る話」

「あったけど……盾の霊具とそれが関係しているのか？」

「俺はそうだと思ってる。あんなことを繰り返して、俺はいつしかイズミを守らないといけないなんて思うようになっていたのかもしれない」

「……それだけ気になるんだったら、恋愛感情の一つもありそうだけどね」

オウキが興味深そうに告げると、リュウヘイは肩をすくめた。

「それとこれとは話が別だな……理屈をつけて説明できるような関係じゃないんだ。でもまあ、それが原動力になって霊具を使えるのなら、それはそれでいいかなと」

「イズミを守るため、これからも戦うと？」

「ああ」

そう答えた時、リュウヘイはどこか吹っ切れたような顔をした。

「ユキト達に話したら、なんだか気持ちも楽になった。ま、そういうわけで今後ともよろしく。帰るか留《とど》まるかはわからないけど」

ユキトは小さく笑って、

「結論は、急がなくてもいい……帰らなかったらそれはそれで元の世界で大騒ぎだろうけど……まあ、何か上手《うま》い方法があるかもしれないし――」

その時、控え室のドアがノックされてユキト達は呼ばれた。いよいよだと緊張しつつ部屋を出る。

廊下を歩く間に、ユキトは思考する。自分は果たして――どういう選択をするのだろうか。戦いの最中である以上、終わった後のことは想像すらできないが、

(俺は……)

呟《つぶや》いた瞬間、ふとよぎったのはセシルの姿だった。なぜ彼女が出てくるのか、と頭の中で疑問符を浮かび上がらせた時、前方に見慣れない衣装に身を包んだ女性陣が現れた。

「お、来たねー」

最初に声を上げたのはメイ。格好はワンピース型のドレスで、淡い青色でいくらか装飾が施されているような衣装だった。

他の仲間もドレスを着ており、その形状も色合いも様々だった。これは個人個人で似合うものを仕立屋がオーダーメイドで作成したためだと推測できる。

(またずいぶん金の掛かるようなことを……)

などと思いつつユキトはメイに声を掛ける。

「そっちも準備はできたみたいだな」

「ユキト、感想とかないの?」

「似合ってるし綺麗だよ」

「照れもなく言うね……」

「元の世界にいた俺なら躊躇《ためら》ったかもしれないけど、今はなんともないな。心境の変化かな？」

「というより、メイの場合は似合って当然みたいな節《ふし》があるから……」

と、彼女の横にいるアユミがやれやれといった様子でコメントした。ちなみに彼女はワインレッド色のドレスで、なんだか歩きにくそうにしている。

「アユミは……動きづらそうだな」

「むしろ平然と動けているメイが異常なのよ」

「メイは……撮影とかで着たことがあるのか？」

「一回だけ芸能関係のイベントに出席した時に。それでも私だって実際動きにくいよ？」

どうやら女性陣は等しく四苦八苦しているらしい。と、ここでユキトは近寄ってくるディルとイズミの姿を目に留めた。

ディルは相変わらず黒いドレスで、イズミの方もグレーを基調としたシックな印象を与えるもの。そのおかげか、身長が低くとも子供っぽさはない――

「今、子供っぽくないって思ったね？」

めざとい指摘にユキトは「どうかな」と誤魔化すように視線を逸《そ》らす。

「というか、ディル。そっちはいつものままか？」

「これで十分でしょ」

「そもそも出席するのか？」

「パーティーなんて面白そうなイベント、参加しないわけにはいかないでしょ」

笑い始める霊具の相棒。それにユキトはやれやれといった様子で息をついて――これまで視界に入っていなかった、とある人物の姿に目を奪われた。

「あ……ユキト」

セシルだった。いつもの騎士服ではなく、純白のドレス姿。髪は結い上げられ、綺麗に化粧が施され、いつもよりも赤い唇が動いてユキトの名を口にした。

その衝撃は、他の仲間と比べるべくもなかった。シェリス王女と肩を並べるほどの気品が備わっている――は、言い過ぎにしても、少なくともユキトの目にはそう映った。それはこの異世界に召喚され共に戦い続けたことによるものか、あるいは普段見せない彼女の一面がそう感じさせたのか、それとも他ならぬユキト自身が、セシルに特別な感情を抱いていたせいなのか、わからないけれど。

コツコツと靴音を奏でながらセシルは近づく。こうした衣装ならヒールを履くのが当たり前かもしれないが、彼女が履いているのはかかとの部分が高くない靴。セシルとユキトの身長はあまり変わらないので、目線の高さはいつもと同じだ。

「ど、どうかな？」

恥ずかしげにセシルは問う。それにユキトは答えられなかった。先ほどメイに対しあっさりと返答した時とは訳が違う。

緊張して背中に変な汗が出てくる始末。その時、ユキトは視界の端で女性陣が自分達を見て笑っていることに気付いた。

反応を見て満足したのか、それとも面白がっているのかわからないが、ともあれメイがユキト達の間に割って入り、

「はいはい、それじゃあ時間だし会場に行こう。あ、ユキトはセシルをエスコートしてね」

その言葉を皮切りに、ユキトは仲間と共に会場に向かう。隣り合って歩くユキトとセシルは、双方とも無言となる。何か言わなければ——などとユキトは思ったが、結局口にすることはなかった。

やがて辿《たど》り着いたのは、両開きの大扉。入口には騎士らしき人物が立っていて、ユキト達の到着に合わせて扉を開ける。

ユキトは緊張した面持《おもも》ちで中へ。そこは豪華なシャンデリアが備わった絢爛《けんらん》な部屋だった。魔法の明かりが室内を照らし、多数の貴族が祝宴を待っている姿が目に入った。彼らはユキト達の登場に、歓声を上げ快く出迎えてくれた。

部屋の奥にはベルファ王国の国王に加えてシェリス王女もいた。装飾の施された白銀のドレス姿であり、普段よりも気品が一層深みを増している。

次いで後方からフィスデイル王国の騎士達も会場へ入ってくる。女性陣は例外なくドレス姿、男性陣も漏《も》れなくスーツ姿だ。

「皆様、こちらへ」

華やかな雰囲気に圧倒されていると、シェリス王女からの呼び掛けがあった。ユキト達はそれに従い広間の奥へ行き、王女や国王と相まみえる。

「――それでは、始めさせていただきます」

シェリス王女の朗々たる声が放たれた。次いで、国王が口を開く。

「此度《こたび》の戦い、多数の犠牲を伴いながらも、ベルファ王国を狙い続けた信奉者タウノを滅ぼすことができた……しかし、まだ戦いは終わっていない。魔物の数から考えても最低一つ『魔神の巣』が残っている。本当の解放まで……何より邪竜を倒すその時まで、戦いは続いていく」

王の言葉を受け、険しい顔をする貴族もいた。

「我々は次の戦いを見据え動いている……そこにはフィスデイル王国からの協力者と、何より来訪者の方々の助力がある。必ず、勝てると私は強く確信している」

ユキト達は黙ったまま話を聞く。国王の言葉――その重みをしっかりと感じながら。

「今回、このように祝宴を開いたのは、来訪者達と親交を深めるためだけではない。ベルファ王国が今後、邪竜との戦いに際し他国と手を結び、協力するための第一歩をしるすためと知ってほしい。邪竜顕現時、国同士の確執から連携も満足にできなかった。フィスディル王国に対しても、それは同じだった……だが、その因縁を踏み越え、一歩を踏み出すべきだ。邪竜との戦い、来訪者の力を借りるだけではない。私達が……このベルファ王国の者達もまた、奮い立たねばならんのだ」

国王の言葉に、貴族達は沈黙を続ける。ただ、それはどうやら肯定の意を示しているようだった。

「この場にいる者達は、立場も様々だ。この会場内に、因縁の人物がいるかもしれん。しかし、邪竜との戦い……人類の存亡を懸けた戦い……遺根を捨てろとは言わん。我々は人間であるからして自我を持ち、理性を持つ。故に、憎みもするが……一時、この戦いに力を貸してもらいたい」

――拍手が、鳴り響いた。貴族や騎士達は、紛れもなく王の言葉に心酔しているようだった。

(本心がどうなのかはわからない……けど、国王自身が告げた意味は、大きい。この国の王が、他国より象徴的な存在なら、なおさらだ)

「では、堅苦しい話はここまでにしよう。次の戦いがある中での祝宴だが、少しでも全てを忘れ、楽しく過ごしてくれることを願おう」

宴《うたげ》が始まり、会場は喧噪《けんそう》に包まれた――

来訪者であるユキト達に話を向けられるのは至極当然のことではあったが、話し掛けてくる人は誰も彼もが穏当で、優しかった。無論、敵意を持っている人間が近寄ってくるはずもないが、ユキト自身会場の中で話をした人間全てが、どうやら嘘《うそ》ではなく本当の意味で来訪者達を信頼しているのが、わかってきた。

「特別な、存在ってわけだ」

そのことをディルへ伝えると、彼女は口いっぱいにパンを頬張《ほおば》りながら答えた。

「異世界から来た人間……つまりこの世界におけるしがらみが一切ない。だから、もしかしたら自分の願いや意向を叶《かな》えてくれるかもしれない……なーんて、思っているんじゃない？」

「願いって？」

「例えば、ユキトに仕事をお願いするとか。まあ、それが人間関係の騒動とかだったら面倒だし、個人的な用件で仕事をほいほい受けない方がいいと思うけど」

「そうだな……その辺り、仲間に注意しておくべきだったかな」

「別に大丈夫でしょ。ユキト達の待遇は王様預かりになってるし、貴族の人達からすれば邪竜を倒した後、取り入るための仕込みをしておく……みたいな感じじゃない？」

「俺達は基本、元の世界へ帰るつもりでいるんだけどな……」

「でも、揺らいでいるでしょ？」

ディルの指摘にユキトは押し黙った。オウキやリュウヘイとの会話。それは聞かれていなかったはず。

「見てたらわかるよ。まあ、ユキト本人も揺らいでいると言ってもそれがどの程度か自覚はないみたいだけど」

「……あのさ、ディル。もしかして頭の中から声がする時、俺の心の声とか聞こえていたりするのか？」

「ううん、別に」

良かった、と内心で安堵《あんど》するのと同時に、

「そういうの、顔に出ていたりするか？」

「微妙なところだけど……ま、ディルは戦いぶりを通してなんとなーくわかる、って程度かな」

「そっか……」

「で、事実でしょ？」

「それは──」

「ユキト」

ふいに声を掛けられた。見ればドレス姿のセシルが、幾分緊張した面持《おもも》ちで立っていた。

「大丈夫？　祝宴が始まってからずいぶん話し掛けられたみたいだけど」

「とりあえずは大丈夫。あ、でも食事はできていないかな」

「そう思って、はい」

セシルは料理が取り分けられた皿とフォークを差し出した。それを見てユキトは「ありがとう」と礼を言い、

「少し休憩するか。ディルはどうする？」

「会場内をウロウロしてくる」

言うやいなや、ディルは足早に去って行く。それを見てユキトは苦笑しつつ、近くにあるテーブルへ移動し、料理を食べ始めた。

「セシルは食べたのか？」

「私の場合は、緊張して喉《のど》を通らないというか……」

「緊張？」

「私から見たら、この場所にいる方々は全員が全員、高貴な人だから。正直、粗相をしないか心配で」

ユキトは改めてセシルの姿を眺める。

気品は会場にいる貴族にも劣らないものだが、その内情は異なる。彼女は農村の出で、

こうした祝宴は場違いということだろうか。

「……何かあれば、俺達やシェリス王女を頼ればいいと思うよ」

「そうかもしれないけれど……」

誤魔化すように小さく笑うセシル。彼女の姿を見て――ユキトはなんだか、違和感を覚えた。

緊張しているのは事実だろうし、粗相がないよう気をつけているのも間違いない。だが、他に態度を硬くする要因があるのではないか。根拠はないが、ユキトはそう直感した。

とはいえ、言及はしなかった。ユキトは黙って食事を進め、あっという間に皿を空にすると、

「さて、どうするかな……」

周囲を見回してみる。仲間達の動きは様々だった。イズミはリュウヘイと共にいて、親しげに貴族と話し込んでいる。レオナなんかも同じだが、その中でメイは積極的に周囲に話し掛けていた。

（あれ、アイドル活動をやるための出資者探しとかやってるんだな……）

「ユキト、どうしたの？」

セシルが声を上げる。それにユキトは、

「メイはずいぶんと活動的だと思って……どういう魂胆《こんたん》なのかは推測できるけど」

「アイドル活動、だったかしら？」

「あのバイタリティは見習わないといけないかな……ん、あれ、オウキ……」

姿が見えないと視線を動かしたら、思わぬ所にいた。なぜかオウキは、シェリス王女と話し込んでいる。しかもその傍《かたわ》らには国王まで。

「大丈夫か？　あれ……」

「まあ、王女だって悪気があるわけじゃないから」

セシルが言う。何か知っているような口ぶりだったので目を向けると、彼女は声を落とし、

「シェリス王女……戦場で戦ったオウキのことが気に入ったみたいで、アプローチするって……」

「……へ⁉」

驚愕《きょうがく》し、ユキトは目を見開いた。

「マ、マジで……⁉」

「私も最初聞いた時驚いたわ……周囲に家臣がいなくて良かったと思う」

「そ、そうなのか……オウキ、大丈夫かな」

「悪い風にはならないでしょうね」

そう言われ、確かにそうだろうなと思いつつ——あの場から助ける手段も浮かばないので、ユキトは心の中で頑張れと激励を送るだけに留《とど》める。

「……ユキト」

おもむろにセシルが、名を呼んだ。見ればいかにも緊張が最高潮、という雰囲気の彼女が。

「えっと、その……少し、話をしない？」

そう告げて指を差したのは、会場にあるバルコニー。冬場であるため閉め切られているのだが、

「寒くないか？　山登りした時みたいに魔法を使わないと」

「何も仕掛けがなければね。一度外に出てみましょう」

彼女のセリフでユキトは興味をそそられ、セシルに従いバルコニーに出た。山肌が雪化粧をするような時期で、暖をとる魔法がなければ冷えるはずなのに——なぜか、寒くない。

「これは……結界？」

「城を取り囲むように、結界を構築しているの。風よけどころか空気を遮断していて、なおかつ外壁には熱を発する魔法が付与されているから……」

バルコニーの位置は城の中でも高く、横手に町の光を眺めることができた。にもかかわ

らず吹きすさぶような風はなく、そればかりか室内と気温も変わらない。

「フィスデイル王国の城でバルコニーに出た時は寒かったけど」

「祝宴ということで、結界を張ったんだと思うわ」

「なるほど。しかし何でもありだな、魔法……」

「ユキト達の世界にこういうのはないの？」

「そもそも魔法がないから。その代わり色々な技術を発展させているし、この世界にないものも色々あるけど、それでも便利だなって思うくらいだ」

「そう。不便に感じないのは良かった」

「そうだな……もしかしたら、この世界に留《とど》まるという選択肢をとる可能性を引き上げる要因になるかもしれないな」

──ユキトとしては祝宴が始まる前、リュウヘイ達と行った会話を思い出して言及した程度だったのだが、セシルの反応はユキトの予想以上だった。彼女の表情は強《こわ》ばり、まるで戦いの中で先手を打たれてしまったかのような反応。

それを見て、ユキトは一つ問い掛けた。

「もしかして、元の世界へ戻るか否《いな》か……それについて、訊《き》こうと思っていたのか？」

セシルは一時無言となった。けれど少しして、覚悟を決めたように話しだす。

「私は別に、この世界に留まってほしいとか、そういう考えを抱いているわけではないけれど……現時点でどのように考えているのか……その、待遇面とか、気になるところだってあるかもしれないし」

最後の方はなんだか言い訳がましい声色だった。そうした自覚があるのかセシルは申し訳なさそうに俯《うつむ》く。

「ごめんなさい、ユキトの考えに踏み込む意図はないのだけれど」

「――セシルが気になるのは当然だろ」

と、ユキトは彼女の言動について肯定する。

「今日、初めて会った貴族でも、俺達が今後どうするのか気になるんだ。一緒に戦うセシルが気にならないはずがない……そうだろ？」

「ユキト……」

「そうだな、手を組むパートナーとして……セシルには、今どう考えているか、話しておくのもいいか」

セシルの顔に緊張が走る。だがそれに構わず、ユキトは口を開く。

「正直な話をすると、俺は今迷ってるし、これから今以上に悩むに違いない」

「今以上……？」

「戦いが終わったら、黒の勇者として相応の暮らしができる……なんて考えを持っているわけじゃないんだ。俺が考えるのは、これから戦いが進めば、今よりずっとこの世界の人と接することになる。そうなったらもっとこの世界と人々に親近感が湧く。そうしたら、この世界に残って人々を守るために戦う、なんて気持ちが高まるかもしれない」

そこまで話した時、ユキトはセシルが目を丸くしているのに気付いた。

「……何か変なこと言ったか？」

「いえ、その……邪竜との戦いが終わっても、人々を助けようと？」

「今の俺にはそういう力がある……だからこそ、それを役立てるのも、良いんじゃないかって思うんだ。そしてこの感情は、戦いが進むほどに強くなるのがはっきりとわかる。だから今以上に迷うだろうって、未来がわかる」

「ユキト……」

そこでセシルは、決意を秘めた瞳で、

「その、もし……だけど」

「うん」

「もし、ね。戦いが終わってユキトがこの世界に残り……人々のために尽くそうと考えているなら、私も手伝うわ」

「……セシル」

思わぬ発言にユキトは驚く。

「手伝うって……」

「ユキトがフィスデイル王国に身を置くなら、当然騎士として。もしそうじゃなくても、必ず何らかの形で……私は、手助けする。これは村を救ってくれた恩だけじゃない。共に戦うパートナーだから……そうさせてほしい」

セシルはじっと視線を合わせる。ユキトは、胸の内が熱くなった。

「……そっか」

「ええ。何かあれば、相談して」

「うん、ありがとう……セシル」

答えを返し――彼女の姿を見て、改めて思う。とても綺麗だ、と。

（……そういう言葉を、言った方がいいんだよな）

メイに面と向かって言ったようにはやはりできないと自覚する。それは間違いなく、ユキト自身にとって彼女が特別な存在だから。

しかし、それがどういう感情なのかユキトはまだ確信が持てなかった。だとしても、

「……セシル」

「何？」

「その……改めて言わせてもらうけど」

気恥ずかしさをどうにか堪《こら》えつつ、ユキトは告げる。

「セシルのドレス姿、とても新鮮で、すごく綺麗だから、また同じように祝宴があった

ら、騎士服じゃなくて同じような格好でもいいんじゃないかって思うよ」

最後の部分は余計だったかな、と言った後に気付いたが——途端、セシルは固まった。

「あ……」

魔法の明かりのある室内と比べバルコニーは暗いが、それでも彼女の顔が紅潮しているのがユキトにもわかった。反応にどう応じるべきかと考え——やがてセシルは、

「ユ、キト……」

「うん、どうした？」

「その、ユキトも衣装、似合っているから……もっと、自信を持っていいと思うわよ」

「……そっか。ありがとう」

照れくさそうに笑った後、ユキトは踵《きびす》を返す。

「そろそろ、戻ろうか？」

「ええ、そうね」

返事と共に、ユキトは室内へ。それをめざとく見つけた貴族が一人、ユキトの下に駆け寄ってきて声を掛けた——

＊　＊　＊

綺麗だ、と言われた瞬間、自分の口から想いを吐露してしまいそうな衝動に駆られた。セシルはユキトが貴族に話し掛けられる中、誰にも見つからないよう胸に手を当てて呼吸を落ち着かせる。

世辞だとしても、騎士として自らを律してきたセシルにとって、そんな風に褒められた経験はなかった。同僚からは「もっと自分をアピールしてもいいのに」などと冗談っぽく言われたことはあるが、騎士だから、霊具使いだからと恋愛云々《うんぬん》については避けてきた。だからこそ、セシルは今の自分の不甲斐《ふがい》なさに頭を抱えそうになっていた。

(それでも……)

自分の感情に嘘《うそ》はつきたくなかった。偽って行動したくなかった。それは紛れもなくユキトに対する気持ちは本物だから。

ユキトが貴族に請われ別所へ移動したのを見計らって、セシルは室内に入った。そこへ、

「どうだった？」

メイが近くへ来た。彼女のことなので、セシルがユキトを誘って外へ出たのもちゃんと観察していただろう。

「……ユキトの現状に対する思いを聞いた。それだけよ」

「む、セシルからは何も言わなかった？」

「今は……言えない」

それだけは、決然と告げる。今はまだ、駄目だ。

「大切な戦いが控えている。時にこの感情は、自らを奮い立たせるきっかけにもなるけれど、私は今の形で伝えたら持て余すわ。それは間違いなく、戦場に良くないものを呼び込む結果に繋《つな》がる」

「そういう、ものなのかな？」

「今はパートナーという立場で十分よ。そこから先は……正直、ユキト次第ね」

そう語ると、貴族と話すユキトへ目を向ける。

「彼には今後、多数の人が寄ってくる。その中で彼が本当に守りたい人が出てきたら……潔く、諦めるわ」

「セシル、でも……」

「お願い、メイ。このことは……ユキトに黙っていて」

メイは不満と、悲しげな瞳の色を見せる。思うようにはできない——そしてその理由が戦争にあるのを理解し、

「わかった……でも、一つだけ憶えていて。まず私は、セシルを応援したいと思ってる」

「ありがとう、メイ」

「だから、いつでも相談してね。私は……仲間としてユキトに幸せになってほしいし、セ

シルにもそうなってほしいから」

セシルは深々と頷《うなず》く。

「それで、もう一つは？」

「もっと、自分の想いに正直になってほしい」

面と向かって言われ、セシルは眉をひそめた。

「正直に？」

「騎士という立場から、セシルは何か色んなものを……特に自分のことを、我慢しているように見える」

「……騎士としてそういう、教育を受けたからね」

「でもね、私としてはもっと……応援するからこそ、私達と関わったからこそ、騎士としてではなく、セシルという人間として、自分に素直になってほしい」

正直、セシルとしては戸惑う言葉だった。同時に価値観の違いだろうと思う。

ただ、素直にと言われ意固地になる自分がいるのも理解できている。メイは自分達と深く接した以上、せめて仲間だからこそ――という考えで、発言している。

本当に、そんな風に考えられるのかわからない。でも、ユキトに対する気持ちに嘘《うそ》をつきたくないという思いは本当であり、だからこそ、

「……ええ、頑張ってみるわ」

それを聞いてメイは納得したようで、

「ん、ならこの話は終わり。で、ちょっと頼みがあるんだけど。アイドル活動をやっていくのに、色々と手を貸してほしいことがあって」

「本当、メイはすごいわね……」

どこか呆《あき》れた風にセシルは答えながら、メイの相談を聞き始めた。

＊　＊　＊

祝宴は円満に終了し、ユキト達はこれをきっかけに思いを新たにした。例えばリュウへイやイズミはこの世界の一端をさらに知ったことで、この世界に留《とど》まるのかどうか――それを、真剣に考えるようになったらしい。

その中でオウキは――おそらく祝宴で一番大変だったのは彼だ。さすがにシェリス王女に好意を持たれている、という事実が広まらなかったにしろ、先の戦いで王女を守ったのは事実。今後、交流をしないかとか、王女に色々提案されて大変だったらしい。

「オウキ、パーティーを終えてから、なんか疲れてないか？」

「聞かないで……」

仲間達全員で朝食をとった際、ぐったりと机に突《つ》っ伏《ぷ》すオウキを見て、ユキトは思わず苦笑する。

ともあれ、ベルファ王国との関係を良いものにできたのは事実。国の中枢《ちゅうすう》を担う貴族達も来訪者に対しては歓迎しているようなので、ユキト達が無理な要求をしなければ問題にはならないだろう——邪竜との戦いで妨害されるようなことはないと安心できた。

そうした一連の内容を部屋へ戻りカイに伝えると、彼は笑い始めた。

『大変なこともあったようだけど、ひとまず無事に終わって良かった』

「オウキが大変そうだけど……」

『人の感情だからね。シェリス王女がどこまで本気かわからないけれど、もし積極的に関わってくるようであれば、それはそれで考えないといけないだろうね』

「カイは、オウキとシェリス王女の件はどう思う?」

『話を聞く限り王女は分別もあるし、そう無理に事を進めようとはしないさ。邪竜との戦いに区切りがつくまでは、心配ないと思うよ』

「区切りか……カイは、どうなれば区切りがついたと考える?」

『邪竜討伐へ至るために、いくつも障害がある』

声のトーンを落とし、カイは語りだす。

『何より裏切り者を探し、敵に情報が渡らないように……これが最重要課題だ。けれどユキトからもたらされた情報で一気に情勢が進んだ。まだ表立って動けないけれど、ユキト達が帰還するまでには、何かしら成果が上げられると思う』

「それは良かったけど……かなり深い情報まで持っていたことを踏まえると、大なり小なり騒動になるだろ？」

『それは間違いない。でも、リュシルさんが対応してくれると約束してくれた』

「ならいいけど……リュシルさんが裏切り者である可能性は？　正直、想像もしたくないけど」

『彼女だけは絶対にない』

確信を伴った返答だった。ユキトは彼の力強さに面食らうほどだ。

「根拠が、あるのか？」

『うん、明確なものが。とはいえその理由については、リュシルさんの口から説明するまで待ってほしい。聖剣を手にしたが故に僕は気付いてしまったけど、結構個人的な内容だからね』

「わかった……カイがそこまで言うなら信用する」

『ありがとう。それで区切りというのは、敵対勢力……つまり大陸各地にいる信奉者を打倒することだね』

「邪竜のいる迷宮へ踏み込むために、外の敵を倒すまでか」

『そうだ。敵が迷宮内だけになったら、おそらく国々もそれぞれの思惑を抱えて動きだすだろう』

「カイは政治的なものに関わらないと表明しているし、俺もその旨をベルファ王国の人にも伝えたけど、助力してもらった以上、王族を始め偉《えら》い人とは交流しないといけないもんな」

『そうだね……ま、そこまで到達するにはまだまだ時間が掛かるだろう。今はひとまず、目先の戦いについてだね』

「ああ」

――イズミとシェリス王女の霊具研究においては、現段階で既に成果が生まれていた。個々の霊具を分析して、鍛錬で成果が出た人が現れている。

さらにイズミが開発した信奉者ザインの捜索霊具の強化も完了。かなりの精度で居場所を特定することに成功した。

「ザインがいるのは、ベルファ王国の首都から南西……山肌沿いにある砦《とりで》だ」

『砦?』

「軍事施設とかじゃなくて、山賊の類《たぐ》いが建造した砦だよ。賊は邪竜侵攻の影響でいなくなった代わりに、信奉者が拠点として利用している。ザイン以外にも複数の信奉者がそこにいることも、判明した」

『なら次は、そこへ攻撃を……』

「そうだ。しかも今までとは違い、俺達が奇襲を掛ける。敵に気取《けど》られないようにするのは非常に難しいが、シェリス王女には何やら策があるらしい」

『霊具を用いるのかい？』

「そう言っていた。ただ使えるにしても一度限りらしいから、失敗は許されない」

ユキトはここで全身に力を入れる。

「ここで必ず……ザインと決着をつける」

『わかった。僕も内通者の特定を進めていくよ……気をつけて』

最後の言葉には重みがあった。奇襲攻撃を仕掛けるにしても、間違いなく激戦になる。その結果、仲間が——通信が途切れ、ユキトは呼吸を整える。

「正念場だ。絶対に、勝たないといけない」

小さな呟《つぶや》きと共に、ユキトは仲間と今後の話をするべく部屋を出たのだった。

第十四章　奇襲作戦

祝宴から数日後、ベルファ王国は正式に次の作戦を提示した。

信奉者を倒したが、まだ魔物は跋扈《ばっこ》している上、どこかに『魔神の巣』も存在する。

魔物の掃討と巣の破壊——その場所を見つけ出すため、遊撃部隊を編制するという内容だ。

なおかつ、ヴィクトが所持していた霊具の捜索——複数の信奉者がいたことで、まだどこかに敵が潜伏している可能性も考慮。それ故、精鋭部隊を率いて警戒しながらの討伐ということになる。

ヴィクトは霊具を失い、怪我《けが》もしてしまったため、指揮官にはシェリス王女が選ばれた。王族が——ひいては将来の女王たる存在が陣頭に立つのはどうなのかという議論もあったようだが、最終的に国王と王女が話し合い、そのような形となった。

無論、これは全て表向きの理由。真の目的は、潜伏する信奉者達の討滅だ。

「シェリス王女からもらった情報を基に、話をさせてもらう」

ユキトは城内にある会議室で口を開いた。

この場には来訪者——ユキトの仲間達に加え、フィスデイル王国の騎士代表としてセシルの姿がある。

「敵の居所は把握し、経路も確認した。奇襲攻撃には特別な霊具を使うとのことで、魔物討伐で最寄りの駐屯地《ちゅうとんち》へ向かった後、霊具で気配《けど》を隠して気取られないように信奉者の潜伏拠点へ攻撃を仕掛ける手はずだ」

「人数は？」

問い掛けたのはオウキ。

「シェリス王女が選抜する精鋭部隊と俺達……人数としては、前回の戦いと比べても小規模だ。しかし先の戦いでも奮戦した彼女の護衛の多くが参戦するらしいし、少数でも精鋭であるのは間違いない」

「もしその中に裏切り者がいたら、ボクらは反撃を受けるな」

オウキの懸念に仲間達の顔が険しくなる。しかしユキトは、

「それはない」

「どうして？」

「シェリス王女もその辺りは重々承知している……先の戦いより前に、フィスデイル王国からの伝令でいち早く内通者がいないか調べたらしい。加えて先の戦いで色々とやっていたみたいで……結果、今回帯同する騎士達は問題ないと」

「前回の戦いでも、調査していた？」

「みたいだな。ここについては、シェリス王女の言葉を信じていいと思う」

ユキトはそう述べた後、仲間達を一瞥《いちべつ》した。

「敵の居場所は山賊の砦《とりで》だが、さすがに内部構造まではわからない。だから砦に踏み込んだらそこからは臨機応変に動く必要がある……けどまあ、それほど心配はしてないよ。これまでの戦いと同様に複数人で隊を作り、戦う。メイ、そちらは後方支援で、状況に合わせて動けるようにしてほしい」

「わかった……ユキト、ダインさんはどうするの？」

「事前に宿に行って説明はしてきた。前の戦いと同じく俺やレオナと組む……セシルはフィスデイル王国騎士と共に前の戦いと同様、後方で退路の確保を」

「わかったわ」

頷《うなず》くセシルと視線を交わしつつ、ユキトはさらに言葉を続ける。

「奇襲後、俺の隊が真っ直ぐザインの所へ向かう。おそらく他の信奉者達とも交戦することになるはずだ。シェリス王女は後方に待機する形になるが、ベルファ王国の精鋭部隊が帯同してくれるから、援護としては十分だ」

ユキトはここで自身が身につけるザイン捜索の霊具を見据える。

「ただ、相手の出方がわからない以上、俺達で決着をつけられるかは不透明だ。後は作戦が成功し、可能な限り犠牲者が出ないように尽力しよう……みんな、協力してくれ」
仲間達が頷く——決意新たに、いよいよベルファ王国での本当の決戦が始まろうとしていた。

＊＊＊

ベルファ王国の作戦が静かに開始された時、ザインは一つの研究を完成させた。

「これで、完璧……とは言いがたいが、さすがに研究を深める時間はなさそうだな」

作業が一段落し、ザインは息をついた。砦内にある部屋で完成したものを見据える。

それは懐へ忍ばせることができる短剣。ただザインが普段使用している武具よりもさらに小さい。ペーパーナイフ程度の大きさでしかなく、戦いに向くようなものではない。

「後は仕込みか……外部でやるのはさすがに無茶だ。この砦内……建物の周囲に魔力を付与すればいいか。問題は、どのタイミングで発動させるか。敵の出方次第か？」

「——ザイン、いいかしら」

ふいにレーヌから名を呼ばれた。見れば部屋の入口に彼女が立っている。

「何やら作業に没頭しているようだけど」

「ああ、ようやく終わったよ。で、敵の動きはわかったのか？」

「ええ、魔物の掃討と巣の破壊に乗り出すそうよ。信奉者が残存している可能性を危惧し、シェリス王女に加えて来訪者達も帯同するらしいわ」

「なら、どこかのタイミングで奇襲を仕掛けるってわけだな」

「ええ」

「ここがバレる可能性はあるのか？」

「砦《とりで》の周辺には魔物がいるし、掃討する地域に該当するのは確かね。ただこんな辺鄙《へんぴ》な場所より、人里から近い場所を優先するでしょう」

「違いねえな。なら相手が駐屯地《ちゅうとんち》にでも入って、そこから魔物を討伐しようと動きだした時に……」

「奇襲する。それで王女か来訪者に手傷を負わせられれば御の字でしょう」

――ヴィクトの天級霊具を奪うことに成功はしたが、現状の戦力で王女達の部隊と真正面から戦うのは得策ではないため、ゲリラ戦を行う計画であった。

「レーヌ、そっちの研究はどうだ？」

「一通り強化には成功したわ。それで先ほど、指示が下った。私は別所へ移動しろと」

「強化をこの場にいない同胞に施せと？」

「そのようね。ベルファ王国における目的は達成した……放置はできないから継続して攻撃は仕掛けるけど、あの御方《おかた》は別所に狙いを定めるようね」

「なるほど……ここの指揮官はどうするんだ？」

「私とザインに一任すると。私から意見はないけれど、あなたはどうする？」

「俺はあくまでフィスデイル王国の指揮官だが……ま、因縁の相手もいる。次の奇襲くらいは面倒見て、その後は他に任せるか」

「ならそう報告しておくわ」

レーヌの言葉にザインは頷《うなず》くと同時、心の中で一つ呟《つぶや》いた。

（邪魔者が一人消えるな。こいつがいなくなれば、俺の仕事はやりやすい。正直、他の奴らは簡単に説得できるからな）

「霊具はどうする？　持って行くのか？」

「現時点では動かせないわね。今は魔法による処置で魔力が漏《も》れないようになっているけれど、それが外れたら捜索魔法に引っ掛かる可能性があるわ」

「敵も探しているだろうからな……ま、それなら当面は放置しておくぜ。奇襲後どうするかは考える」

ザインはそこで、怒りを滲《にじ》ませた笑みを作る。

「いい加減、同じ顔も見飽きた。新たな力で、今度こそ来訪者を殺してやるぜ」

レーヌはその言葉に小さく頷くと、足早に去って行く。それと入れ違いになる形で男性がやってきて、

「で、どうするんだ?」

「魔物にシェリス王女達の動向を探らせろ。奇襲は最初の一度しか通用しないだろうが、悪魔を用いれば王女か来訪者に手傷を負わせられる可能性は高いだろ。その後は、敵の出方次第……ま、相手に俺達の居所は知られてねえ。加えてベルファ王国内の『魔神の巣』は一つ残っている。断続的に攻め立てれば、敵もさすがに疲弊するだろ」

「新たな力を用いれば、勝算もあるか」

「そういうことだ。ああ、一応この砦《とりで》にも仕込みくらいはしておくぜ? 居所を知られた際の準備くらいはやっておかないとな」

「ああ、それでいい」

ザインは内心でほくそ笑んだ。これで大っぴらに仕込みができる。得た力——天級霊具によって培われた技術で、全て一切合切奪い取る。

ザインはゆっくりとした歩調で部屋を出た。今度こそ、俺は——笑みをひた隠しながら、砦内で準備を始めた。

＊　＊　＊

祝宴から七日後、ユキト達は出陣した。

魔物の討伐と巣の破壊——そうした表向きの理由に、町の人は王女や来訪者を称《たた》える言葉を投げ掛ける。その様子を眺めながらユキトは次の戦いに思いを馳《は》せた。

（今度こそ、決着をつける）

城門を抜けた後、外で待っていたダインと合流。相変わらずの仮面姿に窮屈じゃないかとユキトは問い掛けてみるが、

「もう慣れた」

と、肩をすくめて答えてみせた。そんな風に時に仲間と会話をしながら、軍勢は進んでいく。

行軍は魔物の多い地域へと向けられ、その道中にいる魔物達も掃討した。町や村の人々は歓喜し、また王女や勇者を見て歓声を上げた。中には行軍を見て涙する人の姿もあった。そうした光景を見て、ユキトは心の内で芽生えた思いを反芻《はんすう》する。

（この世界に残るのか、帰るのか……）

勇者であるから、人々に称えられるからという心情はない。ただ、自分は世界を変えるだけの力がある——というのはおこがましいかもしれないが、人々を救う力を持っている、という自負はある。

それは、この世界に留《とど》まる選択肢になるのではないか。そんな風に考える自分がいることに、ユキトは気付く。

（答えは、戦いが終わった後に見いだせばいい……それは事実だけど、答えがパッと出せたら楽だよな……）

きっと悩み続けるのだろうと確信しながら、ユキトは魔物の掃討を続けていく。やがて、目標だった駐屯地《ちゅうとんち》の砦《とりで》へ辿《たど》り着き──門を抜けるより前に、シェリス王女はユキトへ告げた。

「表向きはこの場所に留《とど》まり周辺の魔物を倒すよう指示します。『魔神の巣』があっても、信奉者タウノを倒した影響で魔物の生成よりも撃破ペースが早いのが幸いですね。今のところ村や町に影響は出ていませんが、放置すれば再び侵略してくるでしょう」

魔物の脅威も続いている──だからこそ、警戒を強めている。

「信奉者を倒し、魔物の組織立った行動を抑え、巣を破壊……それでようやく、ベルファ王国は完全に解放されます」

「まずは信奉者達を倒す、ですか」

「はい。それを果たせれば、巣の破壊はそれほど難しくはありませんからね」

「そうですね……ここから具体的にどう動きますか？」

「この砦にいる騎士団が私の指示で魔物の討伐を行う間に準備を進めます。相手から見れば、行軍の疲れを取り除くためとか、情報を集めているためなどと解釈するでしょう。その間に私達は敵の根城へ踏み込む」

「明日から、動くわけですね」

「はい。ここから精鋭部隊と共に信奉者の拠点へ……道中で敵に気取《けど》られないよう、拠点も設けます。万が一、退却する必要性が生まれたらそこへ向かうような形にすれば、安心ですしね」

何から何まで考慮している。

ユキトは何か手伝えることはないかと提案しようとしたが、それよりも先にシェリス王女は、

「こちらは問題ありません。明日に備え、ユキト様達は休んでください」

——そう指示され、ユキト達は砦の中へ。それから仲間達と改めて今後の動き方を話し合った後、カイに連絡をした。

『準備は万端みたいだね』

「ああ。後は敵が逃げ出さず、作戦が上手《うま》くいくのを祈るのみだな」

『もし敵が事態を察知して逃げたら……』

「俺達はザインの居所を把握できるし、追跡はできる。敵を追うことについてはそう心配していないけど……シェリス王女としては深追いしないみたいだな」

『僕らの目標はザインの討伐だけど、基本的にはベルファ王国の方針に合わせてもらって問題ないよ』

「わかった……カイの方は大丈夫か？」

『今のところ順調だよ。策は既に実行しているから、こちらも後は成功することを祈るばかりだ……ああ、そういえば一つ。ダインさんについてだけど、こちらも策を講じたし、もう正体については晒《さら》しても構わない。仮面などを着けていて不都合があれば、外してもらって構わないよ』

「ダインにはそう伝えておくよ……お互い、頑張ろう」

『うん』

通信が途切れ、ユキトはその日仲間と共に砦内《とりでない》で過ごした。

そして翌朝から、ユキト達は行軍を――信奉者ザインを倒すために移動を開始した。シェリス王女が発動させた霊具は幻術にまつわるもの。しかしそれはただ幻を見せるのではなく、軍隊単位で姿を隠蔽《いんぺい》できる特殊な霊具だった。

「過去、ベルファ王国は他国からの侵略をこの霊具により防いだとのこと」

移動しながら解説するシェリス王女は、霊具の力に自信がある様子だった。

「その特性から、警戒されないよう使用については非常に制限されています」

「……フィスデイル王国の騎士達も追従していますけど、大丈夫なんですか？」

ユキトが問うとシェリス王女は笑みで応じた。

「この大陸は、五カ国となって邪竜が出現するまで大きな戦争はありませんでしたし、無用の長物となっていました。それに、特性が露見したからといって役に立たなくなるわけではありませんし」

(なかなか、食えない王女様だな)

ベルファ王国を敵に回したら厄介だぞ、と警告しているようなものだ。ユキトとしては敵対する気もないが、王女にとっては念のため、といったところだろうか。

「予定通り、道中に拠点を作りそこも隠蔽しつつ、騎士を待機させます」

「わかりました……距離的に、まだ数日掛かりそうですね」

「敵の動きなどを観察しながらですからね。とはいえ、イズミ様が作成した索敵《さくてき》霊具に、この隠蔽霊具……情報戦においてこちらが圧倒的優位です。少なくとも攻撃するまでは、問題なく進むでしょう」

――その言葉は正解だった。ユキト達の行軍は霊具の力を過信せず、注意を払いながらのものだったが、敵に動きはなく、近くを通りがかった魔物さえも行軍に気付かないほどだった。

そうして駐屯地《ちゅうとんち》を出発してから夜には、シェリス王女の予告通り拠点を設置。天幕が張られたそこで、ユキト達は夜空の下、火を囲み食事をすることに。煙が上ったら気付かれるのでは――などと懸念したのだが、空へ昇ろうとする煙が消えるのを見て、霊具の効果は凄《すさ》まじいと感じたりもした。

「なんというか、野外学習でもしているみたいだな」

と、スープを飲みながらリュウヘイが感想を漏《も》らした。ユキト達はやや大きめな輪を作って火を囲み食事をとっているのだが、確かにその様はキャンプでもしているような状況だ。

「これから決戦に向かうわけだが、正直緊張感もないし」

「戦闘に入れば、嫌でも引き締まるさ」

反応したのはオウキ。彼は水を飲みつつ、

「霊具で精神が保たれている証拠だと思うよ」

「ああ、確かに……他の皆も同じか？」

「不安とかもないね」

メイは答えながらセシルへ顔を向けた。

「こういうのって、この世界の人も同じなの？」

「霊具の影響については、霊具そのものの力の大きさによって変化するわね。例えばの話、特級霊具以上であれば精神の安定や高揚感を得られる。一級以下では、そこまで普段影響を受ける霊具は少ないわね」

「へえ、そうなんだ……ダインさんもそう？」

「俺の場合も、精神は安定している」

　ダインもまた同意の言葉を告げた。

「決戦を前にして……ようやくヤツと刃《やいば》を交えるという事実に高揚感はあるが、興奮するほどじゃないな。聞いた話によると、これは霊具が持つ魔力の影響だと聞いたことがあるな。霊具なしでも、自分の魔力だけでそれを実現する存在もいる」

「自分の力で？」

「――それこそ、達人級の剣士とかならあり得るわね」

　と、セシルがコメントした。

「これは魔力に限った話ではないけれど。戦歴が浅くとも、精神統一で感情を大きく抑制できれば、それだけで似たような効果を生み出せるから」

「……つまり」

　ユキトはセシルに尋ねる。

「訓練で身につく技能を、霊具によって俺達は達成できていると？」

「そういう解釈もできるわね。霊具というのは、天神の魔力と結びついて様々な恩恵を得られる……精神が揺らがないようにする、というのはもしかすると天神の力がそういう風に仕向けているのかもしれないわね」

　霊具――ユキトは傍《かたわ》らにいるディルを見据える。食べる必要がないのにパンを口にして

いるその姿を見ていると、

「どうしたの？」

ディルが反応。そこでユキトは、

「いや、ディルという存在について考えてみると、霊具というのが極めて特殊なものなんだと認識させられるな、と思ってさ」

「うん、それは間違いない」

「ちなみにだけど、他に意思を持っている霊具とかは知っているか？」

「ディルは迷宮を守護するために置かれたタイプだから、他に特別な霊具があるとか、そういうのはわからないかなあ」

「特殊な役目を背負わせる霊具だったからこそ、意思を持たせるなんてことをしたのかもしれないわね」

と、セシルが推測を述べた。

「天神がどういう目的で、というのを知ることはできないけれど……ディルが他とは異なる役目を担っていたのは事実だし」

「まあその役目も今はなくなって、ユキトと一緒にいるわけだけど」

じっとユキトを見つめるディル。

「もしかすると、因縁かもしれないけどね」

「因縁？　どういうことだ？」

首を傾《かし》げ問い掛けた時、火を囲むユキト達に近寄ってくる人物が一人——シェリス王女だった。

「よろしいですか？」

全員無言で頷《うなず》き承諾すると、シェリス王女はオウキの隣に座り込んだ。

「顔を見ればわかりますが、大丈夫な様子ですね」

「はい、いつでも戦えますよ」

ユキトの言葉にシェリス王女は安心したように笑みを浮かべ、

「……改めて、お礼を。あなた方がこのベルファ王国を訪れたこと、まさしく最高のタイミングでした。もしあなた方がいない中で信奉者タウノと戦っていたらどうなっていたことか」

「それを言うなら、ダインのおかげですね」

と、ユキトが近くに座るダインへ目を向けた。

「俺達がここに来るきっかけを作ったのは、彼ですから」

「そうですか……戦士ダイン、ありがとうございました」

「単に、目的があっただけなので」

幾分緊張した様子でダインは応じる。無理もないとユキトが考えていると、シェリス王女は別の話題を口にした。

「戦いが終われば、あなた方はフィスデイル王国へ帰還するでしょうから、これを最後の機会と捉えて話をさせていただきますね……尋ねたいことが一つあります」

それが何なのかと視線を集中させると、

「皆様は元の世界に帰ったら、何をしたいですか？」

――思わぬ質問に、ユキト達は沈黙した。

この世界に留《とど》まるのではなく、元の世界へ帰った時のことを尋ねる。なぜそんな疑問を寄せるのか首を傾《かし》げたくなったが、

「なぜ問うかというと、単純な理由ですよ」

と、シェリス王女はあっさりと理由を明かす。

「その答えを上回るものがこの世界にあれば、皆様をこの世界に引き留めておけるかもしれないでしょう？」

「……なるほど」

ユキトは腑《ふ》に落ち、ナディ王女と同じ考えだなと結論づける。

「もちろん、やりたいことはないと仰《おっしゃ》る方もいるでしょう。でしたら、一度この世界をしっかりと見据えてください。そうすれば、何かしら結論を得られるかもしれません」

「……もし、だけど」

と、ふいにイズミが口を開く。直後にユキトはタメ口であるのに気付いたが、王女が何も言わないため指摘するのは避けた。

「霊具の研究を続けたいとか言ったら、協力してくれる？」

「むしろ私が頭を下げなければいけないくらいですが……そんな風に思っているのですか？」

「結構楽しいからね、これ」

「ふふ、まさか楽しいと仰る方がいるとは……邪竜との戦いが終わってもこの関係が続くのなら、どこまでもお付き合いしますよ」

「あー、傾き始めたなあ」

頭に手をやりながら、イズミの隣に座るリュウヘイが声を上げた。

「ま、それなら俺も付き合うかな」

「お、嫌ならいいんだよ？」

「馬鹿言え、どうせリュウヘイも残れとか言いだすのが目に見えているだろうが」

そんな会話を聞いてユキトは変わった関係だな、と思いつつも言及はしなかった。シェリス王女も同じなのか、二人がどういう結論を導き出すのか、待つ構えの様子。

だからなのか、シェリス王女は話の矛先を別に移した。

「ではメイ様、あなたはどうですか？」

「え、私？」

「幾度となく話をして、おそらくこの中で元の世界へ帰る欲求が強いかただと思います。それはきっと、元の世界においてあなたがかけがえのない立場にいるからでしょう」

アイドルとして活動する以上、意思が強いように思えるのは確か。

「祝宴の席で、色んな方と話をしている姿を見ました。メイ様の話を聞いて、この世界の人達を明るくするという目的……良いものだと感じました。その力を、戦いが終わった後もこの世界の人のために使ってもらう、ということはできないのでしょうか？」

「……あー」

普段から即断即決の性格であったメイが、珍しく言葉を濁《にご》した。

「難しい問題だね……」

「今ここで結論を急がなくても良いと思います。それに、留《とど》まるなら元の世界の自分はどうなるのか――様々な疑問もあるでしょう。しかし、そうした問題が解決できるのであれば――」

そこから先は言わなかった。シェリス王女としても果たして問題をクリアできるのか確信を持っているわけではない様子。しかし、

「……私としては、あなた方に残ってもらいたい。それをこの戦いが終わった後も憶えていただけると、嬉《うれ》しいです」

そう言って、王女は立ち去った。

残されたユキトは驚きつつも、王女が自分達に対し魔物との戦いで戦力になるためとか、俗物的な思惑で先の言葉を語ったわけではないと、確信する。

(俺達のことを心配して助言しているんだろうな)

あくまで自分ではなく、ユキト達を慮《おもんぱか》って。それは他の仲間もわかっているのか、彼女の質問を受けて真剣に悩んでいる様子。

(もし、残ることを決めたのなら……)

今回の戦いを通して、少しずつユキトも留まったらどうなるのか、というイメージが浮かび上がり始めていた。

他の皆はどう考えているのか——談笑しながら食事をする仲間達を見つめながら、ユキトは穏やかな心持ちで皆の話に耳を傾けたのだった。


——やがて、ユキト達は信奉者が拠点にしている砦《とりで》近くに到達。ここにも拠点を設け、出発する前にザインを捜索する霊具で調べると、向こう側に動きはない。

「敵が勘づいている可能性はなさそうだ」

「全員、準備はよろしいですか？」

シェリス王女の言葉に、ユキトは黒衣をまといながら応じ——

「では、進みます。これより、信奉者討伐へ」

騎士もユキト達も、整然と動き始める。戦いや交流を通して、ある程度連携できるまでに至っている。奇襲攻撃によって相手の動きを鈍《にぶ》らせることができれば、ひいては初撃で信奉者を倒せれば、それだけで戦いは大きく有利に傾く。

(最初が肝心だな)

信奉者がどこにいて、何をしているのかを即座に把握し、向こうが連携する前に各個撃破する。それが理想ではあるが、どこまでそれが果たせるのか。

「ユキト」

森の中を進む間に、セシルに呼ばれた。

「私達フィスデイル王国の騎士は後方で援護に徹する……で、いいのよね?」

「ああ。それとオウキは俺達と組んで対応を頼む」

「任された」

軽く手を上げオウキは陽気に応じる。次いでユキトは他の仲間へ視線を向けた。

メイやイズミ、そしてリュウヘイなどは今回砦《とりで》の入口付近で退路を確保する役割だ。

残る仲間も基本的には後方に待機して、状況に応じて動いてもらう方針。

砦に入るのはユキトにレオナ、オウキとダインの四人。そこにベルファ王国精鋭騎士が加わり、砦の制圧を行う。

一方でシェリス王女は護衛と共に退路確保に留《とど》まり、敵が逃げないよう対処をする。戦況次第で砦へ踏み込む可能性もあるが、ユキトとしてはそれがないよう立ち回りたいと考えていた。

最大の問題はザイン以外の信奉者について情報がほとんどない点。どれだけの人数がいて、どういった能力を保有しているのか。それを戦いの中で見極める必要がある。

ザインとの決戦――それが間近まで迫ったことで、ユキトの体にも緊張が走る。それと共に、因縁を終わらせなければならないという強い使命感が、胸の内に宿る。

横を見る。仮面を着けたダインが黙々と歩を進めていたが、視線に気付いたかユキトへ顔を向けた。

「ダイン、一つ確認だけど……もし目的の相手が見つかったら、仮面はどうする？」

「素性を悟られない方が、今後のことを考えると良いんじゃないか？」

「逃げられた場合に備えて、か？　カイからも姿を晒《さら》して問題ないと言われているし、どちらでも良いんだ。もしかすると、親族が目の前に現れたら動揺するかもしれないし……ただ、ダイン自身がどう考えているのか」

「俺は、どちらでも構わない」

「なら、状況に応じてどうするかは任せてもいいか？」

「ああ、それで大丈夫だ」

彼の言葉にユキトは頷《うなず》き返し——先導するシェリス王女が立ち止まった。

「到着です」

見れば森の向こう側に、二階建ての砦《とりで》があった。決して大きくはないが、建物の周囲に門と柵が存在するくらいには重厚で、入口付近には魔物がいる。

ただ、霊具の効力によりまだ敵は気付いていない——と、ふいに砦の入口が開いた。中から、二名の信奉者が現れる。

ユキト達は一瞬緊張したが——相手はユキト達にまったく気付かぬまま門を出て、会話を始める。どうやら休憩らしい。

「レーヌが離れてから、ずいぶんとヤツが主導して事を進めるようになったが、大丈夫か？」

「ヤツも焦っているんだろ。今回の戦いにおいてはレーヌが大いに貢献しているからな」

レーヌ——信奉者の名を記憶に留《とど》め、ユキトはシェリス王女へ視線を注ぐ。彼女は決断したようで、

「あの二人と魔物を撃破し入口を制圧。そこから、砦内へ踏み込み信奉者を打倒してください」

と指示を下す。すぐにユキト達は戦闘態勢に入る。

「こちらが魔力を発し突撃するタイミングで、向こうは気付きます。合図と共に、攻撃を

始めてください。皆様——ご武運を」

ユキト達の間に沈黙が生じる。信奉者達はなおも雑談に興じ——やがて背を向けた時、

「——作戦、開始！」

王女の号令で、ユキトは先んじて森を飛び出した。頭の中にキィンと音が鳴り響く。

同時に霊具の力を全力で解放。刹那、信奉者達は何が起こったのかと振り向き、驚愕《きょうがく》に顔を引きつらせた。

「なぜ——」

いかに信奉者とて、目前に来訪者や騎士が多数いる事態は想定していなかった——完全に不意を突かれた相手に対し、ユキトは剣を強く握りしめる。

（ここで逃げられたら、それだけで戦いは厳しくなる！）

最初で最後の好機。それを逃しはしないとユキトは躊躇《ためら》うことなく信奉者一人の間合いに入ると、相手はまだ反応できていない中、勢いよく横薙《よこな》ぎを繰り出した。

信奉者はどうにか回避しようと動いたが、避《よ》けきれず一撃を受ける。悲鳴が上がり、それでも反撃しようと腰に差してある剣を引き抜く。

もう一方の信奉者については、オウキが肉薄して連撃を叩《たた》き込み動きを止めている状況。追い詰めてはいるが、このままでは呰に逃げられる。さらに攻撃を——そうユキトが考えた矢先、シェリス王女の魔法が発動した。

後方から放たれたのは光の槍《やり》。先の戦場で見せたほどの威力はないが、その魔法は見事信奉者の体を貫いて動きを縫い止める。

それでもなお決定打にはならなかったが、次の一撃を確実に決められるだけの隙《すき》を生み出すことには成功した。

ここしかない、とユキトは断じながら全力でディルへ魔力を込めて一閃《いっせん》する。対峙《たいじ》していた信奉者はそれでとうとう倒れ伏《ふ》し、もう一方もオウキとレオナの攻撃を受け、沈んだ。

魔物達はベルファ王国の騎士が対処し――砦《とりで》の入口を完全に制圧する。信奉者の体が塵《ちり》に変じていく中、シェリス王女はさらなる指示を出す。

「門付近を固め、退路を確保！　砦へ踏み込む準備を！」

それぞれが自分の役割を果たすべく、動き始める。

ここで砦の中から魔物の雄叫《おたけ》びが聞こえた。事態を察知して、まずは魔物を使い時間稼ぎするつもりか。

その時、シェリス王女が右手を地面についた。刹那、彼女を中心に魔力が溢《あふ》れ――薄い結界が生じる。続けざまに結界を複数人の魔法使いが補強。砦を完全に覆うことに成功する。

「敵の逃げ道は封じました」

王女の言葉にユキトは小さく頷《うなず》く。信奉者が本気を出したらどれほどのものかわからないが、そう簡単にはこの結界を破壊できないはずだ。

ベルファ王国の精鋭部隊が門を通る。それを追うように、ユキト達もまた門をくぐった。ユキトはその際に一度ザインを捜索する霊具を使用。すると、砦の二階にいて、その位置についても明瞭にわかった。

「俺達はこのままザインの所へ向かう。魔物がいても邪魔立てする個体は瞬時に倒すけど、他は無視だ」

この奇襲作戦で、ザインの居所をつかむ霊具を開発したことがわかってしまうかもしれない。もしここから逃げられたら、次もこの霊具が通用するかは疑問だ。故に、今――必ず、決着をつけることを何より優先すべきだとユキトは確信する。

建物の中へ入る。荒れ果てた通路を見据え、そこに魔物を発見。人間のように二本の足で立ち、狼《おおかみ》の頭を持つ個体だった。

「進め！」

騎士達が魔物へ挑み、倒していく。それを見てユキトは援護する必要はないと断じ、仲間と共に真っ直ぐザインの所へひた走り、階段を見つけると駆け上がった。

ザインはまだ砦の中にいる。ただ、先ほどから動いていない。逃げる算段を立てているのか、あるいは魔物などに指示を出すつもりなのか――

その時、ようやくザインが動きだした。方向はユキト達が進む道と合致しており、
号令に仲間の霊具が魔力を発する。そして、

「全員、戦闘準備！」

「――っと！」

相手も気付く。これで何度目か――ユキトにとって、ひどく見覚えのあるその姿に、相手もまた呆《あき》れたように声を発した。

「ご執心じゃねえか……まあ、俺がやってきた所業を考えれば、当然か」

ザインの後方から複数体の魔物が現れる。

「まさかここを嗅ぎつけられるとは思わなかったが……とことん予定外だ。まさしく窮地《きゅうち》ってやつだが――」

言い終えぬうちに、ユキトは仕掛けた。ディルが魔力を発し、ザインはその魔力量に真顔になる。

ディルを持ったユキトと戦うのは初めてだが、すぐに理解したようだった。今までのユキトとは、まったく違うと。

ザインは即座に魔物を盾にする。だがそれをユキトは一刀両断し、なおもザインへ肉薄する。しかし今度は、影が真正面に生み出された。短剣を握り眼前へ迫るユキトと真正面から相対する。

（ディルの力なら、一撃か……？）

　前とは異なる感触から、ユキトはそう推測したが、

『ユキト、気をつけて！』

　ディルの声が頭の中に響いた。それでユキトは無理をせず、影の一撃を、受けた。

　黒い刃《やいば》とディルの刀身はぶつかり合い、瞬時にユキトは察する。もし勢いよく両断すれば、影の中にある魔力が弾け、爆発する仕組みだった。

（とことん嫌がらせみたいな能力だな……！）

　しかし、今のユキトは手の内がわかれば対応できるだけの力があった。影が魔力を高め突撃する。そこでユキトは、今以上に魔力を刀身へ込める。

「ディル、いけそうか？」

『うん、大丈夫！』

　その返事にユキトは即応し、渾身《こんしん》の一撃を放った。それは影の刃を平然と両断し、その体を真っ二つにするほどの威力。身の内にあった爆発する魔力は、ユキトの魔力を受けて、相殺《そうさい》され不発に終わる。

「魔力を瞬時に解析して、爆発させることなく魔力を消しに掛かったか。もう以前戦っていた相手と同じじゃねえな」

　ザインは冷静に戦いぶりを分析。ユキトに影を瞬殺されて、ザインは距離を置いて次の

手を考えているようだった。

「さあて、どうするか。逃げるにしても、戦うにしても──」

ザインが逡巡《しゅんじゅん》している間に、ダインが動いた。霊具の力を使い、文字通りザインへと疾駆《しっく》する。

「て、めえ……!?」

思わぬ行動にザインは咄嗟《とっさ》に反応が遅れた。そこでユキトは、

「レオナ！　オウキ！　ザインの後方を塞《ふさ》げ！」

指示と共にユキトもダインに続く。同時、レオナ達はザインから距離を置きつつ背後に回ろうとした。

囲まれればどうなるか──ザインは即座に応戦しようとした。だが先行したダインの霊具は、あろうことか信奉者の体をすり抜ける。

「な──」

直後、短剣の刃がザインの右腕を切り裂いた。痛みによるものか顔を歪《ゆが》ませ、体を横に逃し距離を置こうとする。

だが、ダインはなおも執拗《しつよう》に追いすがる。さすがに深追いでは──とユキトが考えた矢先、ザインの反撃が来た。

「邪魔だ！」

短剣は正確にダインの顔を狙っていた。刹那、ユキトは彼が着けている仮面に刃が入るのを見た。

まずい、と感じたがダインは既に能力を行使して回避していた。ザインの刃は空《くう》を切る。それで霊具がどのような力なのか見当がついたのか、信奉者は顔を歪ませた。

「面倒な霊具だな……！」

そしてユキト達が応戦する間にレオナ達はザインの背後に回った。しかし、砦《とりで》の奥から魔物が続々と姿を現しており、包囲したというよりは魔物とザインを分断した、と表現する方が正しかった。

「レオナ！　魔物は頼む！」

ユキトは二人でザインに挑むことを決断し、剣を構え直す。そこで相手は、

「二人が相手か……いつもべったりの騎士はいないのか？」

ユキトは何も答えず、再び攻撃しようとした――その時だった。

足下から、魔力が湧き上がるのを感じ取る。敵が何かを仕掛けた、と察した直後ザインの体にも異変が生じていた。

「やっとか……ま、ギリギリ間に合ったと言うべきか？」

ザインが大きく息をつく。床から生じる魔力を、信奉者は取り込んでいた。

「さすがにここを見つけられるのを見越して備えはしていた……が、奇襲までは想定して

いなかったから危なかったぜ。とはいえ、これで少しはマシになったな」

その時、ユキトはレオナ達が対峙《たいじ》する魔物の後方から信奉者が出現するのを見て取る。

相手の迎撃準備は整った。反撃開始か――

「二対一な上、騎士と比べやりにくいな。そいつは、単なる冒険者か？　情報と見た目は違うが、新たな援軍ってわけか」

ユキトは何も答えない――というより、ダインがどう応じるのか、攻撃前に言ったように判断を任せた。

どうするのか――数秒の沈黙。そして彼は、仮面に手を掛け、その素顔を現した。それを見たザインは目を見張り、

「――な」

ユキトが仕掛ける。呆然《ぼうぜん》としている信奉者へ差し向けられた刃《やいば》だが、届く寸前で相手は我に返り大きく引き下がった。

だがザインは無言に徹する。ユキトは二人がどれだけ顔を合わせていなかったのかわからない。一方は霊具を握り冒険者として活動するほどに成長し、もう一方は変わり果てた姿に――その心情は如何《いか》ほどのものなのか。

「……先に言っておくが、俺はお前のことを親類などと思ってない」

決然と、ダインは短剣を構えながら兄へ告げる。

「お前は、俺の故郷を焼いた敵だ。カタキを討つため、ここまで来た」

「……はっ、なるほどな。だから来訪者どもと一緒ってわけか」

ゆらり、とザインの体が傾《かし》ぐ。その顔には、明確な怒りが存在していた。

「いいぜ、なら戦おうじゃねえか……人間だった頃の因縁も、全部ここで精算してやるさ！」

吠《ほ》えると共に、魔力が高まりザインが仕掛ける。ユキトは剣を構え、

「ディル、いけるか？」

『もちろん！』

軽快な声を上げるディルと共に、ユキトはザインに応じるべく、足を踏み出した。

＊　＊　＊

砦内《とりでない》に仕掛けられていた装置が作動した直後、外側の戦況は一変した。まず残っていた魔物が強化され、なおかつ砦の周囲に魔物が出現し逆にセシル達を包囲する。

「砦の外は私が対応します！　他の者達は砦に注力してください！」

シェリス王女が指示を下し、セシルもまた戦い始める。近づいてきた骸骨《がいこつ》騎士と対峙《たいじ》するが——剣を一度交わしただけで理解する。放出された魔力により魔物一体一体が強靭《きょうじん》に

なっている。

（ユキト達なら対処も容易だけれど、私達は……）

どうにか骸骨騎士の剣を振り払い、反撃に転じる。しかし動きにかなりキレがあり、セシルが咄嗟《とっさ》に対応できないほどの動きを見せる。

弱い、とセシルは自分のことを改めて思う。霊具の力を引き出せていないのか、それとも、これが限界なのか——邪竜との戦いで幾度となく苦い思いを経験し、ユキト達と出会い強くなれたのは間違いない。だが、ひとたび敵の計略にかかれば、全てが覆る。

セシルはそんな弱気な心を無理矢理押し殺し、魔物と戦い続ける。どうにか隙《すき》を見いだして骸骨騎士へ一撃叩《たた》き込んだ。それは決定打になるものではなかったが、敵を怯《ひる》ませることには成功する。

追撃を——と、考えた矢先、後方から仲間の魔力。それはアユミの矢で、戦っていた骸骨騎士の頭部を一発で撃ち抜いた。

魔物が倒れ伏《ふ》すのを見届け、セシルはアユミへ首を向ける。既に別の標的を見据え、矢を放とうとする彼女を見て、敵《かな》わないという負の感情を押し込め、セシルも別の魔物に狙いを定める。

（とにかく、この場を守らないと……！）

自分にできることは何がある、と自問自答しながら剣を振るう。そして騎士と連携して魔物を倒した矢先、セシルの視界に信奉者が映った。

「王女もここに来るとはなあ」

醜悪な笑みと、鋭い眼光——二メートルは確実に越えるであろう背丈に、ローブの上からでもわかる筋肉。右手に握るのは大剣であり、その姿は先の戦いで指揮官を務めていた信奉者タウノに通じるものがあった。

「奇襲には参ったが、これはある意味好機でもある。ベルファ王国の王女、貴様の首は俺がもらうぞ」

「できるものなら」

魔物を魔法で倒しながらシェリス王女が返答する。直後、信奉者は雄叫《おたけ》びを上げ——突撃を開始した。

刹那、シェリス王女が雷撃を放つ。稲妻は一瞬で信奉者へと迫るが、セシルは確かに見た。雷が、胴長の竜のように変じたのを。

だが、信奉者はそれを見極め、剣を振る。

「ぬうん！」

次の瞬間、聞こえたのは落雷でもあったかのような轟音《ごうおん》。光が途切れ、セシルは信奉者が傷一つなく立っていることを確認する。

（今のは……）

「魔法を、斬りましたか」

シェリス王女は一つ呟《つぶや》くと、周囲の騎士へ指示を出す。

「引き続き魔物の掃討を。あの信奉者は私が」

「本気、ってわけだ」

魔力をみなぎらせ、信奉者が大剣を構える。一方でシェリス王女は霊具から魔力を引き出し、その身に光をまとわせ――鎧《よろい》を形作った。

なおかつ彼女の手には槍《やり》が。神に仕える戦士――そんな形容が似合うほど、王女の姿は神々しかった。

「……その力、単に邪竜の力ではありませんね」

シェリス王女が告げると、信奉者は興味深そうに眉をひそめた。

「ほう？　なぜそう思う？」

「今まで相対した信奉者……タウノが持つ力とは明らかに違う。研究者として霊具に向き合っていたからこそ、わかることがある。ヴィクトが所持していた霊具……その技術を活用して強化したようですね」

王女の口から発せられた言葉に、セシルは驚く。霊具の力は天神のもの。本来、邪竜の力とは結びつかないが――

「霊具は天神由来のものではありますが、それを構成する技術……つまり、魔力を引き出す技術。そこについては応用できるというわけですか」

「正解だ。別に隠すつもりはなかった。そもそもネタが割れたとしても、どうにかなるような話でもないからな」

信奉者は口の端を歪《ゆが》ませながら、シェリス王女へ告げる。

「さあ、貴様らが持っている霊具の力……それを利用した新たな力だ。存分に味わって、死んでもらおう」

信奉者が突撃する。大地を踏みしめる音だけで周囲を威圧するほどだったが、それに臆することなくシェリス王女は槍《やり》を構え応じた。

刹那、王女が放った刺突と信奉者の大剣がぶつかる。魔力が拡散し、その余波だけで体が強《こわ》ばるほどだった。セシルはそれに負けじと魔力を体に込め、魔物を倒すべく動きだす。

（王女の援護を……！）

周囲の魔物はシェリス王女の邪魔をするべく動き始めている。そうはさせまいと王女を守る騎士達は援護に回り、先の戦いと同様に乱戦の様相を呈し始める。

仲間のアユミが矢による援護を行うが、信奉者にまで手が回っていない。メイやイズミは可能な限り強化魔法で援護を行い、彼女達をリュウヘイが守っているが、砦《とりで》の外から魔物がさらに現れ、なおかつ砦の内側からも——奇襲により優位に進めていた状況が一変、危険な兆候が見え始めた。

その間にもシェリス王女と信奉者は幾度となくぶつかり合う。槍が振るわれ大剣が一閃《いっせん》され、二つの武器が激しく激突する。信奉者の力は天級霊具を持つ王女だからこそ対抗できるものであり、一時でも気を緩めたらたちまち吹き飛ばされる――そう確信させるだけの力が、敵にはある。

セシルは奥歯を噛《か》みしめ、何かに耐えるように剣を振るう。フィスデイル王国の騎士と連携して魔物を撃破し続ける。だが、敵の数はなおも増える。焼け石に水だった。

何かできないか――その時、シェリス王女の槍が大きく弾かれた。数歩後退し、槍を構え直した姿を見て信奉者は、会心の笑みを浮かべた。

「この力、天級の霊具にさえ届くか」

「……ここで、逃がすわけにはいきませんね」

魔物に囲まれつつある中で、シェリス王女は告げる。

「技術は既に邪竜の手に渡っていることでしょう。しかし、信奉者……あなた方の数を減らせば、たとえ技術を有していても使い手がいなくなる」

「戦局を見て、なお戦うつもりか」

シェリス王女は答えない。砦の中へ入り込んだユキトや騎士達の退路を確保する意味合いもある。だがそれ以上に、ここで逃げるわけにはいかない――そうシェリス王女の瞳は主張していた。

だが、このままでは——その時、後方に異変が。強化された魔物がメイ達へ迫った。

「……っと！」

そこにリュウヘイがカバーに入り、盾の霊具を活用して攻撃を受け流した。それはまるで剣でも握っているかのように——魔物へと振り下ろし、敵を吹き飛ばした。

「イズミ！　下がれ！　ここは俺がやる！」

そう高らかに宣言すると共に——彼はどこか、吹っ切れた表情を見せた。

「まったく、こんな土壇場《どたんば》で改めて気付かされるとはな……！」

「リュウヘイ？」

近くにいたイズミが声を上げる。だが彼はそれに応じず、代わりに何か確信を伴った声で、メイへ呼び掛けた。

「メイ！　自分の得意なことを思い出せ！」

「と、得意なこと……!?」

「ただ霊具の力を利用して魔法を使うだけじゃない！　アイドルだろ！　なら、自分に何ができるのか……それを思い浮かべろ！」

言葉の直後——リュウヘイは盾の先端を、地面へと突き刺した。

「俺は守りたい人がいた……だから、守る力を欲したんだ！」

刹那、彼の盾が魔力を放った。それは地面を介し結界を生む——が、その規模が、これまでとは比べものにならないほど、広がっていた。

瞬間的に砦《とりで》の内側と外側を隔絶するような壁が生じた。外からセシル達へ襲い掛かろうとした個体は全てが結界で足止めされ、なおかつ強度は——多数の魔物から攻撃を受けてもビクともしなかった。

セシルはその光景を見て直感する。危機的状況と、リュウヘイが先に告げた言葉。欲していたもの——この戦いで、人生で得たいと願ったもの。それらによって、霊具の成長を成し遂げたのだ。

「私に、できること……」

メイが小さく呟《つぶや》く。だがその間にも残っている魔物が迫る。

「霊具の成長を果たしたようだが」

リュウヘイの姿を見ても、信奉者は一切態度を変えることなく、

「外側の魔物をせき止めただけで、勝てると思ったか！　もう少し早ければ、状況は変わっていたかもしれんがな！」

大剣が放たれる。シェリス王女はそれを槍《やり》で防ぐが——衝撃によるものか、苦しい表情を見せ動きが止まる。

「終わりだ！」

隙《すき》を晒《さら》したシェリス王女に向け、信奉者が嬉々《きき》とした表情で大剣を掲げた——直後だった。その腕に、光の矢が一本突き刺さる。

「来訪者の霊具か！」

だが、攻撃は相手の動きを止めるに至らない。

「天級の霊具による技術……この程度の攻撃では通用しないぞ——」

けれど、アユミは攻撃を止めなかった。さらに弓を引き絞り、魔力を高めた次の瞬間、セシルはアユミの顔に変化を見て取った。

何かをつかんだような、あるいは吹っ切れたかのような。それと共に生まれた魔力は、これまでと比べものにならないほど、高められたものだった。

信奉者もその変化に驚き——アユミもまた霊具の成長を果たしたのだと、セシルは確信する。

「貴様ら——!!」

怒気が混ざった声を遮《さえぎ》るように放たれたアユミの矢が、しかと信奉者の首元に突き刺さった。弾ける光の中、信奉者は大剣を振り下ろすことさえできず——その隙を狙い、シェリス王女が渾身《こんしん》の刺突を放った。

槍先《やりさき》を回転させながらの一撃は、矢が直撃した場所を正確に射抜き、信奉者は咆哮《ほうこう》を上げる。その痛みは相当なものと見え、突然の反撃に憤怒《ふんぬ》の形相を見せる。

「これが、来訪者どもの力か……！」

信奉者はユキトを始めとした来訪者達の——潜在能力というべき力を目《ま》の当たりにして、驚愕《きょうがく》の声を上げる。

下地はあった。危機的状況に遭遇したことで、感情を揺さぶられた。シェリス王女が語っていた状況がまさに目の前にある。だがそれでも、相次いで成長を見せるというのは予想を超えていた。

これだけ容易《たやす》く霊具が成長できていれば、邪竜との戦いはもっと楽になっていた。だからこそ、来訪者達の覚醒は驚くべきものだった。その鮮烈な力を肌で感じながら、セシルは呼応するように魔物を斬る。

外側の魔物はいまだリュウヘイが抑え込んでいる。そしてアユミの矢とシェリス王女の武力で信奉者を捻《ね》じ伏《ふ》せようとしていた——その時、

「だが、まだだ！」

信奉者もまた息を吹き返した。次の瞬間、砦《とりで》からさらなる魔物が出現する。それはもはや、内側にいる全ての個体を投入したかのような規模であった。

「所詮貴様らにできるのは、食い止めることだけだ！」

叫ぶと同時、さらに魔力を高め信奉者は大剣を薙《な》ぐ。シェリス王女は受け流したが、それでも衝撃で数歩後退するほどの勢いがあった。

アユミが即座に援護しようとするが、先ほど以上の数の魔物達が迫り、背後にいるメイやイズミを守るためそちらに意識を向けざるを得なかった。戦況は振り子のように変化し、またも窮地《きゅうち》に立たされる。セシルも全力を尽くすが、魔物の攻撃で少しずつ、騎士が力尽き倒れ伏《ふ》す。

わずかに均衡が崩れていく。魔物の数が無限ではないにしろ、このままでは力尽きるのは自分達が先か――

「……ああ、そっか」

そうした中で、メイが声を上げた。彼女は手をかざし強化魔法を施しながら、それでも倒れていく騎士を見据える。悲嘆に暮れるような表情を見せてなお、瞳の色は消えていなかった。

「私の、成すべき事か」

刹那、メイが持つ杖《つえ》が一際輝いた。霊具の成長――彼女もまたそれを果たしたのだとセシルが認識すると同時、魔物が迫る。

それに応戦し、周囲の騎士に呼び掛けながらどうにか態勢を立て直そうとした時、それは起こった。

耳に、染み入るような声が飛び込んできた。セシルはそれが、以前メイがフィスデイル王国王城の中庭で披露した歌だと理解した直後、体に異変が起きる。

言わばそれは、強化魔法。歌声が体に浸透すると、魔力が活性化して力が増幅する。直接魔法をかけるのではなく、歌声に乗せて――メイがやったことを理解すると同時、周囲にいた騎士達は勢いよく魔物を倒し始めた。

「馬鹿な、歌声で味方を……!?」

さすがにこれは予想外だったか信奉者が声を上げた。メイの魔法による効果は絶大で、戦局が再び変化する。

セシルもまた彼女の歌声による恩恵を受け魔物に挑む。足さばき、剣のキレ、膂力《りょりょく》――全てが一段階上に進んだ。ユキトのように一撃とはいかないにしろ、複数の騎士が連携することにより、あっさりと魔物を倒すことができている。

天秤は、驚くほどの速度で傾いた。信奉者は戦況を見て、明らかに焦りを見せる。メイを放置すればどうなるのか。故に、その大剣を彼女へ向けようとした。

だがそこに、強化の恩恵を受けたシェリス王女が立ちはだかる。天級霊具とメイの歌声によって強化された王女の魔力は、大きな体を持つ信奉者さえも動きを止めるほど膨れ上がっていた。

「通しません」

「ぐっ……！」

二者択一に迫られる。真正面から挑んでも互角だった王女を倒しきれるかどうかわからない。さらに霊具の成長を果たしたアユミの援護もある。なおかつ刻一刻と魔物が減っていく情勢。もし、このまま留《とど》まっても――数秒足らずの沈黙ののち、信奉者は引き下がった。

無論、シェリス王女は逃すまいと足を前に出す。槍《やり》は魔力を伴い大気を切り裂き、渦を巻くほどの鋭さを見せ刺突が放たれた――だが渾身《こんしん》の一撃は、全力で後退した信奉者には届かなかった。

周囲の魔物達が信奉者への道を阻《はば》む。砦《とりで》の中に逃げる気だとセシルが察した矢先、シェリス王女や騎士達が魔物を撃滅。その間に、信奉者は姿を消した。

「二手に分かれます！」

シェリス王女は即座に決断し、指示を出す。

「私と半数の騎士は砦に踏み込みます！　残りは周囲にいる魔物達の掃討を！」

次いでシェリス王女はセシルへ目を向ける。

「フィスデイル王国の騎士達は、ここをお願いします」

「はい、お任せください」

「そして、メイ様。あなたの助力に感謝を。この強化魔法はどれだけ続くかわかりますか？」

「魔力を付与した形なので、その魔力がある限りは」

「戦い方次第というわけですね……進みます！」

宣言と共に騎士が砦の中へなだれ込んでいく。そして残ったベルファ王国の騎士達が、砦の外側にいる魔物へ向け剣を構えた。

「結界を解除するぞ！」

リュウヘイが叫び、セシルもまた騎士に指示を下す。不安はなかった。メイの歌のおかげで力はまだ残っている。しかもメイはさらなる力を付与しようとしているのか、呼吸を整えていた。

リュウヘイの結界が消える。直後、魔物達が突撃を開始し――セシル達は、魔力を高め迎え撃った。

＊　＊　＊

ザインに最初仕掛けたのはユキト。ディルの力を存分に引き出し放った一撃を、相手は真正面から受けきる。

「くっ……！」

だが余裕のある様子ではない。向こうも強くなっているが、天級霊具を握った自分が上だとユキトは把握。無論、油断はしない。目の前の敵はこれまで様々な策を弄《ろう》してきた。

それにより、仲間が——それを改めて思い出し、ユキトはさらに魔力を高める。

周囲を警戒し、ザインの次の策を見極めようとする。そんな態度を相手は感じ取ったか、

「新たな霊具を得ても気の緩みは一切なしか……ま、それは俺が相手ってこともあるんだろうが、な——!!」

切り結ぶ間に、横からダインの妨害が入る。それに対しザインは、黒い影を生み出して対処した。

「まずは、そいつと遊んでな!」

寸分違《たが》わぬ体格を持った影がダインへ襲い掛かる——が、ここで予想外の結果をもたらした。

ダインはまず対峙《たいじ》する影を能力ですり抜けた。次いで影が反転しようとする間に刃《やいば》を首に突き立てる——それで影はあっさりと消滅した。

これにはザインも驚愕《きょうがく》。攻勢に転じようと前に差し出していた足を一転、避けるように後退させた。

「どれだけ精巧に作ろうとも、分身は所詮分身だ」

ダインは短剣を構え直し、告げる。

「すり抜けて首に刃を突き立てる、なんて動きに対応はできないだろう?」

「なるほど、想像以上に面倒だな！」

――いかに影であろうとも、基本はザインが仕込んだ命令によって動いている。つまり、一定のプログラムに従っているようなもので、想定外の行動をされればどうしたって隙《すき》が生まれる。そしてダインはその状況を霊具『次元刀』でいとも容易《たやす》く作り出せる。

彼には分身で食い止めるという手法が通用しない。ユキトだけならば押し止《とど》められるかもしれないが、二人を相手に影で応じれるとはザインも思っていないだろう。

今はその影も消え、実質二対一という状況。だが、それでもザインの表情は崩れない。何かまだあるのか、それとも虚勢を張っているのか――ユキトは一瞬視線を転じる。砦《とりで》の奥では魔物や信奉者とレオナ達が戦っている。やはり中核を成すのは霊具の成長を果たしたレオナ。それをオウキの剣が援護する形で、瞬く間に魔物を倒していく。

問題は信奉者だが、どうやら相手はレオナが繰り出す炎に手を焼いている様子だった。渦巻く炎は魔物を一気に倒すだけの威力を持ち、信奉者が触れれば一瞬で燃え広がり相当な痛手になる。その威力に攻め手をなくしている様子だった。

ザインがここで懐に潜り込もうとする。それをユキトは後退し回避しながら、ディルへ話し掛けた。

「ディル、他に何か気配はあるか？」

『今のところはなし！』

ならば――ザインが攻撃を中断した矢先、ユキトは前に出た。振り下ろした刃に対し、ザインはどうにか短剣で受け流し逆に退こうとするが、それを背後に回ったダインが押し留《とど》めようとする。

完全に挟み込まれた形。ユキトが迫ればそれだけで決着がつきそうな状況下で、ザインは短剣を握り直し、

「倒せると思ったか？」

含みのある発言。するとユキトはどうするか一瞬迷い、ブラフだと推測して踏み込んだ。

ユキトの刃と背後にいるダインの刃が相手に届こうとするのは、同時だった。今度こそ捉えたとユキトが確信し、その体に剣が入った瞬間、ザインの体がするりと抜ける。刹那、ユキトが振り下ろし斬ったのは、影。ほんのわずかなタイミングで精巧な偽物を作成し、それとすり替わるようにして逃げた――

「そいつの読み通り、複雑な命令はできない」

横へ逃れたザインは、弟のことを「そいつ」と呼んだ。

「だったら、自立させて動かさないようにすればいい……今みたいに、ダミーを作るとかな」

「悪あがきにしか見えないな」

ダインが答える。しかと相手を見据え――いや、絶対に逃がすまいと、注視しているようだ。

ユキトは剣を構え直すと、ザインの様子を窺《うかが》う。相手の視線の先にあるのが『次元刀』であることに気付く。

「……ああ、お前は冒険者として、霊具を使って生き抜いたというわけか」

何か納得したかのように、また同時に怒りを滲《にじ》ませながら、ザインは言う。

「お前にはなかったものか？」

するとダインは問い掛けた。まるで、兄のことを知り得たという風に。

「もし霊具を手にしていたら、自分は邪竜の配下になどならなかったと、そう思うか？」

「だとしたら、どうだっていうんだ？」

「救われない話だと思っただけだ」

返答と共に、ダインは兄をにらみつけた。

「何もかも全て捨てて、得たかったものなのか？」

「故郷を焼いた話か？」

――戦いはまだ続いている。ユキトは周囲の状況を探りながら、二人の会話を聞き続ける。

「お前は、自分の素性を隠すために故郷を焼いたな？　全てを滅し、過去を捨て……力を手にしようとした。そして俺だけが生き残った」

「そいつは大きなミスだったな。ロクに死体を確認しなかったのも落ち度だし、名を変えていなかったのも問題だったな。そうであれば、お前はここに来なかった」

「ああ、そうだ。お前はどこまでも……ミスをし続けた」

ダインは短剣を構え直す。次の攻防で決着をつけるという気概を見せる。

「……だが、一つ腑《ふ》に落ちないことがある。お前は名を変えていなかったと言ったな？名前を変えてその醜悪な姿をさらせば、故郷に手を出さなくとも誰も正体はわからなかったはず……なぜ、村を焼いた？」

「……あ？」

「そんなことをする必要などなかったはずだ。村が襲われていなければ俺でさえ、お前の素性を突き止めるのは不可能だっただろう」

沈黙が生じた。ザインは油断なくユキト達へ視線を漂わせながら、弟の放った言葉の意味を考える。

「俺が何で、そこまでする必要があったのかって話か？　そんなものは単純な話だ。試したかったからだ、俺が得た力を」

「……何？」

「そのままの意味だ。邪竜サマより賜った力、俺が得たいと願ってやまなかった、他を蹂《じゅう》蹂躙《りん》する力。それを証明するには、何かを標的にした方が良いだろ？　だから、故郷を焼いた。それだけだ」

ユキトはダインへ視線を送る。彼は、無表情で淡々と兄の言葉を聞いていた。

「……ああ、そうか」

霊具を発動させる。その時、砦《とりで》の奥で戦っていたレオナ達が魔物を突破し、信奉者との戦闘を開始した。

「十分だ。お前を……斬る」

「いいねえ、混じりっけない殺意。たとえ相手が親類だろうと……戦いはこうでなきゃなあ！」

ダインが動きだすより、ユキトが仕掛けた。魔力を湛《たた》えたディルの一撃は、まともに食らえば信奉者を一気に打倒できるくらいの威力になった。

だが相手は、臆することなく前へ踏み込んだ。そこでユキトは、目の前の敵が影を生み出しているのを察する。それと共に本人が剣を回避しようとしているのも。

ユキトは影を見極め本体へ剣戟《けんげき》を見舞う――が、それでも影が盾となって少しだけ剣の動きを鈍《にぶ》らせた。そしてわずかな隙《すき》を見いだしてザインは避《よ》ける。まさしく紙一重の防御だった。

（もう少し時間を掛ければ見極められそうだが、それより前に相手は逃げるか？）

いや、それよりも先に──ダインが動く。それに相手は影を作る時間を見いだすことができず、どうにか短剣でさばいた。

「ちっ！」

舌打ちをしてザインは距離を置こうとする。だがそこへ、今度はユキトが間合いを詰める。

レオナ達と交戦する信奉者が割って入ることはない。外については──魔物の雄叫《おたけ》びが聞こえるが、この場へ来る可能性は低い。

ならば、ここで──今度こそ、ユキトはザインを捉えた。影を作り出す暇など与えない。ダインが詰め寄ったことで生じた隙《すき》を見いだし、一閃《いっせん》する。

「っ……!?」

相手に届く瞬間、ユキトは目を見開いた。それはザインが回避に転じるのではなく、左腕をかざしたためだ。握りしめる短剣で受けるのではない。それは紛れもなく、己《おのれ》の肉体で防ぐことを決断した動きだった。

刹那、ユキトの剣がザインの腕に入り──肘《ひじ》から先を両断する。とはいえ体にまでは届かず、ザインは大きく後退。一方でダインの方も、まさかの行動に警戒したか、立ち止まり相手の様子を窺《うかが》う。

「……ここまでしても、逃げるのがやっとか」

苦々しい表情で、ザインは言う。

「まあわかりきっていたことだがな……もう少し時間を稼げば外のヤツや魔物が、とか思っていたんだが――」

砦《とりで》の入口方向から、何かが爆《は》ぜる音が聞こえてきた。感覚が研ぎ澄まされたユキトはその音から、何が起こったのかを察する。

「そうか……砦の入口にいる王女達を攻撃して、失敗したか」

「そういうこった。天級霊具の技術……それを利用すれば、王女にも対抗できる……しかしそれはお前らが強くなれば簡単に覆される程度のもの……最初からわかっていた。砦に攻め込まれた時点で勝ち目は薄いと」

「――待ちなさい！」

レオナの声が聞こえてくる。視線は向けないが、何が起こったのかはディルが代弁した。

『砦の奥にいる信奉者が逃げる……！』

「外にいたヤツも引き上げているだろ……さて、いよいよ進退窮《きわ》まった感じだな」

ザインが動く。同時、ユキト達は示し合わせたかのように踏み込んだ。まだ何かあるという確信から、目の前の敵を倒さなければという考えだった。

だが、次の瞬間ユキトもダインも何かを察し大きく後退した。直後、先ほどまで立っていた床が轟音《ごうおん》を立てて破壊される。次いで下にいた獅子《しし》のような魔物が、瓦礫《がれき》を縫うようにして顔を出す。

「下に配置していた魔物を呼び寄せたのか……！」

ユキトは状況を見極め、再び足を前に。咆哮《ほうこう》を上げ、巨大な手を振り下ろした魔物に対し、全身に力を入れながら接近。相手の攻撃を横へ移動して避けると、その頭部へ斬撃を叩《たた》き込む。

魔物は悲鳴を上げた。いかに魔物の体躯《たいく》が大きくともユキトの一撃は致命的だった。あっさりと消滅するが、その時にはザインの姿は見えなくなっていた。

「どうする……!?」

ダインが叫ぶ。ユキトは即座に探査霊具を使用してザインの居所をつかむ。

「砦《とりで》の一階中央に向かっているみたいだな……とはいえ内部構造がわからないし、魔物もいる。さすがにすぐに駆けつけるのは――」

「ユキト！」

さらに名を呼ぶ者が。視線を移すとレオナやオウキが近寄ってきた。

「交戦していた信奉者はどうしたんだ？」

「魔物を盾にして逃げられた……追おうとも思ったけど、一度合流しようと思って」

「そっか。ザインは砦の中央へ向かった。もしかすると合流する気かもしれないな――」

遠くから具足がかき鳴らす金属音が聞こえてきた。騎士達だと理解したユキトはもう一度ザインの居所を確かめ、

「このままザインを追う。レオナ達もついてきてくれ」

「わかった」

一斉に動きだす。途中で砦に侵入したシェリス王女とも合流し、外の状況を聞く。

「メイ達が霊具の成長を……」

「それがなければ、まずい状況に陥っていたでしょう……経緯はどうあれ、間違いなく今は好機。信奉者の居所はわかっていますか？」

「ザインのいる位置は。他にも信奉者がいるかもしれません」

「なら、彼らと最後の交戦ですね」

集まっているところを攻撃し、決着をつける。リスクはあるが、それを果たすのだとシェリス王女は決心している。

ならば、とユキトは方針に従うつもりで頷《うなず》いた。

「では、参りましょう。このまま突き進み――」

シェリス王女が騎士達へ指示を出そうとした時だった。

「――ぁぁぁあああああああっ！」

声が、ユキト達の耳に入った。一瞬遅れてそれが悲鳴だとわかり、ユキトは驚き目を見

張る。

「何が……!?」

「進みます！」

シェリス王女は即決し、騎士を率いて動きだす。程なくして砦《とりで》の中央——広間に辿《たど》り着いた先にあったのは、想像することすらできなかった光景だった。

第十五章　魔神

「ザ、ザイン、何故だ⁉　何故――」

ズリュ、という形容の音を上げ、信奉者の一人が闇に飲まれた。ユキトの目には、広間の中央に立つザインと、その周囲に倒れ伏《ふ》す他の信奉者達の姿が映る。

「うるせえよ、ここに残った時点でお前らが餌になるのは確定していた。それが早まっただけの話だ」

「ひ、ひい……！」

足を失った信奉者の一人が、這《は》ってザインから逃れようとしていた。だが次の瞬間、床が突如砕け散り、漆黒が飛び出した。

それは言うなれば、巨大な蛇。先端を口のように大きく開けた闇は、逃げようとする信奉者に喰《く》らいつき、飲み込んだ。

「……お前……」

あまりの状況にユキトは言葉を失い、ザインを見据える。

先ほどの交戦で切断された左腕は、漆黒の闇を使い象《かたど》ることで代用していた。その顔はユキト達をにらみつけながら、それでいて何か耐えるように、苦痛を我慢しているようにも見受けられる。

特徴的なのは背中から伸びた黒い蛇で、それが床を砕いて地面へと潜っている。まるで、大樹の根のようにも見えるそれを見て、ユキトは何をしているのか理解する。

「……霊脈から、魔力を吸い込んでいるのか？」

「察しがいいな、来訪者」

ユキトの推測を、ザインは肯定した。

「シャディ王国のゴーザがやった巣との融合と天級霊具の技術、それを利用した成果だ。とはいえ、これをやるには体の方も相当弄《いじ》らないといけなかったし、霊脈からの魔力を吸い取れるだけの器も必要だった」

「器は、他の信奉者を吸収し取り込むことで得たわけですね」

シェリス王女が言った。騎士が陣形を組み、遠巻きにザインを取り囲む。

「同胞すら喰《く》らおうとするその姿……邪竜が知ったら激怒するのでは？」

「所詮ヤツも、強くなるための踏み台だ」

あっさりと白状したザインの言葉に――ユキトは内心でやっぱりかと呟《つぶや》いた。

邪竜に対し忠義があるような雰囲気はなかった。信奉者達が邪竜とどのような関係性を築いているかは不明だが、損得勘定で動いているパターンもあるはずだった。

　その中でもザインは、飛び抜けて例外のタイプ。そもそも邪竜に恩義を感じていない。ともすれば、反旗を翻《ひるがえ》す——そういう存在だ。

「邪竜由来の力で強くなった以上、付き従わなければいけなかった……まあフィスデイル王国を蹂躙《じゅうりん》し、力を得ることができれば……望むだけの力が手にできたらそれでも良かった。だが、お前らが目論見《もくろみ》を破壊した」

　ザインの眼光は、ユキトへ向けられる。

「よって方針を変更した。ベルファ王国の作戦からもわかる通り、ヤツは天神の技術すら利用しようとしている。ならそれを逆手にとる。ヤツの影響が及ばない技術。それを使い、邪竜の力という楔《くさび》から脱する」

　騎士の一人がシェリス王女へ何かを放り投げた。それはどうやら、ヴィクトが使っていた天級霊具。すると、ザインは興味なさそうに、

「ああ、もう研究は終わったし用済みだ。そいつは好きにしていいぜ？　どうせ使用者も腕がやられて再起不能だ。それに新たな使用者がすぐに現れるわけでもないだろ」

　ドクン、と一度魔力が鳴動する。大地から魔力を吸い、ザインの体が膨れ上がる。

「俺の目的も達した。後は……お前達が俺と戦うかどうか、だな。どうする？　今ならサービスで逃がしてやってもいいぜ？」

「逃がす、ではなく追えないのでしょう？」

シェリス王女が告げる。次いで槍《やり》を構え、切っ先をザインへ向けた。

「大地の魔力を吸収し、今はその力を元に体を再構成している……それが終わるまでは体を動かすことができない」

「へえ、ずいぶんと察しがいいじゃねえか。正解だよ。ま、動けないわけじゃなくて、砦《とりで》の周辺から離れられない、が正しいが」

再び魔力が鳴動する。ユキトは一刻の余裕もない、と察するが、踏み込めない。その力は、もはや単独で攻めてどうにかなるレベルを凌駕《りょうが》している。

「今、雌雄を決するか？　俺は構わないぜ？　だが、果たして止められるか？」

ザインの魔力がさらに膨らむ。ユキトはその量と質を目《ま》の当たりにして、どうすべきか悩む。

（まともに戦って……勝てるのか？）

シャディ王国にいたゴーザほどの巨大さではない。それよりも前に巨人が顕現し、それと戦ったことを踏まえれば、決して臆するような相手ではない――はずだ。

だがユキトは踏み込めなかった。

それは本能的に、何かが心の奥底で警告を発していたからだ。目前の相手に無策で突撃すれば――死が待っていると。

「お前も、気付いているか？」

そしてザインが、ユキトの心の声を聞いたかのように声を上げる。

「俺が以前霊脈を介して作成した巨人やゴーザと比べれば、派手ではないな。だが、そこにいる王女も理解しているらしい……魔力の量や図体のでかさじゃない。天級霊具を利用して得た技術。それが、俺の能力を極限まで高めている」

言葉の直後、ユキトはシェリス王女の研究室で見た、蛇の姿をした魔神を思い浮かべた。目前のザインは、それと酷似した存在を従えている。

「……魔神」

そして無意識に呟《つぶや》いていた。すると、ザインは満足そうに笑みを浮かべ、

「もしかして見たことがあるのか？　ああ、そうだ。この姿は、ある資料を基に創造した……俺はもうザインじゃない。その名は今ここで捨てよう。今の俺は、かつてこの世に存在した魔神──その姿を象《かたど》り生まれた──ザルグスだ！」

そう宣言し、手を床にかざす。同時、ユキトの背筋に悪寒が走る。

「力を見せてやろう──今度こそ、終わりにしようじゃねえか！」

砦の床を突き破り、多数の漆黒がユキト達の前に出現する。その一つ一つが、獲物を狙う蛇のように迫ってくる。

それにユキトは応戦した。

魔力を高め、向かってくる蛇に斬撃を叩《たた》き込む。魔力同士のぶつかり合い。単なる魔力

の塊にもかかわらず、蛇は恐ろしいほどに重かった。

「っ……！」

それはディルを得て強化されたユキトでさえ、呻《うめ》くほどの力だった。剣を振り抜くと、蛇が両断されて漆黒が先端部分からかき消える――だが、後続から多数の漆黒が新たに出現する。

「一対多数では勝負にならないからな。手数《てかず》を増やしたわけだが……どうやら、功を奏したか」

ザイン――魔神ザルグスが呟《つぶや》く間に、シェリス王女が光を放った。悪魔や魔物を消し飛ばす光の槍《やり》――それが真っ直ぐ魔神の眼前へと迫る。

「はっ！」

それに相手はあろうことか、素手で応じた。左手で受け止め、握りしめて砕こうとする。だが光の槍は強く輝き、魔神の体を貫こうと――

「効かねえな！」

だがザルグスは腕を振り払い、光の槍を弾き飛ばした。それが地面に着弾すると、轟音《ごうおん》を上げて砦《とりで》を破壊する。

「……退却を！」

シェリス王女の判断は早かった。ユキト達もまた、後退を始める。だがそこに、

「逃がすか！」

ザルグスが叫び、砦の床を砕きながらいくつも漆黒を出現させ、放った。即座にユキトは応戦しようと剣を構え、寄ってきた個体を弾く。

「くっ……！」

それはやはり重く、立て続けに来られたらどうなるかわからないと判断。警戒しながらも逃げるべく足を動かす。

ここでザルグスの哄笑《こうしょう》が聞こえてきた。力を得て、ユキト達を退かせ――間違いなく、彼が望んだ力を得た。それが嬉《うれ》しくてたまらないのか――

全速力で退避したことにより、ユキト達はどうにか砦の入口へ辿《たど》り着く。しかし、

「な――」

シェリス王女が立ち止まった。ユキトも状況を理解する。砦の入口付近には魔物の姿はない――いや、そうではない。

砦の周辺に漆黒の蛇が多数現れ、魔物を喰《く》らっていた。

「ユキト！」

セシルが名を叫び近づいてくる。

「あの魔物は――」

「ザイン……魔神ザルグスと名を変えた敵の策だ。信奉者や魔物を喰《く》らい、力を得た」

彼女の顔が硬直する。その間にも、魔物の数が蛇によって減っていく。

「……突破しなければ、退却はできませんね」

シェリス王女が呟《つぶや》く。そこでユキトは背後を確認しながら一つ質問をした。

「このまま、拠点まで退却すると？」

「敵はまだ砦周辺《とりでしゅうへん》から動けない。それが一日なのか、半日なのかわかりませんが……一度近い拠点へ戻り、態勢を整える。先ほどの攻防で感じたこともありました。準備をすれば、あるいは」

砦が、破壊されていく。

いくつもの黒く巨大な蛇が現れ、全てを飲み込んでいく。前方にも多数存在し、後方からも押し寄せる現状では、このまま手をこまねいていれば悲劇的な結末が待っているのは明白だった。

「――信奉者の使い魔を突破し、拠点へ帰還します！」

シェリス王女は残る者達へ号令を掛ける。

「使い魔の攻撃を喰《く》らえば、おそらく魔力を……そして命を吸い取られる！　攻撃を受けないようにしてください！」

言葉と共に、シェリス王女は光の槍《やり》を生み出し――それを一番近くにいた蛇へ向け、撃った。魔法が当たり、蛇が大きく動きを止める。そのタイミングで、ユキト達は一斉に駆けだした。

するとの距離のあった漆黒の蛇が口を開き、攻撃を仕掛ける――ユキト達は即座に散開した。蛇はその巨体を生かして地面を抉《えぐ》り、土砂をまき散らす。もし足を取られたらどうなるか――ユキトは悪い想像を振り払いながら、走り続ける。

だがここで、周囲を見て状況を悟る。霊具――特級以上の霊具を持つ者については、その能力を活かして動けている。だが、精鋭とはいえ騎士全員が強力な霊具を所持しているわけではない。漆黒の蛇はなおも執拗《しつよう》にユキト達を狙う。離脱しようにも、蛇の牙《きば》が届く方が圧倒的に早い――

「――っ！」

騎士の一人が抉れた土砂に足を取られ、転んだ。それに蛇は反応し、遅れた騎士へ狙いを定める。

そこへ、シェリス王女の魔法が飛んだ。騎士へ攻撃しようとしていた個体へ光の槍が届き、蛇は動きを一瞬止める。騎士はどうにか体勢を立て直して走りだす。だが他の場所でも同様に騎士の動きが乱れ、遅れる者が出てくる。

援護すべきか否《いな》か。ユキトは迷い剣を握り直した時、

「ユキト！　今は退却を！」

セシルの言葉が飛んだ。彼女は厳しい表情でユキトを見据えている。

もし、騎士の援護をして来訪者の誰かが——そんな想像をしているに違いない。ユキトとしてはそれもまた一つの意見だと思ったが、それでも迷いが生じた。

この状況下で躊躇《ためら》っていればどうなるのか、よく理解している。だからこそ、ユキトは仲間へ呼び掛けようとして——背後に、気配を感じた。

首を砦《とりで》へ向ける。見ると漆黒の蛇は攻撃を仕掛けている個体を除いて、姿を消している。どうやら地中に潜ったようだが、しかし砦の奥、ザルグスのいるであろう方角から、先ほど以上の魔力を感じ取る。

(何か……来る……)

予感と同時にユキトは立ち止まった。騎士達がどうにか離脱する中、ユキトは後退しつつ砦を注視する。

それに気付いたセシルや仲間は、ユキトの視線を追い——どうやら、同じことを感じ取ったらしい。

「——ユキト様？」

シェリス王女の声がした。同時、視線を追い彼女もまた不安げな表情を見せた時、それは起こった。

最初に聞こえたのは、砦が壊れていく破砕音。何かが——それこそ、建物を破壊しながら何かが来ているのだと理解できた。

次いで砦の奥から漆黒が見えた。それが——周囲にいる漆黒の蛇よりも巨大な存在が、口を開けて突撃してきたのだと認識した瞬間、ユキトは背筋がゾクリとなった。

それは紛れもなく、漆黒の蛇を束ねて生み出された巨大な使い魔。それがユキト達を喰《く》らうべく、恐ろしい速度で砦を破壊し、地面を抉《えぐ》り、ユキト達へ到達する——

（間に、合わない……！）

その速度は、ユキトに対処する時間を与えなかった。気付けば巨大な漆黒が砦を出て迫ろうとする寸前だった。

瞬間的に魔力を発し、それでもどうにか受けようとユキトは動いた。しかし、次の動作に移るよりも先に、ユキトの横をすり抜け前に出た者がいた。

「——リュウヘイ⁉」

盾を構え、今まさにユキト達を喰らおうとしている中で、彼は魔力を発して結界を構築した。それはまるで、漆黒から全てのものを守るように、扇状に広がった彼の力は、周辺にいた漆黒の蛇達の攻撃すらも遮断しようとして——巨大な漆黒が、結界と激突した。

「ぐ、おっ……！」

直後、リュウヘイが呻《うめ》き全身に力を込め盾へ魔力を流し込む。巨大な闇が間近に迫り、視界が黒で埋め尽くされる。もし彼の結界が砕ければ、たちまち背後にいる仲間や騎士達は飲み込まれる。

ユキトは剣に魔力を込め、攻撃準備を始める。

「リュウヘイ！　攻撃は届くのか！」

「こっちからの攻撃は貫通する仕様にしている！」

その言葉で、ユキトは魔力を高める。

「ディル！　やれるか⁉」

『正直、どっちに転ぶかわからないけど……やるしかなさそうだね！』

声に応じ、ユキトは足を前に出して、一閃《いっせん》した。結界を透過して斬撃が通り、闇へ直撃する。魔力が漆黒へと伝わり、一時闇が大きく形を歪《ゆが》め、勢いを殺すことに成功した。

だが、すぐさま形は戻り再び結界を――途端、今度は光の槍《やり》が突き刺さった。シェリス王女の魔法だとユキトが認識すると同時、目の前が白い光で埋め尽くされ、再び漆黒は形を歪める。

「全員で総攻撃を仕掛けます！」

そこでシェリス王女が指示を飛ばした。

「漆黒は大地から魔力を吸い上げている以上、相殺《そうさい》は不可能です！　よって、攻撃によって闇の勢いを弱めた後、結界を解除、全力で退避します！」

それしかない――と、この場にいた者達が同意し、全員が魔力を高め始めた。一方でメイやイズミといった後方支援を行う者達は、一足先に森へ走る。

ユキトはリュウヘイの横に立って再び斬撃を繰り出すべく構える。その横にはオウキが並び、さらにユキトを挟んで反対側にセシルが立った。他の騎士達も集い、さらに魔法を扱える者達は、シェリス王女を含め集結して魔法準備を始めた。

準備の時間は十秒程度のもの。だが短時間でユキト達の魔力が大気を震わせるほど高まっていく。その中で気に掛かるのは、周囲にいる漆黒の蛇。これもリュウヘイの結界によって阻《はば》まれているが、解除されれば横から攻撃される可能性がある。

（もし正面の敵を押しのけて、逃げれば……そちらに警戒する必要が――）

そこまで考えた時、シェリス王女が叫んだ。

「――放て！」

その力が、一斉に解き放たれる。ユキトは先ほどと同じように渾身《こんしん》の一撃を結界越しに見舞い、仲間もまた霊具の力を全力で行使。次いでシェリス王女達の魔法が、炸裂《さくれつ》した。

リュウヘイが構築した結界の向こう側で、光が迸《ほとばし》った。漆黒の蛇は勢いを大きく削《そ》がれ、圧倒的な力を前に魔力も削り取られている。

（いけるか……!?）

ユキトが胸中で呟《つぶや》いた時、視界の端で漆黒が大きく揺らぐのを見た。それに対し一瞬違和感を覚えたが――頭の中で結論がまとまるより先に、リュウヘイが叫んだ。

「敵の攻撃が緩んだ！」

「結界を解除し、全員で退避！」

シェリス王女は即座に決した。一斉に仲間達が、騎士が後退を始める。それと共にリュウヘイも結界を解いて、全速力で——そこで、ユキトは漆黒が魔力を膨らませているのを感じ取った。

刹那、何が起こったのか理解する。

（罠《わな》だ……！）

蛇はザルグスが操っている。ユキト達が攻撃を仕掛け、押し返されていると誤認させ、逆に一気に喰《く》らい尽くそうとしている。

ユキトが叫んだ。しかし、対応は間に合わなかった。左右でリュウヘイの結界により阻《はば》まれていた蛇達も待っていたとばかりに動きだし、中央にいる巨大な蛇は——猛然と、ユキト達へ迫った。

騎士が事態に気付き、シェリス王女ですら身を強《こわ》ばらせた瞬間、それは起こった。左右にいる蛇をいち早く察知したのはユキトの仲間達。そして、真正面の蛇には、盾を構えたリュウヘイが——直接、受け止めた。

勝負は、一瞬だった。霊具の力を使っても抑え切れない蛇の力が、リュウヘイの盾を押しのけてその体に喰《く》いついた。

「————っ!!」

声にならない悲鳴を、ユキトは確かに聞いた。それが誰なのかわかるより先に、ユキトは魔力を振り絞り漆黒へ剣を見舞う。

その一撃の威力は闇を押しのけるにはどうやら足りていた――すかさずリュウヘイの肩をつかみ、闇から引き剥《は》がす。

「――来訪者殿！」

横から騎士の声が響いた。ユキトは何が起こったか理解する。左右から押し寄せる蛇から、騎士達を守ろうと仲間が前に出たのだ。視界の端に、闇をまともに受けて倒れようとしている仲間が映る。そして、それをどうにか支える騎士の姿も。

別の場所では、ダインが声を震わせながら仲間を支え、走る姿があった。そうした一連の光景を目に焼き付けながら、ユキトは叫ぶ。

「森へ！　急げ！」

リュウヘイを抱えて走りだす。闇が後方から迫ってくる。だがそれを、アユミの矢や魔法使いの援護が、どうにか対処する。

（先ほどの一斉攻撃は通用していない……いや、違う。俺達が攻撃するタイミングに合わせて向こうが……それは今とさっきとで魔力の流れが違うためにわかる――）

思考しながらユキト達は森へと逃れる。直後、迫る闇は木々を前にして立ち止まった。おそらく、移動できる限界がそこだったった。

ユキトは一度振り返る。多数の蛇がとどろき、今にもユキト達を喰《く》らおうと威嚇《いかく》している。ザルグスの姿はないが、こちらの惨状にほくそ笑んでいるに違いない。

「大丈夫⁉ しっかり――」

メイの声が聞こえた。攻撃を喰らった仲間に呼び掛けている様子。ユキトは奥歯を噛《か》みしめ、リュウヘイを支えながら走る。それと同時に必ず――魔神ザルグスを倒すのだと、改めて胸に誓った。

＊＊＊

「――はははははははははっ‼」

砦中《とりでじゅう》に、哄笑《こうしょう》が響き渡る。どれだけあがこうとも絶対に手に入らなかった他者を圧倒するだけの力。それを今、とうとう彼は手に入れた。

来訪者達すらも退けるだけの能力。それを手にしたという高揚感が全身を包んだ。

「最高だ！ これで……俺は、邪竜すらも破壊できる力を得た！」

そう強く確信した。今はまだ制約が存在し、砦周辺から離れられない。けれど時間の問題だった。漆黒を体に馴染《なじ》ませ、束ね、完璧に制御できれば動けるようになる。

それと共に、漆黒が喰らった来訪者の力を彼は――名を捨てた魔神ザルグスは改めて把握する。蛇の能力は、魔力を奪う。そしてそれを我が物として、体がさらに高ぶる。

「完璧だ、これで『魔神の巣』でも飲み込めれば、俺は最強になれる。ああ、ついでに他の奴らも喰ってやるか」

同胞である信奉者に対する発言だった。もはや仲間とも思わない。邪竜を倒せる力を手に入れた以上、ザルグスにとって信奉者もまた敵だった。

「後は、ゆっくりやろうじゃないか。焦ってはいけない……この力を完璧に使いこなし、まずはこの国を蹂躙《じゅうりん》してやろうじゃねえか」

天級霊具を持つ王女と来訪者――その二人にすら圧倒した力。肥大した自尊心は、聖剣使いでさえ敵ではないと思い始める。

俺こそ、最強だ。そんな心の呟《つぶや》きと共に、ザルグスは笑い続ける。その声は森に反響し、天へと流れ、虚空へと消えていった。

＊　＊　＊

ユキト達は砦からほど近い拠点へどうにか辿《たど》り着いて、リュウヘイ達の治療を開始する。だが、ここで漆黒の蛇、その特異性を思い知らされる結果となった。

「傷が、癒えない……!?」

周囲に敵がいないか確かめていたユキトはセシルからの報告を受けて、驚愕《きょうがく》する。

「ええ、あの闇……蛇と名付けるけど、あれの攻撃を受けたら魔力を大きく持っていかれるみたい。その余波で、自然治癒能力とか、とにかく体の機能が減退する」

「リュウヘイ達は……？」

「止血して、どうにかメイの魔法で傷を塞《ふさ》いでいるけれど、臓器などが機能不全を起こしているの……それで……」

続きを彼女は言えなかった。それでユキトは仲間の治療を施している天幕へ急いだ。中に入ると、メイが必死に魔法をリュウヘイへ注いでいた。その傍《かたわ》らにはイズミがいて、オウキやアユミなどは他の仲間へ治療を行っている。

一番大きな蛇から攻撃を受けたリュウヘイがもっとも重症だが、他の個体から攻撃を喰《く》らった仲間達も――

「……メイ」

寝かされているリュウヘイが声を掛けた。だが、メイは応じず両手に魔力を集めて必死に治療を続ける。

彼の顔が土気色になっていることから、どういう状況なのか理解する。胸の奥がズキンと痛むのを感じながら、ユキトはメイの隣に座り込んだ。

彼女は、泣きながら治療していた。それは自分の力が至らないから――悔しさと悲しみを始めとした、あらゆる感情を乗せた涙だった。

「……メイ！」

リュウヘイがさらに声を上げ、呼び掛けた。それでメイも我に返り、

「あ、その……痛みとかは――」

「自分の体のことは俺が一番わかってる。他に攻撃を喰らった仲間も同じだ。まだ戦いは続いている。魔力を温存してくれ」

メイは彼の言葉に絶句し、目に涙を浮かべる。そこでユキトは、

「……リュウヘイ、状況は？」

「霊具のおかげで、どうにか意識が保たれているって感じだ。すげえなこの力は……それがなければ、俺の意識はとっくの昔に天に召されているさ」

ユキトは他の負傷した仲間を見る。傷の大小はあれど、全員が一様に同じ顔色をしている。

「……一度でも喰らったら、終わりか」

「そうだな。加えて魔力による防御はほとんど意味がない」

「リュウヘイの霊具でも無理だったからな……」

「盾を弾かれて、まともに牙《きば》を受けた。もちろん魔力でガードしていたが、それを平然と突き破った」

「──天級霊具の技術を使い、天神の魔力を貫通しているのかもしれません」

声は背後から聞こえた。見ればシェリス王女が沈鬱《ちんうつ》な面持《おもも》ちで天幕の中へ入ってきた。

「申し訳ありません。私の、判断ミスです」

「王女が謝る必要はないですよ」

リュウヘイは、朗らかな調子で答えた。

「向こうのやり方が悪辣《あくらつ》なだけ……まだ、戦うんでしょう?」

「はい、あれは放置すれば、国を蹂躙《じゅうりん》するほどの力を得る。今ある情報を基に、対策を講じなければなりませんが……」

「勝算は高くない、と」

シェリス王女は無言となる。それでリュウヘイは何もかも理解したような表情で、

「イズミ」

幼馴染《おさななじ》みの名を呼んだ。彼女は無言で泣いていた。けれど声を掛けられ、黙ったまま袖で涙を拭《ぬぐ》う。

「鍵はイズミだ。霊具を強化する技術……それによって、向こうが天級霊具の解析で得た技術を上回る何かを作らないと、俺達は全滅だ」

その言葉で、イズミは意を決したような顔をする。今まで見たことがない、精悍《せいかん》な表情だった。

「……そして、ユキト」

「ああ」

「道半《みちなか》ばで去って行くのを、許してくれ」

「……必ず、ザインを――いや、魔神ザルグスを倒す」

ユキトの言葉にリュウヘイは微笑《ほほえ》んだ後、ゆっくりと目を閉じて――彼の意識は、完全に途絶えた。

その後、ユキトは他の仲間を見舞い、それぞれから言葉を受けた。負けるな、悲しむな、ユキト達ならできる――攻撃を受けた全員を見送った後、ユキトは悲しみを押し殺しながらカイへ連絡をとった。

『……わかった』

彼の言葉はそれだけだった。向こうがどういう心境なのか、ユキトは克明に理解しながらも、口は戦いについて言及する。

「俺はシェリス王女と共に魔神へ攻撃を仕掛ける。どうなるかはわからないけど……」

『能力を聞く限り、ここで押し留《とど》めなければベルファ王国は崩壊するだろう。加え、能力の特性から僕でも勝てるかどうか……』

「ヤツは文字通り、世界の脅威になったわけだ」

『そうだね。そして力を用いて、自分が邪竜に成り代わる存在へ進化しようとしている』

「ああ。ここで絶対に、ヤツを止める」

『……頼む。それと亡くなった仲間は――』

カイからいくつか指示を受けて、ユキトは話を終える。そして今度はシェリス王女の下へ行き、

「頼みたいことが一つ、亡くなった仲間については、フィスデイル王国へ帰したい」

「こちらで魔法による処理を施し、今の体を保全しましょう」

「ありがとうございます」

「……本当なら、私の判断を糾弾してもおかしくないでしょう」

「それをする意味はありませんから……シェリス王女、俺もさっきの戦いで感じ取ったことがあります。それをどうにか利用すれば、たぶん罠《わな》は破れるかと」

ユキトが詳細を伝えると、シェリス王女は頷《うなず》いた。

「なるほど……急造ではありますが、霊具を強化することで対処はできるでしょう」

「他に策は……」

「先も言ったように私も発見したことがあります。相手は天神の力を解析した力を保有していますが、それでも強化を施せば――」

「なら鍵は……」

「ええ、リュウヘイ様が仰《おっしゃ》ったようにイズミ様と……もう一人。ただそれでも残る問題が

「一つ」

「それは？」

聞き返すとシェリス王女は一度目をつむり、

「攻撃を防ぐだけならば、対策を施せる。しかし、相手を仕留める場合は……鍵となる方々に加え、もう一つ大きな要素が必要になる」

「それについても、俺には案があります」

まるで予見していたように、ユキトは声を上げた。仲間を失ったことで頭が冷え、あらゆる物事が見通せるようになっていた。

――ユキトはシェリス王女といくつか話をした後、天幕の外で仲間を集める。残っている来訪者はユキト本人に加え、メイとアユミ、レオナにオウキとイズミの六人。そこへセシルを含めたフィスデイル王国の騎士と、ダインも加わる。なおかつディルも表に出て、ユキトの言葉を待つ構えをとった。

「シェリス王女と協議して、次の作戦が決まった。実行に移すのは一時間後……短いが、それまでに準備を進める。そして、この場にいる全員に役目がある」

ユキトは仲間を一瞥《いちべつ》する。特にメイとイズミが、目を赤くしていた。

「悲しみを乗り越えて、先へ進む……今できることはそれだけだ。必ず、ザルグスを倒す。それを胸に誓って、挑んでほしい」

誰もが無言だった。しかし、全員に宿った決意が確かにこの場に熱をもたらしていた。

そこからは淡々と、魔神ザルグスを打倒するための準備が進められた。その中で中心になって動いていたのは、リュウヘイやシェリス王女が鍵の一人と明言した、イズミだった。

「よし、これでオッケー」

これまでと変わらない口調で、作業を進めていく。大丈夫なのか、という声は誰も掛けなかった。

他の仲間達は、各自できることをこなしている。フィスデイル王国の騎士もまた同様であり、その中でユキトは、

「さて、シェリス王女の言う残る問題だが……」

ユキトは腕組みをしながら思案する。王女の作戦内容に、ユキトとしては異論はなかった。自らが得た情報と、王女が得た情報による戦略。そこについては現状できる限りのことをやっている。

だが、その作戦の中でどうしても必要なものがあった。それは魔神ザルグスに真正面から対抗できるだけの戦力だ。

天級霊具を分析して力をつけた相手であるため、天級を超えるだけの力がなければそれ

も難しい——シェリス王女とユキトの二人で応じるという選択肢もあったが、王女は作戦の準備を進めなければいけない。故に、適任ではない。

そこで、ユキトは一つ提案した。ザルグスに対抗できる候補はある。それは、

「ユキト」

ふいに名を呼ばれ、視線を変える。そこにディルの姿があった。

「どうするの？」

「……確認だけど、霊具を取り込むことはできるんだよな？」

「うん、前にユキトからもらった霊具は消化したからね」

候補——ユキトが新たな霊具を取り込んでディルを強化するというものだった。どういった霊具を選ぶにしても扱い方はぶっつけ本番になるため、リスクのある戦術ではあったが、勝機を見いだせる手段だった。

「順当にいけばヴィクトって人が使っていた霊具を食べればいいけど」

「単純に力の大きさを考えれば、な。食えるのか？」

「たぶんいけると思うよ。でも、天級霊具を食べたからといって、そのまま天級の力が加算されるわけじゃないよ」

「そこは理解しているよ。問題はディルとの相性だけど」

「取り込めば相性については無視していいよ」

ならば、とユキトは言い掛けたが、踏みとどまった。力の大きさを勘案してベルファ王国の霊具を候補に入れたわけだが、果たしてそれで正しいのか。

（魔神と化した相手に、真正面から向かい合って……本当に、指揮官ヴィクトの剣を取り込んで正解なのか？）

自分が何を成すべきなのか——ユキトは考え続ける。とはいえ残された時間は少ない。自分の役割を理解し、どうするのが最善か。

「ユキト、ここにいたのね」

セシルの声だった。視線を移すと準備を整えた彼女がいた。イズミによる霊具強化のため、彼女の霊具からわずかに魔力が漏《も》れている。

「作戦準備は滞りなく終わりそうだから、予定通り作戦を開始するそうよ」

「わかった」

「……悩んでいるのなら、話を聞くわよ？」

セシルは微笑と共に問い掛ける。それでユキトは苦笑した。

「隠し事はできないな」

「現状を考えれば、何に悩んでいるのかわかるから」

「……指揮官ヴィクトの霊具。俺はあの戦いぶりを見ていたから、その力の大きさもわかるし、ディルが取り込んでもすぐに使えるはずだ。でも、それで本当にいいのかって」

「相手が強大である以上、不安になるのはわかるわ……そうね、重要なのはユキトがどうしたいのか、ではないかしら」

「俺が？」

「霊具は、使用者の意識にかなり依存する。例えば指揮官ヴィクトは、自らが敵を打ち砕くために、その力を振るっていた。霊具はそれに呼応し、必要なだけの力を提供した。時に、霊具が意思を持っている、なんて言われるようなこともある事例ね」

「意思……か」

「ディルのように明確なモノではないけれど、ね。例えば元の持ち主の記憶が宿っていたりなど、霊具には不思議な効果がたくさんある。ほら、ユキトが霊具を初めて手にした時、自在に扱えたでしょう？　それを踏まえれば、意思があるなんて思っても納得いくのではないかしら？」

「確かに……使用者の思念が、霊具に宿るってことか？」

「ええ、そうね。指揮官ヴィクトの戦いぶりを見れば、あの攻撃能力は驚異的だし、何より大きな助けになると思うけれど……」

セシルの言葉が止まる。理由は、ユキトが目を合わせ黙りこくったためだ。

「ユキト？　どうしたの？」

問い掛けにも応じず、ユキトは思考を巡らせる。その中で至った結論は――確かな確信があった。

「そうか……わかったよ」

「ユキト？」

「俺が、何を成すべきか……いや、俺がどうしたいのか」

ディルを見る。当の霊具は全てを理解するように、

「ディルもそれでいいんじゃないかって思うよ」

「ありがとう……セシル、準備をしてくる」

「ええ、わかった。私も、隊の人をまとめておくわ」

ユキトは踵《きびす》を返し、歩きだす。先ほどまでの疑念は完全に消えていた。ただ、

「……なあ、ディル」

「ん？　なあに？」

「俺は、傲慢《ごうまん》だと思うか？」

疑問はこれまでの会話の内容から大きく逸《そ》れたもの。しかしディルはまたも全てを理解しているようで、

「そうは思わないけどね……つまるところ、ユキトはこう言いたいわけでしょ？」

ディルは満面に笑みを浮かべ、

「大切な人を、守りたい。人達、じゃなくて人」

「……そうだな」

頷《うなず》き、ユキトは心の内にあった霧が晴れたのを自覚した。

シェリス王女の言葉通り、一時間後には全ての準備が完了し、ユキト達は動きだした。ただ、今回は先ほどよりも人数が少ない。イズミが強化を施せた限界と、漆黒の蛇に対抗できると踏んだ戦力だけを動員する。

「もし私達が敗れたのなら」

拠点に残る騎士へ、シェリス王女は告げる。

「急ぎ王都へ連絡を。魔神ザルグスが本格的に動きだすよりも先に、持ちうる霊具を活用し、大規模魔法の行使を。土地を枯らすほどの魔力を装填《そうてん》してでも、倒してください」

敗北はすなわち死を意味する。配下の騎士は沈鬱《ちんうつ》な面持《おもも》ちとなったが——悲壮な覚悟を聞き、表情を引き締めシェリス王女の指示に頷いた。

やがてユキト達は戦場に舞い戻る。漆黒の蛇が地中から出ているのは相変わらずで、同時に戦闘の余波で砕かれた砦《とりで》の入口にザルグスが立っていた。

「予想以上に早かったな。仲間がやられて一日くらい右往左往しそうだと思っていたんだが」

指摘にユキトは何も答えなかった。その代わりに、騎士や仲間が左右に展開する。

「シェリス王女」

ユキトに名を呼ばれると、彼女は小さく頷いた。

「まずは第一段階……そこが正念場です。イズミ様、よろしくお願いします」

「うん」

シェリス王女とイズミが並び立つ。その前方に、セシルとメイ、さらにアユミが立って二人を護衛する。加え、レオナは右、オウキは左——両者は左右に展開する騎士と共に行動することになっていた。

そして、ユキトはダインと共に二人でザルグスと対峙《たいじ》する。その陣形を見て、相手は目を見開き、

「おいおい……まさか二人でやろうってのか？」

「お前を倒す策がある。その時間稼ぎだよ」

「言ってしまっていいのか？」

「逆に質問したいんだよ……俺達の策を破れるかどうか」

挑発的な言動。逆上させたいとわかっているはずだが、相手の目はギラついた。

「はっ、ここまで思い知らせてもまだ理解できてないか……まあいい、ならお前らの全てを砕いて——今度こそ、俺が最強であることを示してやるよ！」

蛇がとどろく。ザルグスの真正面に一体と、その左右に一体ずつ、他に個体は見受けら

れない。必要ないと、数を集約させたことは間違いない。

来る、とユキトが思うと同時に、一つ叫んだ。

「メイ！　頼む！」

その時、戦場に彼女の歌声が響いた。普段、人を癒やすのに用いられる魔法。だが今回は、人々を高揚させ、能力を高める――情熱的な、体の芯が燃えるような、アップテンポな曲調の歌声だった。

彼女の歌が耳に入ると、全身が沸騰したかのように熱くなった。同時にユキトは駆ける。巨大な蛇――だが臆することなく、蛇に対し剣を掲げた。

直後、光が生まれその刀身が伸びた。同時に魔力が一気に高まり、ユキトの体を取り巻く。そして口を開け迫る漆黒に対し、一切の恐怖もなく剣を振り下ろした。

ズアッ――と、光が触れて闇が大きく霧散する。蛇の頭部に該当する部分が、ユキトの剣を受けて一気に蒸発する。

「さすが、だな！」

ザルグスの姿が見えないながら、声が聞こえた。その間にユキトは周囲を見回す。左右に存在する蛇と仲間達が交戦を開始した。主軸はレオナとオウキの二人であり、レオナが炎をまとわせた斧《おの》によって闇の動きを制限し、オウキは目にも留まらぬ剣戟《けんげき》と、それによって生じた剣風により、蛇を受け流していた。

「両翼にいる来訪者連中も相当な使い手だ。とはいえ」

　左右にいる蛇の魔力が高まる。魔神は膨れ上がったその力を用いて、強引に倒そうという腹づもりだった。

「打ち合ってわかった。女の方はどうやら相当強い霊具を持っているが、もう片方の男はそうでもない」

　霊具が成長しているか否《いな》かの違いだ――ユキトはそう断じたが、そちらを援護しようとはしなかった。

　なぜなら、わかっていたから――この戦いの重さと、何より仲間に託された想い。それによって、何が起こるのかを。

　左側の蛇がとどろき、オウキに喰《く》らいつこうと動いた――しかし、彼の魔力が、一瞬膨れ上がる。

「――何!?」

　予想外の変化だったらしくザルグスは驚愕《きょうがく》した。刹那、オウキの剣は瞬く間に漆黒の蛇へと注がれ、恐ろしい数を叩《たた》き込まれる。徐々に蛇の体が削られ、霧散していく。

「そいつも成長したってわけか……やっぱ来訪者連中には、正攻法でやるもんじゃねえな」

「だが今のお前には、それしか選択肢がないだろう?」

問い掛けにザルグスの口が止まる。闇が真正面に存在しているため、その姿は見えないが、忌々《いまいま》しげに目を細めていることは、想像がつく。

「先ほどの俺達がやった一斉攻撃……それに対する罠《わな》はもう通用しない」

「それで有利だとのたまうつもりか？」

「王女とイズミの霊具強化により、漆黒も削り飛ばせる……確かにお前は天級霊具の解析によって、こちらを圧倒する力を得た……でも俺達には、それを打破する技術がある」

ユキトの後方――シェリス王女とイズミが作業を続ける。その周囲は王女が構築した結界が構成され、蛇の侵入を阻《はば》んでいた。

「技術か……確かに脅威だが、それだけでは――」

「なおかつ、わかっていることが三つある」

ユキトはそう明言すると、

「まず、お前……一度に操作できる闇の数は、三体くらいが限界なんだろ？」

沈黙が生じる。だがユキトは構わず続ける。

「さっきの戦い、俺達を真正面から狙った蛇が攻撃する間、他の個体はあまり動いていなかった。結界を壊すために動いても良かったはずだが、それすらやらなかったというのは、明らかにおかしい。ただ操作できる数に限界があると仮定すれば、説明できる。相手の動きに対応した攻撃は、意識を相当集中させないと実行できず、複雑な操作は一体が限界。でもまあ、単純な動きなら、複数体操作できる」

左右の戦いは続いている。レオナとオウキの霊具が闇を払い吹き飛ばすが、蛇は再生を繰り返す。

「二つ目、お前自身はほとんど動けない……背から漆黒を出して蛇を操る間はまともに動けない」

「それが、どうした？」

「これだけ凶悪な存在を扱えるんだ。お前が動く必要はないかもしれないが……最大の問題は操作に集中した結果、自分の固有能力すら出せないようになった点。こうして会話をする間も、お得意の影は出していない。そちらに注げるリソースがないわけだ」

魔力的には余裕なはず。だが人ひとりの意識では、あれもこれもとやるのは難しい。

「そして最後、お前は得た魔力で魔物を作成するが、強力なものを作成するため魔力が拡散しこちらは捕捉できる……地中に、魔物を潜ませているな？」

ユキトは横にいるダインへ目を向けた。彼は霊具の能力を行使して攻撃を喰《く》らわないようにしている。

「奇襲するために用意したか、それともダインの能力を見て警戒したか……とはいえ手の内がバレているなら、魔物を用いた攻撃は怖くない。そしてこっちは霊具を強化した。一時的なものだが、お前に刃《やいば》は届くし、防御もできる」

「……なら、こっちがこういう手段をとることだってわかるな？」

ザルグスが応じた瞬間、ユキトの背後――大地が抉《えぐ》れ、新たな漆黒が姿を現した。

だがその形は蛇ではない。言うなれば、甲冑《かっちゅう》を着込んだ黒騎士。ユキト達と王女達を分断する形で出現し、威嚇《いかく》のためか咆哮《ほうこう》を上げた。

「これで最後……ダイン、頼んでいいか？」

「ああ」

ユキトに背を向け、ダインは黒騎士へと向かう。ここで再び、ザルグスは発言した。

「これも予想の内って言いたいのか？」

「さっきも言った通り、一度に操作できる蛇の数には限界がある……今も左右で交戦中であり、ちょっとでも油断すれば突破される。加えて俺にも意識を向けなければならない。その状況で作成するならば、自立的に稼働できる個体だけというわけだ。なら、十分戦える」

ユキトの言葉を証明するように、黒騎士は大地から出現したがザルグスから魔力の供給を受けていない。

「今この場で大量に魔物を作成すれば、俺達は窮地《きゅうち》に立たされるが……蛇を操る間は即座に作成ができない。これでお前は、持ち駒を全て投入したわけだ」

「――だが、このまま戦い続けても負けるだけだぜ？」

ザルグスは言う。ユキトもそれには内心同意した。黒騎士以外は、大地から吸収した魔力を付与されている。長期戦となれば、先に力尽きるのはユキト達の方だ。

「だが、これで舞台は整った。これで本当に終わらせよう――！」

「望むところだ！」

巨大な蛇が迫る。それに応じるべく、ユキトは魔力を高め交戦を開始した。

＊＊＊

（すごい……）

セシルは驚愕《きょうがく》をもって目前の戦場を眺めていた。ユキトが得た情報と、シェリス王女が得た情報。それによって、現在のザルグスがどういう状況なのかを看破。相手のリソースを全て表に出させた。

『――砦《とりで》へ接近すれば、敵の数については明確になります。魔神ザルグスは巨大な魔力を得たが故に隠すことができないため、大地に仕込みをしていてもこちらにはわかります』

そうシェリス王女は一時間前に語った。どのような戦略なのか――不安を抱いていたセシルの心を解きほぐすような、明瞭な説明だった。

『敵の数によって、こちらも立ち回り方を変えます。敵が持つ戦力を全て盤面に出させたら、第一段階は終了です。次に、敵の力に対抗する策を実行します――』

「イズミ様！」

シェリス王女は叫び、イズミは応えるべく片膝立《かたひざだ》ちとなって両手を地面につけた。次いでシェリス王女も結界を維持しながら握る槍《やり》の柄の先端を地面につけ、魔力を静かに高める。

次の段階に移った。作業が終わるまでシェリス王女達は無防備。目前にいる黒騎士。その対処は、セシルやダインが行わなければならない。

（これも想定の内……だけど）

勝てるのか。霊具の成長を果たしたアユミの援護があるけれど、彼女は左右に広がった騎士の援護も任されている。頼りにする前提では動けない。

セシルは呼吸を整える。たとえどんな結末だとしても――絶対に、作戦は成功させなければならない。

「私が、出る」

同僚の騎士に伝えると、セシルは王女が張る結界の外へ出て黒騎士と対峙《たいじ》した。相手の背後にはダインがいて、いつでも斬り掛かれる体勢に入っている。

セシルはダインに視線を向けた。いつでもいい――そう彼が目で返答した直後、黒騎士が咆哮《ほうこう》を上げた。

来る、と察知した矢先に漆黒の剣が一閃《いっせん》された。セシルはその軌道を見極め、全力でかわす。そして懐へ潜り込むべく、足を前に出した。

――霊具の強化により、セシルも身体能力が上がっている。少なくとも目前にいる魔物の動きを捉えることはできる。問題は、自分の剣が通用するのかどうかだけ。

（臆するな……！）

セシルはさらに踏み込む。メイやイズミから受けた強化による高揚感が、その動きを加速させる。

そして、刃《やいば》が騎士へ届く――ザシュ、と一つ音を立てて鎧《よろい》部分を大きく切り裂いた。闇が削れ、反動で黒騎士は動きを止める。同時、隙《すき》を見逃さなかったダインの短剣が、魔物の首へ突き立てられる。

ドン――と音がして、彼の霊具は完全に突き刺さった。だが同時に黒騎士は振り払うべく回転切りを放つ。途端、ダインは間合いを脱しセシルもまた、後退する。

（効いている……！）

攻撃によって、魔力が減少しているのがわかった。独立した個体であるため、攻撃して傷つければそれだけ魔力を削り取れる。

全部を削る必要はない。三分の一でも減らせば目前の魔物は再起不能に陥るはずだった。セシルは剣を握り直し、なおも前に出る。

守勢に回れば終わる——そんな予感がセシルにはあった。もし危なくなれば結界内に退避すればいい、という甘えは出さない。そもそも、結界で目前の敵が放つ攻撃を防げるかどうかという保証もない。

策を確実に実行するためには、ここで倒さなければ——セシルがなおも仕掛けようとした時、黒騎士が動きその標的をセシルへ見定める。

刹那、敵は上段からの振り下ろしを見舞った。魔力を伴ったそれは、たとえ防御しても耐えきることはできないだろうと確信させるほどの勢い。セシルは即座に回避へと転じ、漆黒の剣は地面に激突する。

土砂が舞い上がり、難を逃れたセシルは反撃しようとするが、それよりも先に黒騎士の切り返しが待っていた。ここでセシルはあえて前に出る。剣の軌道を読み、自身の剣で受け流しながら間合いを詰める——次の瞬間、セシルは黒騎士の剣を受けた。

「くっ！」

声を上げたが、抵抗できないほどではなかった。霊具の強化によるものだと思いながら、さらなる一撃をセシルは叩《たた》き込んだ。魔物はそれでさらに咆哮《ほうこう》を上げ、ダインもまた短剣により魔物の脇腹へ刃を入れる。確実に、魔力が減っている。

(だけど……果たしてもつの？)

施された霊具強化も限界がある。消耗戦となれば、相手が優位に立っているのは間違いない。

（でも、ここで下がったら……！）

セシルは不安を押し殺し、足を前に。ダインも応じるように背後から魔物を攻撃しようとして——それは起きた。

黒い騎士の全身から、魔力が迸《ほとばし》った。ザルグスが何か仕掛けたのかと思ったが、違う。敵の動きを見て、戦法を切り替えるように予め仕込まれていたのだろう。

セシルは選択に迫られる。様子を窺《うかが》うか、それともなお攻勢に出るか。選択と、迷い。結果は、セシルが自ら選ぶより先に、相手が動いた。

魔力が、闇の塊となってセシルを襲った。言うなればそれは闇の矢。ダインは能力を行使して防いだ——が、セシルはそうはいかなかった。

「っ……！」

全力で剣を振り、闇を弾き飛ばす。それにより防御はできた。しかし、剣に集束した霊具強化の魔力が大きく減ったのを直感した。この状態で剣を受ければどうなるか。セシルは即座に自分が苦境に立たされたことを理解する。

どうすればいい——胸中で呟《つぶや》く間にも黒騎士は動く。魔力はその身体能力をも高めたか、斬撃が先ほど以上の鋭さでセシルへ迫った。どうにか回避するが、次の剣が繰り出され反撃の糸口が見つからない。

駄目だ、と屈しそうになるのをどうにか抑えながら、セシルは歯を食いしばって剣をかわし続ける。その時アユミからの援護が入り、矢が黒騎士の頭部を貫いたが――動きはほとんど変わらなかった。

ダインもまた、俊敏さを増した黒騎士を前に突撃するのを躊躇《ためら》った。刃を突き刺せた瞬間を狙い、反撃してくる可能性がある――そう判断したが故の行動。セシルはそれでいい、と思うのと同時に覚悟を、決めた。

（ここで、私は果てても……）

自己を犠牲にすることしか思いつかない自分に、自身の力のなさに、セシルは悔しい思いだった。シャディ王国で迷宮に捕らわれた時、ユキトは言った。死にに行くような選択肢は、駄目だと。

その言葉を真正面から聞いていてなお、自分は――漆黒の剣が迫る。どうにか剣で弾き、受け流し、切り返しも必死に防いだ直後、パチリと刀身から音がした。それは霊具に付与された魔法の効果が切れたことを意味するもの。

「っ……！」

イズミが付与した魔力が尽きた。苛烈《かれつ》な攻撃を受け続けたせいか、予想以上に消耗が早かった。これで、もう――残る状況は、結界内に逃げるほかない。

「セシル！」

状況を察したアユミが叫んだ。弓を引き絞り、矢を放とうと援護を試みる。

だが、黒騎士の攻撃に一歩間に合わない。斬撃が、襲い掛かってくる。それを止める手立ては、今のセシルになかった。

どうにか防御をして――けれど持っている剣ごと両断される未来が見えた。これで決めるという気概の黒騎士を前に、セシルになす術《すべ》はなかった。

（でも――）

だがそうだとしても、セシルは自らを鼓舞するように歯を食いしばり、応じようとした。刹那、脳裏に生じたのは――ユキトとの出会いだった。

景色がスローモーションになる。刃《やいば》が近づく間に感じたことは、ユキトに対し申し訳ないという思いと――

（あ……）

メイは祝宴の際に、言った。自分に素直になってほしいと。正直になってほしいと。その言葉が頭の中を駆け巡って、一瞬だけセシルは騎士という立場が剥《は》がれ、たった一人の女性として、この場にいた。

走馬灯のように記憶が蘇える。故郷の村、段々畑、騎士として、霊具を手にした日のこと。邪竜が出現し、世界を蹂躙《じゅうりん》し始めたあの日。燃えさかる村や、崩壊する町。そして、戦う意思を示した来訪者――ユキト。

彼の姿を思い浮かべた直後、最後に残ったのはある感情だった。

(死にたく、ない……)

そうだ、と。騎士として殉《じゅん》ずる覚悟はしていた。けれど、それでもなお――ユキトの隣に立ち続けたいという想いと、死にたくないという感情が混ざり合った。

それはまさしく、全てをさらけ出した果てにあった、心の奥底――衝動的に霊具を握りしめる。いまだかつてないほど、全力で。

直後――それは起きた。

霊具が、一際強く輝いた。セシルは無我夢中で剣を振るう。イズミの魔力が残っていない本来の霊具、その力を、全力で引き出して薙《な》いだ。

轟音《ごうおん》が、戦場を一時支配した。セシルは攻防の結果を、自分が果たした光景を見据え、あやうく震えそうだった。

――圧倒的な黒騎士の剣を、セシルは真正面から受け、弾き飛ばしていた。

「霊具の……成長……!?」

ダインが声を発し、セシルもその事実に驚愕《きょうがく》しながらも、確信を抱いた。

(私は、わかっていなかった……!)

霊具の名は『護王《ごおう》の剣』――他者を守るための剣であると認識し、それを活用するべく戦場で戦ってきた。

（でも、だからといって、自分を省みない者が、真価を発揮できるわけがない……！）

騎士としての立場ではなく、むき出しになった自分の本性を理解し、セシルは剣を振るった。霊具はその意識に準じ、余すところなく応じ始める。

シェリス王女が行った説明と、メイからの助言、そして何よりユキトに対する想いが混ざり、彼女は完全に覚醒した。メイの歌声による補助もあり、セシルは黒騎士の刃《やいば》を、完璧に押し返す。

いける、と踏んだセシルは足を前に出した。それに呼応するようにダインもまた動く。さらに、背後でアユミが援護に入るべく魔力を高めているのを察した。

霊具の特性から、目で見ずとも戦況が克明に理解できた。左右にいる来訪者や騎士は犠牲なく戦い続けている。ユキトは漆黒の蛇の攻撃を受け流し、膠着《こうちゃく》状態に陥っている。戦況は一進一退だった。

だが、それを自分が変える――霊具の成長による高揚感か、そんな感情さえ抱きながら、セシルは魔物へ向け渾身《こんしん》の一撃を与えた。

それは鎧《よろい》を大きく削り、魔力が白い光の粒子となって尾を引き、大気に散らばる光景を生み出した。そして敵はセシルが目視でわかるほどに魔力を減らす。そこへダインが攻撃を加えることで、動きを鈍《にぶ》らせた。

「ダイン！　このまま追撃を！」

「了解した！」

返事が聞こえると同時、背後から魔力。アユミの攻撃だと思った矢先、その矢が黒騎士の頭部を直撃し、その体を震わせる。

彼女にとって、最高の一撃であったのは間違いない。黒騎士が怯《ひる》み、それは霊具の成長によって大きく能力を強化したセシルにとって、十分すぎる隙《すき》だった。

大地を踏み抜き、勢いを殺さぬまま間合いを詰める。黒騎士は反応した――が、それより先にセシルの剣が入った。魔力を限界まで高めた斬撃。それは鎧《よろい》を砕き、とうとう黒騎士がまとっていた魔力が完全に消失した。

そこにダインの刃が入る。首を狙った一閃《いっせん》は綺麗に振り抜かれ、黒騎士の首と体が分離した。

ついに、黒騎士は、倒れ伏《ふ》す。やった、とセシルは思いながら状況を確認。左右の戦いはまだ続いている。もちろんユキトも戦っているが――

「……セシル様、ありがとうございます」

シェリス王女が言った。次の瞬間、彼女と、イズミの魔力が膨れ上がる。

「大地の主よ！　我らの声に応えよ。その力を示せ――!!」

王女の言葉が響き渡る。直後、二人の魔力が戦場を包み込んだ。

＊＊＊

漆黒の蛇と戦っていたユキトは、シェリス王女とイズミの魔法が発動した直後、明確な変化を感じ取る。膨大な魔力――それこそ、どれだけ探っても底が見えない、深淵の穴を想像させるような力を誇っていた目の前の存在が、はっきりと形を成した。

左右でレオナやオウキ達が迎え撃っていた蛇も同様だった。魔法が成功し、ザルグスをさらに追い込んだことが明瞭となった。

「なるほど、結界を用いて……大地との接続を遮断したのか」

ザアッ、と巨大な蛇が一瞬にして霧散して、奥にいたザルグスが姿を現した。その姿は先ほどと変わらなかったが、圧倒的な力は消え失《う》せた。

次いで左右にいた蛇が姿を消す。同時に、真正面にいるザルグスの気配が、明らかに濃くなった。

「俺の強さ……その源泉は大地から供給されている魔力にある。ならば魔力吸収を封じてしまえば、始末は容易《たやす》いって話だな？」

ユキトは無言でザルグスと対峙《たいじ》する。油断はない。まだ大地から吸い上げた力が、相手の身の内に残っている。左右にいた蛇すらも取り込んだ以上、ユキトは以前シャディ王国で戦った、あの悪魔以上の強さを――それこそ、この場で戦い続けられるだけの余力を残していると断じる。

「なおかつ、警戒は緩めない……か」

左右にいたレオナやオウキ、さらに騎士達が近づいてくる。人数の上では有利だが、彼らは全員肩で息をしているような状況。限界近いのが見て取れ、それは後方に控えるセシルも同様だった。

「……セシル」

振り返らずともユキトはわかっていた。霊具の成長を果たし、強敵を倒した彼女だが、唐突な覚醒によって、相当消耗している。

「シェリス王女を守ってくれ」

「わかったわ」

彼女も素直に引き下がる。そしてシェリス王女とイズミについては、魔法を維持するために動けない。

それに対しユキトは――

「あれだけ戦っておいて、息一つ上がっていねえとは、恐れ入る」

ザルグスは目を細め、憎しみを込めた瞳でユキトを見据えた。

「シャディ王国との戦いで得た霊具……模倣《もほう》能力があると解釈しているが……相当強力な霊具だな？」

ユキトは何も答えない。無言のまま剣を構え、魔神と相対する。

戦いの前にユキトはディルへ指示し、霊具を食べさせた。先ほどセシルと黒騎士が戦っていた際、ピンチの彼女へ能力を行使しようと動いたが、発動寸前で彼女は覚醒したため結局使わなかった。よって今の今まで隠し通せている。

勝機を見いだすのなら、間違いなくここ——ユキトはそう覚悟を決めて、口を開く。

「ダイン、俺の横に」

指示に対し、彼は進み出てユキトの横に立った。呼んだ理由は因縁の相手だからというのもあったが、一番の理由は彼だけは余力があるとわかったためだ。

「最後の最後でお前ら二人か」

一方でザルグスは凶暴な笑みを見せ、手を振った。途端、砦《とりで》の周辺や大地から何体もの黒騎士が出現する。蛇を消した今は、魔物の作成も思い通りにできるようになっていた。

「これだけの人数に攻め立てられたらさすがにキツいが、まだやりようはある。他の奴らは限界近いみたいだから、時間稼ぎにはなるだろ」

仲間や騎士達は応戦する構え。しかし援護は厳しい——決着は、ユキトとダインの二人に委ねられた。

「それじゃあ、今度こそ本当に終わりにしようじゃねえか！」

ザルグスは背に存在していた漆黒を、まとった。一瞬の出来事だったが、その体が周辺にいる黒騎士と酷似するように――だが大きく異なる点は、体は肌に張り付くような衣服を着ているかのように見え、騎士というよりは筋骨隆々の悪魔を想起させる。

変化はそれだけではなかった。その体に、幾重にも白い線が走る。それは奇っ怪な紋様のようであり、また同時に魔神とは異なる力を感じ取った。

『天神の技術……』

ディルがユキトの頭の中で呟《つぶや》く。

『アイツの体に天神の魔力はない。でも、天神の技術で魔力を吸い上げているから、力の一部が天神の魔力に類するものへ変化している』

解説の直後だった。ザルグスの両手に短剣が生まれ、魔力が威嚇《いかく》するようにユキトやダインの体に叩《たた》きつけられる。世界を恨み、怒り、全てを破壊してやるという意志が、そこには確かに存在していた。

『――ガアアアアアッ！』

次に発せられた声はどこか無機質なもの。人であることを捨て、名を捨てた一個の魔神が、そこにはいた。

「ユキトさん」

ダインが告げる。その目には、確固たる決意が宿っていた。

「俺は全力を尽くす……ヤツを、倒そう」

「ああ」

返事と共にユキトは魔力を限界まで高めた。ザルグスもまたそれに倣《なら》い、天へと昇るほどの凶悪な魔力を発しながら、突撃する。

瞬《まばた》きをする程度の時間で、ユキトは魔神と肉薄した。周囲の騎士が棒立ちのまま首をはねられるであろう速度。しかしユキトはしっかりと捉えていた。

ディルと短剣が激突する。魔力が弾け金属音が生じ、火花を散らして刃《やいば》が幾度も激突する。

その膂力《りょりょく》も魔力も、既にザインであった頃とは比べものにならなくなっていた。雄叫《おたけ》びを上げながら繰り出される剣戟《けんげき》は、どこまでも鋭く、また精密だった。人を捨て、同胞である信奉者を喰《く》らい力を得てなお、持ちうる技術は捨てていない。むしろ、その剣術を高めるために編み出した技法だと錯覚するほどであった。

『オオオオオオッ！』

声を響かせながらザルグスは怒濤《どとう》の攻撃を見せる。ユキトはそれを真正面から受けつつ、機会を窺《うかが》う。目前の相手――魔神を倒す、絶好の勝機を。

一方でダインは動いていない。ユキト達の攻防を少し離れた位置で観察していた。迂闊《うかつ》に飛び込めるような戦いではない。邪魔立てしないための処置であった。

その時、ユキトはふと思い返す。それは決戦前、この戦場に赴《おもむ》く前の会話だった――

「……本当に上手《うま》くいくのかわからないけど、作戦としては良いと思う」

魔神ザルグスとの決戦直前、出陣する仲間達と輪になって作戦内容の最終確認をするとユキトはそう発言した。

第一段階でザルグスが持つ能力を可能な限り分散して時間稼ぎを行う――ユキトとシェリス王女が退却の際に見極めた情報によるものであり、この点は大丈夫だろうと仲間達も納得した。

そして第二段階でシェリス王女とイズミの結界により大地との接続を切る。これでザルグスは魔力の供給が断たれ、身の内に残った魔力だけで戦うことになるため、勝機を見いだせる。

「けれど残った魔力だけでも……現時点の推測においても、相当量が残るでしょう」

シェリス王女は断じる。もし仲間達が魔物を食い止める必要があったなら、ユキトが魔神と単独で戦う可能性もある。いかに天級霊具所持者とはいえ、それは危険ではと王女は主張する。

しかしユキトは、違う見解だった。

「ディルの能力……それを使えば、打開できると思います」

「その能力は……魔神にも対抗できると？」

「はい」

明瞭な返答に、シェリス王女は押し黙る。そこでユキトは、

「不安なのはわかります。けれどここは、信じてください」

「……他ならぬ、黒の勇者が言う以上、私からは何も言えませんね。わかりました、魔神との決戦は、ユキト様にお任せします」

その言葉に頷《うなず》いたユキトは、硬い表情で仲間達が見つめる中、口を開いた。

「とはいえ、トドメまで持っていけるかは不確定です。なので、もう一人の鍵……ダインの力を借ります」

指名を受けた本人は、最初驚いた。

「俺が……!?」

「ああ……イズミ、ダインにも霊具強化を付与したけど、今からもう一つだけ、頼まれてくれないか？」

「決戦の際に使える強化を施すってこと？」

「そうだ。といっても特別なことをする必要はない……ダイン、もし俺と共に戦うことになったら、俺のことは気にしなくていい。自分の能力を用いて、どうか魔神を討ってくれ
――」

背後に回ったダインに対しザルグスは一瞬動きを止めた。ユキトが踏み込むにしては短すぎる時間だったが、変化は見逃さなかった。

（警戒している……！）

その理由は二つ。ザルグスはまだ弟の霊具について推測しているにしろ、解析まではできていない。攻撃をすり抜けるという能力を保有しているダインが何か仕掛けてくるかもしれないと考え——魔力で武装してもザルグスの理性はまだ残っている。それによって、意識をダインへ向けている。これだけで、ユキトには十分な援護になっている。

そして、ダインが握る霊具から発せられる魔力——それはイズミによる強化が施され、明らかに先ほどの戦いとは異なるほど気配が増している。何か仕込んでいるとザルグスは明瞭に感じ取るが故に、警戒を余儀なくされる。

ユキトは魔力により強化を行い、さらにザルグスへ斬撃を飛ばす。だがそれを、相手は平然と捌《さば》いていく。一時でも気を抜けばたちまち剣が弾き飛ばされるような力。それを受けながらユキトは表情を変えることなく、剣を放ち続ける。

（いずれ相手も限界が来る。持っている魔力が尽きれば、動かざるを得なくなる）

その時が来たら——ザルグスはさらに火を噴くように攻め立てた。一太刀《ひとたち》ごとに鋭さが増し、これまで大地から吸い込んだ魔力を全て注ぎ、目の前のユキトを倒す。そんな気概に満ちていた。

　その猛攻は、間違いなくユキトが体験したこれまでの敵と比べてもっとも苛烈《かれつ》だった。力を緩めるだけで首が飛ぶほどの攻撃。頭で考える暇すらなく、これまで培ってきた鍛錬と霊具の能力で、斬撃を防いでいく。針に糸を通すようなわずかな隙《すき》でユキトは反撃を試みるが、恐ろしい速度でザルグスは完璧に弾き返す。

『──シャアアアアアッ！』

　勝てると確信したか、あるいは好機だと感じたか、ザルグスはさらに攻めを強くした。だが、ダインへの警戒は緩んでいない──まだ理性は残っている。

　ユキトは無言で攻勢に抗う。一瞬でも手の動きが遅ければ終わるだろう。しかし恐怖はなかった。湧き上がってくる魔力──ディルを通して、そして彼女が食べた霊具の力が、大丈夫だと背中を後押しする。

　目に留まらぬ剣戟《けんげき》が津波のごとく押し寄せ、ユキトはそれでもなお──だが、たった一撃。それを防いだ時、ユキトの体勢がわずかにぐらついた。

　ザルグスはそれを見逃さなかった。短剣に魔力を集中させ、ユキトの首に一気に向ける。

「──っ！」

　その時、ユキトは仲間の声を耳にした。やはり黒の勇者であっても、と誰もが思った瞬間だったかもしれない。

けれど――刹那、ザルグスの短剣が、何か硬い物に阻《はば》まれた。刃はユキトの首へしかと入った。しかし、まるで金属に触れたかのような音がして、止まった。

『……ア？』

声を上げた際に一瞬生まれた隙《すき》を逃さず、ユキトは剣を薙《な》いだ。ワンテンポ遅れて相手は回避に転じたが、斬撃はしかと相手の体に入った。

『――ガアアアッ！』

獣の咆哮《ほうこう》。ザルグスの顔がユキトへ向く。顔を覆っているため、表情を窺《うかが》い知ることはできない。だが、ユキトはザルグスが何を言いたいのか克明に理解した。

その結界は、蛇の攻撃を防いだ、あの盾の霊具じゃないかと。

「ああ、そうだ」

左腕に魔力を集める。ベルファ王国の天級霊具ではなく、仲間――リュウヘイの霊具を、ユキトはその身に宿していた。

ザルグスはディルの特性をつぶさに理解しただろう。まさか霊具を取り込む能力だったとは――と、声を発しないまでも気配で伝わってくる。剣を受け、さらに強固な守りまで手にしたユキトに加え、ダインもいる。

だからなのか、ザルグスの決断は早かった。憎悪の気配を発しながら、足の軸を後ろに移そうとした。逃げる気だとユキトは直感し、左腕を振り、相手の背後に一瞬で結界を生み出した。

　それは守るのではなく、逃亡を防ぐためのもの。

「お前はここで必ず倒す！」

　距離をとったため仕切り直しの状況。だが負傷したザルグスに対し、ユキトは健在であり、

「ダイン！」

「ああ！」

　呼び掛けに、彼は即座に応じた。霊具に秘められていた魔力を限界まで引き出し、ザルグスと対峙《たいじ》する。

「ディル、やれるな!?」

『もちろん！』

　相棒の言葉を聞いて、ユキトは臆することなく足を前に出した。途端、背後に気配を感じ取った。それは先ほど倒れた仲間のものであり、間違いなく幻だが――霊具を取り込んだ故か、はっきりと声まで聞こえた。

『頼むぜ、ユキト』

「おおおおおっ！」

　今度はユキトが猛攻を仕掛ける番だった。ザルグスは最初の一撃を、短剣を握る両腕を

交差させて受けたが、衝撃を殺しきれなかったのか体勢を崩した。

そこから、連撃を繰り出す。ザルグスはそれを捌《さば》きながら反撃に糸口を見いだそうとして――しかし、防ぐことしかできなかった。負傷により動きが鈍《にぶ》り、限界が近くなっている。

だからユキトは、渾身《こんしん》の一撃を見舞うべく瞬間的に魔力を込めた。メイの歌声による強化と今まで得てきた技術。そして何より仲間の霊具が、その剣戟《けんげき》を実現させた。

ザルグスはそれに対抗しようとした。残り少ない魔力を全て防御に回し、短剣に今まで以上の力が集束していく。そこにユキトの剣が入り、魔力が爆発するように膨らむと、ついにザルグスの短剣が、パキィンと割れた。

そこからは一瞬の出来事だった。どうにか回避しようとしたザルグスの体に、再びユキトの剣が入る。魔力が薄くなり、衝撃をモロに受けたザルグスの体躯《たいく》は、刃が通った場所の黒が剥《は》がれ奥にある肉体をさらけ出す。

そして、顔を覆っていた黒もまた半分が砕け、見えたザルグスの顔。そこにはなおも怒りが存在していた。

「まだだ、俺はまだ……！」

魔力を振り絞る。それによって生じた気配は、自らの命すらも省みず暴走しそうなほどの規模。砕かれた短剣に変わり、魔力の塊そのものが両手に集束していく。

もしそれが放たれれば、周囲に張られている結界すらも打ち砕くであろうことは明瞭だった。逃げるためか、それとも自爆同然に仕掛けるかはわからなかったが——剣を振り終えたユキトはその光景に反応が一歩遅れた。

ただ、逃げも隠れもしなかった。理由は今この時、最後の一撃を加える仲間が、先に動いたからだ。

「いや、終わりだよ」

宣告したのはダイン。暴走する魔力の中で、彼はユキトの体をすり抜け剣を放ち、ザルグスの心臓を、刺し貫いた。

「——あ？」

何をされたかわからない、といった風にザルグスは声を上げる。ユキトは追撃しなかった。相手の体に集結していた魔力が——大地から得ていた魔力と、邪竜の気配が消えていくのを視認できたからだ。

「待て、よ。俺、は……」

「じゃあな、兄貴」

剣を引き抜いたダインがユキトの隣まで後退した時、ザルグスは力をなくした瞳で二人を一瞥《いちべつ》し、

「——あああああっ！」

振り絞った声と共に、黒く染まった体が霧散した。魔力が大気中に溶けて消え、完全に気配がなくなったのを確認すると、ユキトはようやく結界を解いた。

ザルグスが生み出した黒騎士も全て仲間達が倒した。独立する形で生まれた敵は魔神が消滅してもなお残ったが、影響はあったらしく動きが鈍《にぶ》り、そこからはあっという間だった。

そして——一時の沈黙の後、ユキトは天を仰いだ。

「勝ったな……」

「ああ」

『お疲れ』

ダインとディルが応じる。騎士や仲間が歓声を上げる中、ユキトは肩の荷が下りたような気がした。

戦いの後、一行は速やかに撤収作業を始めた。ユキトは念のためザインを追跡する霊具を用いたが、やはり見つからず本当に終わったのだと確信する。

「ユキト、怪我《けが》は？」

人の姿になったディルの問い掛けにユキトは自分の体を確認し、

「平気だよ。でもさすがに……限界は近いな」

迷宮内を延々戦い続けられるだけの能力を持つユキトでも、相当な疲労が溜まっていた。新たに得た霊具を用いた戦い――それはどうやら、想像以上に体力をすり減らすものであるらしい。

「ま、能力の使い方は慣れれば問題なくなるし、鍛錬次第でしょ」

と、ディルは述べユキトは頷《うなず》きつつも、まだまだ道半《みちなか》ばだなと断じる。

(犠牲は生まれたが、宿敵を倒すことはできた……けれど邪竜を倒すには、さらに強くならないと)

心の中で呟《つぶや》いていると、セシルが近寄ってくる。

「これで、本当に終わったわね」

「ああ……セシル、霊具の成長をしたみたいだけど」

「この世界の人にとって、霊具成長というのは極めて異例のことだけど……あなた達と一緒にいたから、かしら」

「俺達、来訪者と?」

「推測だけれど……これで少しは、役に立てるかしら」

「ずっとセシルには助けられているよ……改めて、よろしく」

「ええ」

セシルと話していると、足音が聞こえてきた。見ればシェリス王女がユキト達の下へ歩み寄ってきていた。

「……本当に、ありがとうございました」

二人に礼を告げるシェリス王女。それにユキトは、

「俺達は、ザイン討伐という目的を果たしただけです。むしろベルファ王国の協力がなければ成しえなかった……こちらこそお礼を言わないと」

その言葉にシェリス王女は小さく首を横に振る。

「あなた方がこの国の脅威を退けたのは事実ですから……ベルファ王国は、シャディ王国と共にフィスデイル王国に協力致します。まだ国内に『魔神の巣』が残っているため、すぐにとはいきませんが……必ず、邪竜との戦いにはせ参じます」

「ありがとうございます」

礼を述べたユキトにシェリス王女は一礼し、背を向け騎士達の下へ。そこから号令を発し、一行は崩壊した砦《とりで》を後にする。

その中でユキトは気になった人物へ声を掛けた。

「……ダイン」

黙々と進む彼は、ユキトの言葉で我に返ったように顔を上げる。

「ユキトさんか……どうした？」

「目的を果たしたけど、これからどうする？」

「これから、か。正直、何も考えていないが……邪竜との戦いが続いている以上、それが終わるまでは──」

「なら、俺達と一緒に戦わないか？」

「……ユキトさん達と？」

「能力的にも十分だし、何より今回の戦いを通して……心強いと思ったんだ」

「良いかもしれないわね」

セシルも同調。ダインはなお困惑した様子だったが、近くで話を聞いていた仲間達も賛同する声を上げた。

「俺達としては、是非ってくらいなんだけど、どうだ？」

「……正直、戦力としてはそれほど当てになるかわからないぞ？」

「頼もしいと思ってるけどな。その戦いぶりは」

ダインは本当か、と疑わしげな視線を向けていたが──やがて、

「他ならぬ黒の勇者からそう言われたら、やるしかなさそうだな」

「いいんだな？」

「ああ……喜んで協力させてもらう」

にこやかに応じるダイン。彼の姿は晴れ晴れとしていた。

「……もし、辛《つら》くなったら相談してくれよ」

「ヤツのことか？　とっくの昔に吹っ切れているさ……俺のような悲劇を生み出さないよう、戦おう」

ダインは決意を固め、誓う。ユキトは右手を差し出し彼と握手を交わし――森の中へ入り拠点へと歩みを進めた。

＊　＊　＊

砦《とりで》の戦いが終わり、そこから離れた山岳地帯――来訪者やベルファ王国騎士団が進むのとは逆方向。そこに岩壁に手をつきながら歩く者がいた。

「やれやれ……だな。まさかここまでして負けるとは」

他ならぬ魔神ザルグス――いや、ザインだった。力を得て、今度こそ因縁の相手と決着をと戦ったが、人間達の策の前に、さらに言えば黒の勇者と、生き残り刃《やいば》を向ける弟の執念――その二つの前に、敗れ去った。

だが、ザインは滅んでいなかった。消え去る寸前に影を生み、ザインはそれこそ自らの気配さえ変えながら、逃げた。今は魔力も枯渇《こかつ》し、いつ滅んでもおかしくない状況。だが、それでも憎悪の炎は絶やさなかった。

「まだ、終わってないぞ……唯一、技術は手元に残った。魔物を喰《く》らい、力をつければ、俺は……」

ボロボロの状態で、ザインは呟《つぶや》く。ただ、それが絶望的なものであることは、他ならぬザイン自身がわかっていた。

心臓を貫かれなお生存しているのは、ひとえに邪竜の力によって人を捨てたが故のものだが、黒の勇者が放った一撃を受け、魔力を蓄える器さえ破壊された。怪我《けが》が回復しても、同じように——霊脈から力を取り込むほどの強さを得ることは、できない。

そもそも、あれだけの力を抱えること自体が無茶だった。どこからか魔力を得なければ、その莫大《ばくだい》な力や体を維持できず、滅び去るしかないことはわかっていた。けれどザインはそれを望んだ。力を得るためならば、代償などいくらでも受ける。そういう心情だったが——

『あれだけやっても、やはり結果は負けか』

声がした。それにザインは立ち止まり、視線を巡らせる。

純粋にあり得ないと思った。極限まで気配は消した。邪竜の力を身に宿してはいるが、それを無理矢理抑え込み、露見するヘマはしていないはずだった。それなのに、

『見つかったのが意外か？　単純な話だ。今回の戦いを常に監視していただけのことだ』

振り返れば、闇がそこにあった。邪竜——ザインにとって従うべき、それでいて倒すべき障害。

『特に今回の戦いは異例だったからな……人の身を捨てた者達でどこまで戦えるのか……結果から言えば、人間の成長を甘く見ていた。特に来訪者は危険だ。何せ、他の人間にまで影響を与える……それは高い能力によるものであり、また同時にこの世界にはない倫観なども関係しているようだ』

「……世界に、変革をもたらすとでも言いたいのか？」

ザインはほとんど残っていない力を動員し、短剣を抜いて握りしめる。

『ああ、そういう可能性もある。聖剣所持者だけではない。この世界の人間にとって来訪者達は、まばゆい……それこそ、世界の救世主であり象徴だ。その気になれば、彼らが世界の覇権を握る可能性だってあるが、彼らはそのつもりはないようだな』

「奴らは甘ちゃんだからな。人間をどうこうする気がないだけだろ」

『かもしれん……さて、ザイン。多数の来訪者を始末した事実から評価を与えたいところだが、我とて看過できぬことはある』

闇が揺れる。やはりか、とザインは口の端を歪《ゆが》ませ、笑う。

『天級霊具の研究によって、お前は我が支配から逃れることに成功した。それ自体は特段文句を言うつもりはない。むしろその程度は想定していた。そもそも、相反する天神どもの力を利用しようと考えていたのだ。予想外の事象だって起きるだろう』

「で、俺の何が悪い？」

『お前はそもそも、我が力を奪おうと画策していた……実現できなければ無視しても構わない話だったが、今は別だ。今のお前ならば、それを実現するかもしれん』

周囲に魔物の気配。既に囲まれている。

「ここで脅威となるから、始末するって話か？」

『そういう意味合いもあるが……もはや瀕死のお前に対し、あえてこう言おう』

闇の気配が膨らむ。他の信奉者ならば膝《ひざ》を折り屈していたであろう濃密な、背筋の凍るような気配。だがザインは、邪竜に対する戦意だけが立つ気力となっていた。

『──今までご苦労だった。しかし貴様は、粛正《しゅくせい》する』

「やれるものなら、やってみろよ」

短剣を構える。そして残る力を振り絞り、闇へ向け宣戦布告をして──

『だが、ここまでやったのだ。せめてもの慈悲……我が目的を、明かしてやろう』

「何？」

『お前達は指示を受けていながら何も知らない。なぜ世界に侵攻したのか。なぜ巣を生み、国を破壊しようとしたのか。そしてなぜ』

邪竜は、さらに闇を濃くする。

『この世界に聖剣の担い手を出現させたのか』

「それも予定の内……いや、貴様が指示したってことか？」

『いかにも……どうして呼んだのか。理由は、これだ』

闇が、形を成した。何だとザインが眉をひそめた後——絶句した。

「な——」

『お前の敗因を言おうか。たとえ此度《こたび》の戦いに勝ったとしても、お前は我が力を超えることはできなかったさ。なぜなら知らないからだ……我が力と、本当の目的を』

ザインは目前の光景を見て、何かを察したかのように笑い声を上げた。

「なるほど、そういうことか……！　ははは！　だとしたら——お前はとんだ強欲だな!!」

『否定はしない。そしてザイン。お前は——ここで終わりだ』

宣告に対し、それでもなお戦意を向けるザイン。すると邪竜は、

『これでも戦う気か？　命乞《いのちご》いの一つでもあれば、見逃す可能性はあるぞ？』

「たとえ負けることが決まっていようが……お前にだけは、絶対に屈しない」

『いいだろう、その烈気……砕いてやろう！』

ザインが駆ける。どれだけ絶望的だろうとザインは、目前にいる闇に対し、狂気のごとき声を発しながら、挑んでいった——

＊　＊　＊

　ユキトからベルファ王国の戦いについて聞いた翌日、カイはリュシルと共に会議室にいた。犠牲を伴う戦い——また仲間が失われた痛みを感じながら、カイは着席して机の上で手を組み、その時を待っていた。

「……来たようね」

　席に着くリュシルの言葉と共に扉が開く。現れたのは、グレン大臣だった。

「おや、またお二方だけですか」

「資料の準備がありましたから」

「私も、手伝った方が良いでしょうか。ならば次は、私も同じ時間に部屋を訪れることにしましょう」

　言いながら大臣は椅子へ座る——今日の会議の内容は、ベルファ王国における戦いに関する報告と、裏切り者に関する中間報告だった。

「他の者が来るまでまだ少々時間があります。その間に私達は——」

「いえ、今日ここに来るのはあなただけです」

　カイは告げた。それにグレン大臣は眉をひそめる。

「私だけ？　しかし会議の内容は——」

「いい加減、芝居はやめにしませんか、グレン大臣」

言葉が止まる。リュシルは無言で立ち上がり、カイの側《そば》へ移動する。

なおかつ、大臣は気付いているだろう――会議室のバルコニーや部屋の外、そこに仲間や騎士、霊具使いが潜んでいることを。

「前回の会議の折、僕は資料を皆さんに渡しました。その中で、ユキト達に同行する戦士……冒険者ギルドに登録する人物に関して情報を提供すると連絡し、会議の後に資料を提供しました」

「……ええ、そうですね」

「その人物について、各大臣……あの会議の席上にいた者達一人一人、違う資料を渡していました」

グレン大臣は沈黙する。カイが何を言いたいのか察した様子だった。

「ベルファ王国の戦いで、同行する戦士の名が信奉者から漏《も》れたとユキトから報告を受けました。その名は、グレン大臣……あなたに提供した資料に記載された名前です」

「……それで、私が疑われていると？」

「もちろん、これだけではありませんよ。正直、僕も信じられない気持ちでした。なぜならあなたは、僕らをこの世界に呼んだ……邪竜に与《くみ》するのであれば、召喚する必要はどこにもないはずだ。しかし」

カイもまた立ち上がる。腰に差した聖剣を一瞥《いちべつ》し、

「以降、あなたに絞って調査をした結果……多数の証拠を手に入れました。あなたが信奉者……ひいては邪竜に加担する者と、密に連絡を取り合っている事実をつかんだため、今日ここに呼びました」

「なるほど、そうですか」

「お認めになるんですね」

沈黙が生じる。カイが合図すれば、即座に仲間が突入し、身柄を確保する。場合によっては聖剣で——という意思もあった。

ただ、カイはその号令を躊躇《ためら》っていた。理由は、何か隠している——対抗手段があるのではないかという懸念からだった。聖剣に対抗できるはずはない。しかし政争で勝ち続けた御仁《ごじん》である以上、窮地《きゅうち》を脱するための手段くらい保持しているだろうという確信があった。

「……シャディ王国で核心的な情報を渡したのは、さすがに失敗でしたな」

「それにしたって、あなたが信奉者とやりとりする情報は非常に細かい……霊具か、それとも邪竜に与えられた能力か……人の感情を敏感に察する方法があるようですね」

「その結果、あなたを精神的に追い詰めた……が、仲間により立ち直った。もっとも警戒すべきはあなたではなく、別の人間……黒の勇者でしたね」

グレン大臣もまた立ち上がろうとするが、それをカイは剣の柄《つか》に手を掛けて制した。

「動かないでください。こちらは手荒な真似《まね》はしたくない」

「動くな、というわけですか……ふむ、そうだ。二つほど、面白いことを教えましょうか」

「カイ、耳を貸さないで」

リュシルが言う。政争を繰り広げてきた相手に、幾度となく弁舌で丸め込まれた経験があるのだろうとカイは察する。

「一つ目は、あなた方を召喚した経緯です。聖剣を扱えるだけの存在を召喚するにあたって、あなた方の世界から呼ぶことにしたのは明確な理由がある」

語る間に、会議室の扉がゆっくりと開き、騎士や仲間が姿を現す。

「あなた方の世界であれば、必ず聖剣を扱える人間がいるという確信があったから……そして、見つけた。とはいえそれは、数ある候補から選んだわけではない。そもそもそんな確信を持ったのは、この世界に残っていた記録があったからです——あなた方の世界からやってきた人間の記録が」

カイは眉をひそめる。一体なんの話か。

「その人間とは間違いなくユキト殿に関係する人物でしょう……彼の先祖、おそらく観測した魔力から察するに、祖父か曾祖父《そうそふ》くらいか……彼の親族がこの世界を訪れていた。その経緯までは、わかりませんが」

「……その記録に基づいて、僕らは召喚されたと？」

仲間達が話に驚いた様子を見せる中、カイはグレン大臣に近寄りながら問い掛ける。

「ええ、そうです……そのことはユキト殿も知らないでしょう。ただし、あなた方がここに呼ばれたのは、決して偶然ではない」

「ユキトのせいだと言いたいのですか？」

「あなた方の世界を指定し、聖剣の担い手に足る魔力保持者を召喚した際、その中にこの世界に縁のある人物が紛れ込んでいた……といったところでしょうか。偶然にしてはできすぎていますが、異界との繋《つな》がりを生む魔法です。何が起きてもおかしくないでしょう。では二つ目……なぜあなた方を呼んだのか。それは」

カイが剣を抜く。しかしその瞬間、グレン大臣の声を確かに聞いた。

「──他ならぬあの御方《おかた》の指示だからですよ」

魔力が、膨らんだ。爆発した、という表現をしても良かった。カイが剣を振り抜いた時、手応えはなく次の瞬間にグレン大臣の姿は、消えていた。

「既に、本体は城にいないのか……!!」

「すぐに城内の確認を！」

リュシルの指示を受け、騎士が部屋を急ぎ出る。カイも仲間に周辺の捜索を行うよう指示を出すと、リュシルへ話し掛けた。

「裏切り者は発見した……でも、根本的な解決には至っていないな」

「敵はもう、新しい情報を得られないけれど……現時点でもかなりの情報が渡っていると考えるべきでしょうね」

「相手の予想を上回るほど、こちらが強くなればいい……今までのように味方を疑いながら戦う状況は、改善されるだろう」

「そこは救いね……それと、先ほどの話――」

「僕自身、邪竜の目的が見えてきた。なぜ僕らを呼んだのか疑問だったけれど、ベルファ王国における戦いと、グレン大臣の言動で、推測できる」

「それは……」

リュシルの言葉にカイは視線を合わせ、

「邪竜は霊具の研究をしていた。その人員は手元にまだ残しているはずだ。なおかつ、霊具に秘められた技術……天神の力を利用して強くなろうとしている。けれどおそらく、それは本来の目的ではない」

「とすると、邪竜が……」

「そう、最終目標は邪竜自身が強くなること……それとなぜ僕らが召喚されたのかを踏まえると……邪竜は、聖剣を扱えるだけの肉体を持つ僕と、聖剣を取り込もうとしているのではないか」

邪竜がそう目論《もくろ》んでいるとしたら——リュシルはカイの推察に押し黙る。

「魔神と天神……この二つを超える存在に、邪竜はなろうとしているのではないか」

「だとしたら、邪竜はその準備を着々と進めている」

「まだ推測でしかないけれど、恐ろしい計画だ……信奉者を多数撃破したため、ベルファ王国の解放も近い。けれど、敵は……そんな状況を覆すだけの何かを、間違いなく持っている」

カイは窓の外を見る。澄み渡る青空を見据えながら、言った。

「次に邪竜が動きだすとしたら……その恐ろしい計画が、さらに進んだ段階だろう。総力を挙げて、迎え撃たなければならない——」


〈『黒白《こくびゃく》の勇者 3』完〉

この作品に対するご感想、ご意見をお寄せください。

●あて先●

〒101-0052 東京都千代田区神田小川町3-3
主婦の友インフォス　ヒーロー文庫編集部

「陽山純樹先生」係
「霜月えいと先生」係

ヒーロー文庫

ヒーロー文庫

黒白《こくびゃく》の勇者《ゆうしゃ》 3

陽山純樹《ひやまじゅんき》

2022年3月10日　第1刷発行

発行者　前田起也

発行所　株式会社　主婦の友インフォス
〒101-0052 東京都千代田区神田小川町 3-3
電話／03-6273-7850（編集）

発売元　株式会社　主婦の友社
〒141-0021
東京都品川区上大崎 3-1-1 目黒セントラルスクエア
電話／03-5280-7551（販売）

印刷所　大日本印刷株式会社

ISBN 978-4-07-450803-7